滄海叢刊

林下生涯

姜超嶽 著

1977

東大圖書公司印行

中華民國六十六年三月初版

林下生涯

基本定價壹元捌角捌分

著作者　姜超嶽
發行人　莊剛彰
出版者　東大圖書有限公司
總經銷　三民書局股份有限公司
印刷所　東大圖書有限公司
台北市重慶南路一段六十一號二樓

行政院新聞局登記證局版臺業字第○一九七號

故人歡敍 何志浩 蔣堅忍 周雄能 陳立夫 姜超嶽 毛慶祥 陳宗熙 六十二年十月於台北

遊石門水庫六十五年五月九日謁慈湖後遊此

弁言

予以不才，浮湛人世，媿無所長。差足自慰者，於人於事，尚能盡其在我而已。往以拙著「我生一抹」襮其平生，勞者自歌，不求傾聽，竟謬博能文名，豈所意料。於是而有「累廬書簡」之刊，而有「累廬聲氣集」之出，口碑雖盛，終感強顏。不知者或以為蓄志自鬻，飾辭自高。實則天日在上，莫非偶然。本書之作，事同一例，今且述其實情，以證吾說。

東大圖書公司當事劉君振強，予渡海後忘年交也。知予從事日記，患難無閒，屢請輯刊成書，以餉讀者。予曰，自來日記之刊，及身自為者殊希，且自揣生活點滴之紀錄，視昔賢所作，動關學術掌故，或修齊治平大道，奚翅砂石珠玉之比。劉君則謂，年來新刊叢出，獨闕此書，先生高行卓識，必有所以啓廸人生，或資人省惕者。請之再再，而予未之允也。

迨客歲承邀為其滄海叢刊編著「累廬聲氣集」時，內有「雜著篇」，零星拼集，慮其偏枯，乃就年來日記之足回味者，選輯若干以充數，可三四萬言。不謂全書殺青後，篇幅逾量，予遂剔其充數者焉。而劉君深以為惜，堅請就所剔者，充實之以單行，俾為新刊備一格，而償積年之宿願。予感其誠摯，曲意從之。因所輯限於懸車以後事，故名曰「林下生涯」。是本書之成，謂非得自偶然，惡乎可。

至予與日記結緣之深，已詳述「我生一抹」書中，不復贅。而受益之厚，願以告讀者。日記不難，難在連綿而無閒，強毅為之，持恆之習賴以成。記則不離文字，文字愈用而愈靈，朝斯夕斯，如臂使指，意到筆隨賴以能。人事紛紜，瞬息萬變，縱恃強記，有時而窮。永留省察賴以備。此言其常者，而予更得其妙焉。自中歲改習左腕作書，因鍥而不捨，亦偶能得心應手，揮灑自如，雖略逞怪氣，有違常格，而朋從契好，偏多喜予之怪而索題者。不知區區收穫之磨鍊功夫，端由日記而來，其妙用有非意想所及者。然則今以此書問世，儻亦醉翁之意不在酒乎。是為序。

中華民國六十五年十月十五日江山異生臺北

代序

喜聞「林下生涯」問世

成惕軒

近年来，國內著述風氣很盛，這自然是好現象，至少證明一個事實，臺灣並不如外人所說的是一片「文化沙漠」。不過，具有高水準的著述雖多，而其中勦說雷同之濫竽充數的，亦復不少。至本淑世淑人之願，寫至情至性之文，則更寥若晨星，少之又少。

江山異生姜超嶽先生，是一個至情至性的人，素工文辭，但不輕言著述；然苟有所見，發而為文，又必言人所不敢言，獨抒胸懷，切中時弊。尤以積其數十年應事接物的寶貴經驗，撰成各種專集，率有裨於世道人心：如「我生一抹」、「實用書簡」、「累廬聲氣集」等，問世以來，莫不為廣大讀者羣所推重。大抵情必純真，事必信實，義必正大，語必簡明，是為異生文字的特色。今新著「林下生涯」又由此間三民書局出版，余於歡喜讚歎之餘，並預祝其萬本風行，後來居上。

林下生涯

中華民國五十八年江山異生日記（家居臺北縣新莊鎮中港路五守新村）

五十八年　元旦　星期三　戊申年十一月十三日

今爲予渡海後第十九度新年，亦卽自木柵遷至新莊之第六年，又爲予退休後之第一年。歷歲此日，均參與中樞之開國紀念典禮暨大團拜，畢，或參與考試院團拜，或分訪諸宿好，僕僕道途，足不停趾，目不暇接。今則以悠然心情，理畢瑣事後，偕菊詣雅家，率諸外孫赴考院波姪處餐敍。合三家大小十數人，歡敍一室，亦離亂生涯中可紀念之事也。

因便走訪曾定一、成惕軒二友，所談不離予之出書事，語多奬譽。自惟薄德寡能，而竟承友好之盛情關愛，且感且慚。

往歲歲首，大都晴天，今則陰沈而寒，偶有微雨。

五十八年　元月二日　星期四　戊申年十一月十四日

早起，地上有雨迹。室內氣溫華氏六十度。

次烈伉儷，偕其新自美歸寧之長女小青，於十一時自北投來訪，攜贈上品領帶、袖扣、香水等物。小青已屆中年，丰姿依舊。坐談刻許去。予贈以三民版「一抹」「書簡」各一。

接曾君定一書，對予新出「累廬書簡」，有甚高評價。謂「秋水軒尺牘固不能望其項背，即置之古人第一流書簡，亦無愧色。加惠後學，可謂深矣。」自惟縱有足取，終覺過獎。

五十八年　元月三日　星期五　戊申年十一月望

午後三時，偕菊觀新莊書畫展於新莊中學，合輔仁大學、新莊高中、當地士女三類，約數百幅。無論書畫，似皆在臨摹階段，未見有自出機杼之作。觀者寥寥無幾。

總結上年收支，應酬項支出，占總收入三之一。應酬應酬，可畏哉。

五十八年　元月五日　星期日　戊申年十一月十七日

今日「中副」揭載仲肇湘兄爲予所撰「累廬書簡序」，中有「坦坦白白，無半點虛假，謇謇諤諤，無絲毫保留，一個正直君子人的人生觀，及其自立處世之道，一一湧現於字裏行間，」等語，眞係知己之言，吾何幸而得此友耶。

晨聞府友言，某君昨日以癌謝世。此君知名甚早，貌甚和善，而一臨利害關頭，甚至微不足道者，卽反顏若不相識。予與交逾十年始知之。甚矣人心之不可測，以貌取人之不可恃也。

五十八年　元月八日　星期三　戊申年十一月二十日

晴，多雲。午後陽光普照大地，氣溫驟昇。

退休後首次有事於總統府，所見所聞，人物依舊，心情兩般。往爲府員，今成訪客。惟溯自民國十九年十一月，以參事通籍以來，踪跡不絕樞府者幾四十載，由壯歲而告老，雖媿建白，而恪恭未渝，清夜捫心，亦良自慰也。

五十八年　元月九日　星期四　戊申年十一月廿一日

晴朗。午後，沿中港路漫步北行。銘德新村一帶新興住宅無慮千百戶，居者殆滿。茫茫田野，不數年間，竟漸形成大小市集，來日繁榮，不可限量。

五十八年　元月十四日　星期二　戊申年十一月廿六日

早與老友何仲簫一通電話，彼謂「讀予累廬書簡後，深感非有才氣者不能爲，亦非有才氣者不能學。」云云。予頗自疑，如予者亦具才氣耶。

整理歷年各方親友來信，其中下世者不少，不禁感慨系之。

五十八年　元月十八日　星期六　戊申年十二月朔

晴，多雲。華氏六十六度。

府僚張某之子婚，予送喜幛，以彼此素鮮往來，禮到人未到。

薄暮，文友楊君力行來，持示「湖南文獻」創刊號目錄，予前爲其業師所撰「羅介夫九十冥誕暨德配八十壽序」亦編入文獻。予妻湘人，今而後，與湘人因緣，將以此文而益深矣。

五十八年　元月十九日　星期日　戊申年十二月初二日

晴暖。整理書簡稿，蓋應三民書局之懇商，擬續出一本也。預定以一月時間完成之。

三時進城，參觀女畫家姚兆明之畫展於耕莘學院。姚爲故大畫家溥心畬之名弟子。所展人物山水，確具功力，題字尤神似乃師。但淸麗纖秀，終嫌其不脫巾幗氣耳。

五十八年　元月二十日　星期一　戊申年十二月初三日

今交「大寒」節氣而大暖。午後赴外雙溪參觀國立故宮博物院，徒步陽光下，熱氣薰人，宛如江南之初夏也。博物院慣例，星期一原不開放，今以張大千敦煌壁畫贈交博物院，於三時行交接儀式，特邀國大代及各機關主管觀禮，但到者不過百人。予之觀劵，係黃君翰章所贈，黃君時任行政院人事局第四處處長也。

五十八年　元月廿二日　星期三　戊申年十二月初五日

午後三時三刻，徒步赴輔大，因偶感後腦微痛，欲藉以忘痛也。至文學院，適逢鄉友毛子水先生在此演講，題曰「熟讀與了解」，予立聽一時又四十八分。薄暮，先退，沿公路歸，遇雨，急步行，每分鐘百二十步。自輔大文學院至家，需時三十二分。予以七十之年，連續站立及行走二時又二十分之久，而若無其事，自覺可喜。

子水主張要學文言，先學白話。予意能文言矣，白話不足學。子水又謂，熟讀貴深思，否則熟讀無用。予對子水治學之淵博，素極傾倒，獨於此說，不敢苟同。因平生體驗，能熟讀即有用，少時熟讀固未嘗深思也。

五十八年　元月廿四日　星期五　戊申年十二月初七日

起前，忽又微感左後腦隱隱抽痛。予勞動如故，冷水澡如故，作事如故，九時後，霍然而愈。菊謂乃其唸佛之故，予笑曰，謝謝佛佑。

午後三時，散步中港路，北向行，來去可四里。予以獨行，默計步數，於行路速緩遠近，得一定例。平常速度，每分鐘百步，每步約二尺，依此推算，每小時行八里。

五十八年　元月廿七日　星期一　戊申年十二月初十日

五年前艸成一短文，題曰「喜事」，係追記抗戰當年，龍、桐、兩兒考取重慶南渝中學故事。年來欲以充「一抹」續稿，苦尋不得，懸懸於懷，今無意中於函稿册內得之，喜出望外。此文在初艸時，是信手拈來之作，日後屢欲重記，而屢記不成。行文貴靈感，殆此之謂乎。

五十八年　元月廿八日　星期二　戊申年十二月十一日

在府中與黃伯老暢談為人，伯老於予，亦可謂知心人，可感也。中午乘府交通車歸。

五十八年　元月卅一日　星期五　戊申年十二月十四日

截至今日，予退休剛滿一月，此一月中，朝夕營營，一如往時，並無異感。有之，則精神上之負擔，大爲減輕耳。在將告退休時，承諸至好之關懷，恆以無事無聊爲慮，而身歷其境，反若無其事。憶昔讀王湘綺文集，論吾人處世，有「不可豫慮憂危」語，是亦經驗之談也。

五十八年　二月三日　星期一　戊申年十二月十七日

鄉好萬里兄，吾亡友毛人鳳介弟也。其爲人近於狂士，平生不輕許與，而獨阿好於吾。近以感於彼此交誼之深，特製鏡屏相贈。上題聯句並附言，見解情辭，深刻而眞摯，絕非泛泛者所能道。異數之遇，人生能幾，亟復書謝之。並錄其聯句、附言、及予復書如次：

類正平之性，秉傲物骨。

擅承祚之筆，有良史才。

異生奇才也，未從名師，而文采表世。有作，遣詞造句，別出心裁。記事則淸麗蒼勁，字字珠璣。其爲人也，知拙而寧拙，知俗而違俗。獨往獨來，近乎傲物。知者謂其性，不知者謂其矯情。夫率性而後眞，眞而後形之於文章者必誠。吾知異生，始自戴傳。其後過從益密，所知益深。爰贈右聯，所以示仰慕也。江山毛萬里戊申之臘。

萬里兄如晤：鏡屛拜領，寫作兩不凡。循情循禮，不能不循俗致聲謝謝。恭讀題辭，文義、文氣、文句，矯矯錚錚，自成風格。主旨固爲描畫異生，却可反映萬里，誠絕妙好辭也。惟獎飾過當，媿不敢承。而評吾「知拙而寧拙，知俗而違俗」，則非眞知我者不能道。古人得一知己，死可無憾，我何幸，而入世以來，有親故之謬愛，師友之賞識，尊長之簡拔，今老矣，復蒙我兄之盛讚，豈非異數歟。萬里平生，少所許可，而我今日之所得，不榮於華袞矣乎。竊謂人世間凡可求而致者不足貴，不可求而致者無價。無價，寶也。異生雖寒士，自視則甚富。但非擁厚財，而乃多無價之寶。多寶富矣，益以知足之足，是富上累富，視石崇、王愷，蔑如也。富既無倫，尚復何求。異生之所以爲異生者，蓋在於此。然皆食我親故師友尊長之賜也。盛情大德，念茲在茲。特以白萬里，聊申謝忱何如。異弟敬白。

五十八年　二月五日　星期三　戊申年十二月十九日

陰寒，室內華氏五十四度，爲入冬以來最冷之一日。人人呼冷，而我早起之冷水澡如常。妻問，仍坐水中否，予笑答曰，當然照坐。冷不可怕，愈怕愈冷，不怕則不冷矣。一切事皆可作如是觀。

總統府員工新年同樂晚會，假中山堂舉行。警總白雪藝工隊主演，節目中歌唱占大半，特技魔術無新奇感，而相聲博得滿堂歡笑，最爲精采。七時半開始，十時一刻畢。予與雅及圓、好、二孫同觀。

五十八年　二月十日　星期一　戊申年十二月廿四日

陳伯稼老者來書，並附贈詩稿，敍予平生，及彼此結交因緣。格調雅致自然，是雕斲爲樸之作也。其書，其詩，見拙著累廬聲氣集「德音篇」。予與此老結交於渡海後考試院前故院長鈕公之幕，彼此緣契之深，生平所罕有。今以耄耋高年，而鄭重其事，製此相貽，其情其德，可感極矣。

五十八年 二月十四日 星期五 戊申年十二月廿八日

久別鄉友徐君攜千金至，謂以清償十六年前舊債者。予一時莫明所以，囑妻翻查當年四十二年舊賬，確有此項支付，但列在應酬項下，而非借貸。予告之曰，當時意念，純爲贈與，故列入應酬，旣屬應酬矣，何債之有。況君今日，並未致富，予亦不賴此區區資挹注，奈何不以異生相待耶。徐君乃收回。

五十八年 二月二十日 星期四 己酉年正月初四日

晨應黃伯老約，赴總統府晤談。承告某方擬聘予任某職，予一再聲明，如其意在借重則願爲，意在安插則不就，所以求素志之貫徹也。

午在第一酒店進餐看表演，意大利扒手大王之魔術及扒竊手法，可謂神出鬼沒，匪夷所思。同觀者邵君德潤、葉君甫蓀，邵爲東道。

魔術紀要：術者僅一人，衣著尋常，不施化裝，向觀衆且說且自口中吐出小球，徑寸許，如乒乓。連說連吐，隨吐隨取投衣袋，約計二十餘枚。球盡，口中忽伸線端，抽之繫有小旗，大如掌，令一女牽線端續抽，則成串之萬國旗也，長幾及丈。口腔不能容半拳，而吐出如許實物，誠可謂奇觀矣。

扒竊紀要：將施術時，臺上駢列椅六，延臺下觀衆六人登臺，坐定，術者口不停說，自說自話，不解何云。逐一與坐者似作親暱之寒暄，往復一周後，此六人所攜之手錶、日記、錢夾，無一幸免，或在術者手中，或在鄰坐人之袋中，被扒竊者毫無感覺。一一物歸原主後告畢。神乎其技，不可思議。所感奇異者，我國社會，素視扒手爲盜竊，鄙之賤之不屑與交。而此人居然自稱大王，居然浪迹異域，藉此爲職業，作賣藝以謀生。此西人之所以爲西人歟。

五十八年　二月廿八日　星期五　己酉年正月十二日

午後三時，雨中訪某老者，談及退休事，滿腹牢騷，似其憤激之情，有不可遏者。竊怪耄齡衰邁之人，尚斤斤於名利之得失，何其看不透世事之甚，意者見迫於窘境而致之然耶。

五十八年　三月五日　星期三　己酉年正月十七日

黃伯老忽於十時蒞止，謂專誠相訪云。伯老年已八十，而對人之熱情不減當年。坐談約半小時，承告某公知予退休，有意延予助其爲某事，其必出自伯老之推轂無疑，此老盛情，可感極矣。又談次，得知總裁對於最近將召開十全會之主要改革，及伯老本人民十三年入黨之經過。伯老固亦當年志士也。

五十八年　三月七日　星期五　己酉年正月十九日

曹翼遠兄來書云「兩月前曾有一文贈兄，成之而未獻，今奉上以贖違命之愆。」此云違命，乃因其某日有事，不能踐予之邀約也。所贈文，乃釋退休之義以慰予者。全文數百字，字字由經典而來，義深、調古、格奇，是當代不經見之作。非高才博學不能爲。結語中有「異生性情中人也，其行嬌嬌獨往，其和彌寡，其曲彌高，固非有司簿領所能進退輕重者也。」等語，予有知已如此，勝於華衮之榮遠矣。（曹兒此文，見拙著累廬聲氣集「德音篇」）。

五十八年　三月十二日　星期三　己酉年正月廿四日

來臺二十載，歲時邀友好宴敍，皆就寓所行之。今則設席於名餐館曰心園。到劉子英、成惕軒、趙榮長、唐振楚、仲肇湘、馬國琳、周光德、羅萬類、邵德潤、楊振青、曹永湘、黃翰章、胡思良諸友，皆道義相尚者。六時三刻開始，歡飲歡談，八時散，共費二千四百餘元。

五十八年　三月十四日　星期五　己酉年正月廿六日

午後，往板橋轉中和，在板橋公路局車站候車時，問道於一青年，承以誠懇態度，告予途徑。並自稱家住臺北泉州街，願陪予同車。予因問知為建國中學三年級學生，習文科，福建人。予愛其斯文知禮，歸後寄贈「一抹」一册以為結緣云。

五十八年　三月十七日　星期一　己酉年正月晦

因查舊事，翻閱十四年前（民國四十四年）日記，在三月七日下，記有外孫女佳月成長之經過，今日讀之奇趣，轉錄於此。

雅母女今遷回臺北仁愛路自宅。（時予住木柵考試院眷舍）計自上年九月杪，因政府飭令疏散而來此，忽忽已五月又一旬矣。初來時，月孫出生，不滿七旬，一渾渾噩噩雛嬰耳，今則能坐，能認人，能取食，能玩小物，能牙牙欲唱矣。嬰兒知能成長之速，眞乃日新月異，此人之所以爲萬物之靈歟。

五十八年　三月廿一日　星期五　己酉年二月初四日

早大霧，散後晴朗。忽而轉陰，又飄細雨，氣溫亦漸降。

菊有事於熊家，予未舉火，買玉蜀黍果腹。電視「大同世界」節目中，見有賢姓者，生平初次知有此姓。其人爲高雄市議員。不知歷史人物有賢姓者否。

五十八年　三月廿二日　星期六　己酉年二月初五日

雖爲晴天，而終日不見陽光。風力強，華氏六十四度。

波姪午後自考試院來，囁嚅其辭，意欲另調優缺。予曉以自知與知足之道。徒事妄想，傷神又傷身。留餐後，無言而去。

五十八年　三月廿四日　星期一　己酉年二月初七日

三民書局劉君振強電話通知，「我生一抹」即將再版云。小說閒書，再版三版，甚至多版不足奇，而此類自傳，居然亦有喜讀者，眞非初料所及。

五十八年　三月廿五日　星期二　己酉年二月初八日

九時，參與黨國元老鈕永建先生百歲冥誕紀念會，予受先生特達之知，瞻仰遺象，往事種種，湧現腦際，嘆流光之易逝，感人世之無常。會堂設強恕中學，顧祝同主席，嚴副總統致辭，歷四十分鐘畢。與會者二百餘，十之八九，爲六七十以上之老人。

在公車中邂逅舊識陳君謨，為予介識其同行沈某，稱予為江山名才子云。年來相識友好中，屢有以此相稱者。少時以苦學名，今老矣而以才子名，苦學是事實，才子則十萬八千里。何來此名，怪事怪事。

五十八年　三月廿六日　星期三　己酉年二月初九日

陽明山之遊，在十餘年前，花季則必往，往則必與青、雅、閤家大小俱，且必在假日。迨諸外孫先後在學，因常旅行於此，不願隨行，遊山之興遂減。年來則偶與一二僚好，藉參與中山樓典禮之便，悤悤繞觀一周。今日以無官之身，悠閒之情，偕妻專誠一遊。早乘官邸交通車至士林轉公路車上山，抵達終站，才八時三刻耳。緩步遨遊，歷一時餘下山。聞花季之期剛於昨日告了，而所見杜鵑猶盛，櫻花亦仍有留艷者。山中清香，陣陣沁人心脾。新建噴水巨池，明恥亭、花鐘等，確添景色不少。今非假日，遊客不多，大都乘遊覽車結羣而來。園設門票，每人五元。公路車臺北至山五元。

五十八年　三月廿九日　星期六　己酉年二月十二日

陳伯稼老者，由其甥吳向欣陪同來訪，攜贈寫有贈詩鏡框一具，日製餅乾二條。留午餐。此老年已八十五，精神矍鑠，目力亦尚佳，惜患重聽，交談甚不便。談次，對予為人，盛加誇譽，謂予非幕僚之才，而不得一展偉抱為惜。云云。人之視我，往往如此，我則以為一切有數存焉，不可強也。

實踐堂晚會之精采，大出意外。中國文化學院舞蹈科學生之服裝表演，自古代帝王以至近代之摩登式樣，依時代先後出場，配以美妙音樂及舞蹈，若成一全劇者，除帝王外，皆為女服，或一人，或數人，十數人，頗能引人入勝。舞蹈節目，亦甚新穎，舞劍一幕，二女對擊，尤令人叫絕。舞後，繼以中廣國樂團之國樂，聽所未聽，聽之不厭。九時一刻散，雅同去。此會係革命實踐研究院臺北市文教類同學學術活動。劵係邵子德潤所贈。

五十八年　四月二日　星期三　己酉年二月十六日

近讀史記「蘇秦張儀傳」，深感其才可佩，其毅力可敬。惜乎終生栖栖皇皇者，不以濟世為志，而唯祿利榮華是求，論品德斯下下矣。此太史公所以有「此兩人眞傾危之士」之歎也。

五十八年　四月四日　星期五　己酉年二月十八日

陰雨轉寒，華氏六十度上下。

今為兒童節。九時偕菊進城。訪某不在，其妻訴衷曲，對良人怨懟不已。其實兩人大病，均在少讀書，昧於處世之道，乃致夫妻失和，家道不振。

仁愛路二段西端之「擔擔麵」，聞名久矣，午間，偕菊往試，果然食客湧至，座無虛席。兩人二十三元，價廉物美。

宗親會登通告於中央日報，通告三事，一、清明祭祖，二、會員大會，三、徵求會員。末後署名理事長姜伯彰、常務理事姜紹謨、姜超嶽。

五十八年　四月五日　星期六　己酉年二月十九日

陰、風、寒。今爲清明節，姜氏宗親會於午後二時，祭祖於羅斯福路寧波同鄉會，到各地宗親六七十人。祭畢接開會員大會，社會局派員蒞會指導。改選理監事。宗親中有業照相者名義光，義務照相不少。

五十八年　四月六日　星期日　己酉年二月二十日

終日晴朗，但氣溫不高，華氏六十度上下。夜生電爐取暖。

沈之萬先生郵寄派克二十一型一枝相贈。

劉君松壽自員林寄來其執敎之農職校自製罐裝枇杷半打，當修書謝之，並寄贈書簡一册。

晚飲於許靜芝兄之新居。原爲新生南路一段一三九巷底，現改爲仁愛路三段二〇巷八號。係拆除舊屋翻造公寓者。許誕辰依夏曆爲準，其正辰本在昨日，今之宴，乃以答謝總統府老友歷年爲之祝嘏之情。共三席，席坐十四人，予與會計長徐本生坐首席上座。

五十八年　四月八日　星期二　己酉年二月廿二日

家中所定日報，原爲新生，本日起，改訂中央。與新生報結緣十七年餘，一朝捨之，不免有依依之情。以副刊論，中央之學術性較濃，新生則處世之常識較豐，早欲改訂中央而遲遲未換者，卽在情感上不能恝然置之耳。

五十八年　四月十二日　星期六　己酉年二月廿六日

晴朗。宗親會二時開會，仍選予爲常務理事。

「應用書簡」初校完畢。

右上顎鑲補犬齒之磁面脫落，午後就補於新莊林齒科，費三十五元。

五十八年　四月十七日　星期四　己酉年三月朔

早到府中，與黃伯老暢談刻許。伯老對老友之盛情，有不能不令人感念者。

午在世界酒店進自助餐，並看表演。德潤爲東道，同席有張家銓、葉甫莽、龔弘。龔爲中影總經理，酒店爲其管轄下之產業，龔與邵係同學，故會鈔時，龔反賓作主。自助餐每客四十元，小費加一，其辦法與第一酒店同。

予著「累廬書簡」之成書也，原承老友仲肇湘、曹翼遠二兄爲之序。經三民書局易名「實用書簡」後，見行銷之盛，復懇商續出一書曰「應用」，既殺青矣，並堅請再冠名序，藉完體製。予乃於午後專誠訪高明先生，乞爲一序，先生慨然相允，心甚德之。先生字仲華，任政大國文研究所所長，當代之大文豪也。家居木柵化南新村六十五號。

徐達家晚宴，主客毛振翔神父，陪者次烈、松青、問楚、陳章、及予五人。宴後歡談往事，九時始散。松青座車送振翔與予回寓。

汪祖華來書，盛稱「實用書簡」一書影響之大。謂「可使頑夫廉，懦夫立」，云云。

翰章來夜談，告予將調交通銀行人事室主任云。

五十八年　四月廿二日　星期二　己酉年三月初六日

今晚分頃刻之閒，而遇二樂事。前商方豪神父爲「累廬書簡」作序，知其正傾力某事，以爲不可強人所難，忽電告已脫稿，此一樂也。未移時，有快郵至，則爲高明先生爲序書簡之大作，此二樂也。高作讚予爲振奇士，描寫爲人爲文，睥睨當世，有獨到處，亦予之知己也，可感之至。

五十八年　四月廿三日　星期三　己酉年三月初七日

早閒，專誠拜訪高明先生，一申感德之意，一約其出月蒞臨舍閒一敍。過考試院與諸舊識少談。又參觀成惕軒新築之「壺樓」，雖小而雅，雅人所居也。翰章來告調交行事之完滿。

五十八年　四月廿四日　星期四　己酉年三月初八日

午後叩雅之門而寂然，乃過某家，其妻爲予訴其夫婦不睦之眞情。就第三者看來，其最大癥結，在各不悔過，各不相讓，前途危矣。

程世傑嫁女，假新生社爲禮堂。予與高明、黃翰章同席。新識交行秘書處長陳鴻達。

方豪神父爲「應用書簡」作序，今晚收到。全文以質直二字爲骨幹，大意與前年評介「我生一抹」之文，有異曲同工之妙。

五十八年　四月廿五日　星期五　己酉年三月初九日

開始穿著夏威夷衫。八時半往木柵溝子口訪方豪神父，謝其忙中為予書作序。回後便過三民書局，適新交葉漱石在，一見，即讚予所撰戴雨農傳之難得。予乃為談當年為此文之經過。劉振強亦在座。此文原應某方囑託作，稿既定，因不肯接受託方再改之請，乃聲明收回，如何處理，一聽予之自由矣。經此事而益信世間無所謂得失，得即失，失即得，得亦失，失亦得也。

五十八年 四月廿六日 星期六 己酉年三月初十日

「應用書簡」弁言，今日始定稿，長二百八十四字。

府舊僚吳大適午前來訪，予為談立身處世之道。晚分，楊力行來告，陳立夫兄今日歸國云。

五十八年 四月廿七日 星期日 己酉年三月十一日

晴而不熱。上午訪毛萬里，知其下月亦將退休。

晚飲於欣欣餐廳，內部一切裝潢家具，皆極豪華。東道徐松青，主客張建邦、戚長城、姜次烈伉儷，陪客毛子水、徐達伉儷、毛超羣及予夫婦，賓主十一人。

聞餐廳司事言，司機飯錢，年來有付五十元者，三十元則起碼之數耳。

五十八年 四月廿九日 星期二 己酉年三月十三日

邵君德潤為予新出「累廬書簡」作序，簡鍊凝重，極具分量。其主旨，立言以德行為本，是力作，亦佳作也。

汪長年忽於晚間蒞止，係專誠懇約吾妻，明晚同赴三和樓之宴者。坐談半小時而別，予贈以三民本「一抹」「書簡」各一。

五十八年　四月三十日　星期三　己酉年三月十四日

三和樓之宴，菜肴多珍品，如甲魚、鮑魚、大蟹、龍蝦，惜寧波廚師，油重味鹹，殊非熱天所宜。客中有官員鄧傳楷、魏金、皆熟人。一衢人姓孔，一玉山人姓張。女賓彭姓。此外次烈、松青夫婦、及予夫婦賓主共十四人。此樓生意鼎盛，上下滿座。鄰室叫囂不絕，如在鬧市。

五十八年　五月一日　星期四　己酉年三月望

終日埋首於書簡之三校。

五十八年　五月五日　星期一　己酉年三月十九日

函姜梅英，告以平生處世，擾人累人之事，可免則免。

五十八年　五月六日　星期二　己酉年三月二十日

天氣有變，陰，大風，轉涼，華氏八十度。

受花谿同仁之託，致傅雲書，有所懇商。八時前寫就寄出。書末有句云，「賢者在位，使有爲幹部，得有爲之地，亦福國利民之道也。」

報載「湖南文獻」第三期目錄中，竟選刊予之「作文之道」。（原題與神交某君論爲文）主編人楊君力行，何其愛予文之甚耶。

夜鈔熊十力上林主席書一首，長約千言。是愛國志士之血淚文章，讀之不禁肅然。此書作於民國廿一年一月，去今三十七年矣。

五十八年　五月九日　星期五　己酉年三月廿三日

報載江山人毛漢光考取教育部之法學博士，查知爲鄉友毛森之子，遂與次烈聯名馳書賀之。漢光博士鄉弟足下：報載足下榮膺博士學位，恭喜十年寒窗，治學大成。鄙人素與令尊鴻猷善，又爲令尊恭喜有子。我國教部建置博士制以來，鄉人子弟之獲此崇銜者，足下第一人，實爲吾江山之光。足下英年英姿，未來更高之成就，定可預必。其所以有造於我文化之復興者當無限。鄙人忝居先進，忻慰之情，難以言喻，特致賀忱，並祝鵬程萬里。姜紹謨姜超嶽同啓。五月九日。

紹誠之夫人毛慧華，寄來其子文滿所主編東海大學之「東風」一册，內載文滿之詩文數篇，詩文皆可觀，文藝作品則近乎抽象畫，令人不解其眞意，此今日青年之通病也。

五十八年　五月十日　星期六　己酉年三月廿四日

本年第一次上北投，先訪芝園，參觀新居，富麗堂皇，一派高級寓公之作風。在熊婆家午餐，肴饌精美。一時回新莊，菊同行。

陳立夫兄復信，約定十五日往晤，附繪天母住址圖，指示如何下車，如何轉彎，車資幾何，十分表現老友之親切。

曾定一來信，謂其友劉明山先生，近有一文刊「實踐」五百五十期，引「我生一抹」中「幹部與人才」一大段，讚謂仁人志士之語，云云。

楊力行尚達仁先後來夜談。

五十八年　五月十三日　星期二　己酉年三月廿七日

晴，多雲。華氏八十七度。夜聞雨聲。

三民書局印行三民文庫，今在中央日報第一版刊巨幅廣告，標曰「名家執筆，本本好書」。共編五二號。予之「我生一抹」二十一號，「實用書簡」三十六號，「應用書簡」四十五號。以予之不學，亦與名家之列，夢想所未及也。

接毛漢光博士復書，稱予曰世伯，知禮之人也。讚予曰鄉中之大老，是早知予之人也。

菊以自行設計之無底鍋，試烤蛋糕，成果大佳。此不怕失敗之收穫也。

五十八年　五月十五日　星期四　己酉年三月晦

三時訪立夫兄於天母，踐約也。邵君德潤同行，至則訪客滿屋，大都立監委國大代之流。客將散盡，乃與對談刻餘，恍惚當年共事機要科時也。在候見之頃，一客至予前問曰，君是姜某否，予應曰然。交談後，則久已知名之名士吳延環先生也。彼謂予之「我生一抹」油印稿本，已得先讀之矣，云云。亦文字因緣也。

五十八年　五月十六日　星期五　己酉年四月朔

「應用書簡」，今日出書，此予生第三本拙著問世也。封底所印予之年齡及職稱，微有不符，雖無關宏恉，却違平生尙眞尙實之道。立即通知書商再版改正之。

五十八年　五月廿四日　星期六　己酉年四月初九日

黎明大風雨。八時前後，風靜雨止，旋又雨，頗似颱風天氣。七時乘府車入城，購鷄鴨各一，二百十元。此乃明日宴客之用。

五十八年　五月廿五日　星期日　己酉年四月初十日

家中宴客，天公作美，晴朗而不熱。正午，客已到齊。高明、方豪、仲肇湘、劉子英、黃翰章、成惕軒、邵德潤、曹翼遠、林全豹、葉甫葊。

五十八年　五月廿七日　星期二　己酉年四月十二日

昨夜雨，今日陰雨。華氏七十五度。

美探月之阿波羅十號太空船，今晨勝利回地球。

檢出民國四十四年所撰「跋熊十力上林主席書」，原文不盡得體，今重撰之，如次：

右熊十力遺書，乃當年上國府主席林公子超者，去今二十餘年矣。熊氏爲名士，亦佛門中之信徒也。民國四十四年一月十七日，予於樞府故紙中，見熊氏此書。喜其文富於情感，富於正義，格調又與予類。驟爾讀之，如出己手，因錄以備省覽焉。

案原書二十餘箋，字大如指。無段落，無句讀，草率塗竄，行列凌亂，想見當時悲憤塡膺，熱血沸騰，不假思索，振筆直書。是眞愛國志士之血淚文章，諸葛之二表，武穆之滿江紅，不是過也。書末署名而未繫月日，細查封面郵戳，知係民國二十一年一月二十日，發自杭州浙江大學者。

傳說熊氏早歲曾投身於九江之警察，時佛學大師歐陽竟無居士奇其才，收爲弟子，因與陳銘樞有同門之誼，書後言及陳氏云云，殆卽根於此。

五十八年　六月二日　星期一　己酉年四月十八日

晴，風，華氏八十六度。

鄭純禮爲紀念其結婚二十三周年，招飲於天香樓。客八人，姜次烈、姜獻祥伉儷、姜毅英、胡冠林、李振亞、及予夫婦。菜肴中之甲魚、大蟹，其味不同凡響。

楊君力行以其鄉先進易君左所著「大湖的兒女」相贈，而題扉葉曰「易老師持贈再以奉贈姜老師異生先生」云云，尊我老師，何敢當，此君太客氣矣。

五十八年　六月三日　星期二　己酉年四月十九日

終日陰雨。讀「大湖的兒女」，取材豐富，文筆生動，可謂爲好書，似不可謂爲好自傳。

五十八年　六月七日　星期六　己酉年四月廿三日

陰。交通銀行安全室囑塡對於黃翰章之安全調查表塡好寄出。午後四時詣楊力行，與其伉儷坐談對處世之見解。

傍晚搭府便車進城，予自襄陽路穿公園沿拓寬後之仁愛路紅磚人行道，安步東行，而至雅家用膳。此所謂林蔭大道，寬而平，漫步其間，確令人心曠神怡。

楊力行來夜談，十一時半去。時雨。

五十八年　六月八日　星期日　己酉年四月廿四日

時有微雨。在三民書局新識名文學家謝冰瑩女士，已垂垂老矣。

五十八年　六月十日　星期二　己酉年四月廿六日

「花谿述往」一文，今日脫稿，長近七千言，分列十目。一、人事發軔，二、指導小組，三、八組全貌，四、約法三章，五、會報實況，六、無言教訓，七、雞日膀日，八、資遣分發，九、告別南泉，十、體驗三事。皆當年實錄也。

早赴新莊舊街一行，詢知米價每臺斤四元二角，糯米七元三角，泰產糯五元四角。臺斤合六百公分。

五十八年　六月十三日　星期五　己酉年四月晦

晴朗。自行裱褙胡鍾吾所集王字碑帖六張。府舊僚某君來談，有意入輔大教書。人無自知之明，往往生妄想。予勸以從事著述，好以之作敲門磚也。彼亦以爲然。

五十八年　六月十七日　星期二　己酉年五月初三日

僚好龍械林談近代人事掌故，有二事頗有一記價值。俄人鮑羅廷在我北伐軍中用事時，報告其黨上級對汪精衞之評語云，「有野心，無定見，可利用。」眞是一針見血之見。此一事也。

當年侍三處主管考核組，呈報委座對高級將領之考語，主任果公於宿將如劉峙、顧祝同等名下，一律用「福將」二字，其涵意深矣。此一事也。

五十八年　六月廿一日　星期六　己酉年五月初七日

幼外孫鄭佳好畢業恩光幼稚園，典禮假國際學舍擧行。二時三刻開始，表演節目以樂隊最精采。幼童數十人，分組持不同樂器，配合打拍，有板有眼，亦甚悅耳。好孫參加空軍舞，裝男生，動作甚複雜，亦可觀。學舍座凳之面拼木條爲之，不宜久坐，予未待完畢卽離席。

五十八年　六月廿二日　星期日　己酉年五月初八日

終日陰雨。中國文化學院中文系主任張壽平先生，於傍午來訪，啣張其昀先生之命，勸予任該院國文教授，兼任每周四小時，薪二千餘，專任多加數小時，則薪倍之。其意甚摯。並謂對予之文字十分欣賞，在今日甚難得云云，予志不在此，堅決婉辭。留午餐暢談。知其四十二年高考及格，曾往西德教授中文數年。

五十八年　六月廿三日　星期一　己酉年五月初九日

昨夜整夜雨聲。今日發出三函，致張其昀先生婉辭任教授，致陳立夫兄告近況，致王君大任商談花谿結緣卅周年紀念刊事。

五十八年　六月廿四日　星期二　己酉年五月初十日

清晨大霧，不久卽消。八時半到府理髮。給府工朱長泰節賞五十元。

新識張則堯先生，邂逅於三民書局，對予所著，「一抹」「書簡」之文字，讚美不置。文字結緣，有不可思議者。張先生江西名士，政大教授兼財研所主任。

邢鳳舞牙科大夫，開診所於衡陽路八十四號二樓，購上等玻杯一套賀之。

五十八年　六月廿六日　星期四　己酉年五月十二日

晴。華氏八十六度。

郵差言，本村百餘戶中，信件之多，以予及余樹芬爲最。

政府新人事：蔣經國政院副院長、李國鼎財政部長、陶聲洋經濟部長、黃杰國防部長、鍾皎光教育部長、俞國華央行總裁。陳大慶臺省主席。

陳立夫兄來信，謂「花谿同仁之念舊，卽固有文化之精神」云云。

楊銳寄來話劇劵三張。

五十八年　六月廿九日　星期日　己酉年五月望

晴多雲。傍晚微雨。

夢想所不及事，鄉好毛振翔神父，新近歸自國外。予今往訪，談及行踪，忽謂明年將再赴美，爲人鳳次子主婚。約予同行，導遊世界。一切旅費，由伊任之。並謂「君環島之遊有妙記，他日環球當更有妙記，勿猶豫，卽作始綢繆可也。」神父有此豪許，予以不識夷文之寒士，獲此德音，眞夢想所不及者也。然其盛情固可感，予則何敢。

鄉人多奇才，後進徐毓麟，出身特工，早相識，而不悉其詳。今邂逅萬里所，知其近年經營企業，卓有成就，已擁有工廠公司三家，前程無限。予告別時，特以其新置裕隆勝利車送予至雅家。

五十八年　六月廿七日　星期五　己酉年五月十三日

訪庫仲英，爲予談人生，甚有見地。晴熱、多雲。午後轉陰雨，傍晚豪雨。

夜觀話劇於藝術館，演出者政工幹校影劇系學生，劇名「羅蜜歐與朱麗葉」，情節與國情不甚合，臺詞過於文學化，無甚精采，雅與縉達同觀。

五十八年　六月廿八日　星期六　己酉年五月十四日

晴，多雲。電視演特技，口飲斗水，若無其事，其後取長管揷入喉中，而使水射出如噴泉。

五十八年　七月一日　星期二　己酉年五月十七日

政府夏令辦公時間今日開始，七時半至一時，下午休公。

晴熱，午後仍欲雨未雨。翰章午來少談。

五十八年　七月三日　星期四　己酉年五月十九日

晴，華氏八十八度。熊婆搬家與芝園合住，菊往幫忙。

華孫來信，求我買「水滸傳」備暑假自修之用。文理甚清順，全文二百餘言，無一錯字。所舉理由，亦周至。五年級生有此成績，可喜也。

五十八年　七月四日　星期五　己酉年五月二十日

晴，華氏八十九度。周建國招飲，期在六日，適值花谿紀念，當電話辭謝。「水滸傳」大字本四十元。今專為買此書而入城，華孫得之甚喜。三民書局劉君言，「實用書簡」已售出九百冊，「應用」五百冊云。

五十八年　七月五日　星期六　己酉年五月廿一日

晴，邢鳳舞牙醫診所新張，今午設宴曲園以謝賀客，七席滿座。府僚友不足十人。予坐第一席之首席。同席張道華醫生言，蟋蟀二只煎湯可治小便不通云。參觀義士陳永生畫展，所展出者，盡為其親歷目覩紅衞兵之暴行，令人髮指，亦令人心酸。同胞何辜，遭此慘劫。義士單憑記憶，而用油墨傳神表出之，亦奇才哉。聞其年才二十六耳。

五十八年　七月六日　星期日　己酉年五月廿二日

前侍三處成立三十周年紀念原為八日，因利用例假提前於今日舉行。同仁及眷屬到者六七十人。十時自峨嵋街分乘二大車赴觀音山謁果公墓，並及乃翁勤公與英士夫人墓。謁後集西雲寺素宴。共費約四千元。午後，王慕曾過談，半為往事，半為近況。

五十八年　七月八日　星期二　己酉年五月廿四日

今為高中聯招期，月孫應試，其試場在成功中學。予偕菊前往參觀。八時半開始，校內操場、走廊、大禮堂，男女老幼，提囊挈壺，盡是陪考人。

飯後偕菊訪曹永湘於七張，賀其子訂婚得佳人。攜贈大巧克力全盒。遇雷雨，但瞬刻卽止。

五十八年　七月九日　星期三　己酉年五月廿五日

下午幾陣豪雨。早閒，修翦扶桑，本年第二次。

翰章轉來老友濮孟九之「谿邊閒話」，追記抗戰當年，共難陪都南泉花谿故事，是一篇有情、有趣、有才氣之妙文。

五十八年　七月十日　星期四　己酉年五月廿六日

早接方豪神父電話，邀晚宴，紀其「六十自定稿」鉅著之出書也。

考選部考選大樓落成典禮，十一時擧行，予以忝爲考銓會之顧問，被邀參加。茶點席上，吳正之談某一職員前日因見大樓寃鬼而致疾事。

公賣局康樂中心方豪神父出書之宴，共十一席，賀客多爲天主敎友及學人。于斌戴紅小帽坐首席。予與子水、振翔同席。

五十八年　七月十一日　星期五　己酉年五月廿七日

黃伯度明日生日，堅辭一切賀禮，予送去室人自製蛋糕，沙其馬各少許，聲明示紀念之意而非禮物也，彼笑而受之。

僚友袁君讀予「累廬書簡」後，承告「內多精采之作，如能汰其蕪者則更佳」。所見雖不盡然，而肯直言之，此君可與爲友也。

五十八年　七月十六日　星期三　己酉年六月初三日

飯後有陣雨。

方豪神父所贈之六十自定稿，二巨册，十六開本二千四百餘頁予取來後，讀其目錄，非讀萬卷書，非有驚人之毅力者莫辦，神父神父，亦奇士哉。

向午訪翰章於交行，適吳中英在，翰章招待午餐費百元。

美國登陸月球之太空船，今日發射，此誠世界大事也。

五十八年　七月十九日　星期六　己酉年六月初六日

訪左曙萍，請其爲花谿紀念撰文。訪陳伯稼老者，在感冒中。

月孫生日，購大盒巧克力與之。華孫期考名次第八，賞給五十元。

「楊子江風雲」電影，寶宮上映，純禮邀觀下午第二場，爲抗戰故事，李麗華主演。久不看電影，深感國產片大非昔比。

訪老友濮孟九，爲談退休事，事後頗覺有失檢之語，愼言愼言。

五十八年　七月二十日　星期日　己酉年六月初七日

早閒讀報，而知本村幼稚園昨日因喫畢業點心發生集體中毒事，幸未出命案。

連日報紙電視廣播對於美國阿波羅十一號載人登陸月球之報導，甚爲熱鬧。臺視每晚之特別節目，最令人注意。

五十八年　七月廿一日　星期一　己酉年六月初八日

美二太空人登陸月球之實景，今晚八時半臺視播出，當太空人漫步太空時，身輕似絮，又如漂浮水上，轉側動作，不能自主，眞奇觀也。全球人類對於同一事件之感興趣，自開天闢地以來，絕無逾於此者矣。

五十八年　七月廿二日　星期二　己酉年六月初九日

晴，中夜熱甚。

讀吳鑄人「花谿六年」一文，敍事論人，雖近漫談，却充滿才氣之作。

五十八年　七月廿三日　星期三　己酉年六月初十日

月孫考取高中北二女，好孫考取復興小學，皆佳訊也。

五十八年　七月廿五日　星期五　己酉年六月十二日

晴熱，有颱風消息。

美太空人登陸月球使命圓滿完成，電視特別報導節目，今晚爲最後一次。

五十八年　七月廿六日　星期六　己酉年六月十三日

大葡萄每臺斤十八元。粒大如李子，今日嘗新，味甚甘。

上午忽晴忽雨，完全颱風天氣。雅挈兒女歸來，熱鬧一日，晚餐後去。

意外事，五守新村幼稚園決定改組，董事會諸君居然以主任之職屬意於妻。彼等盛情可感，然而此事不易爲，妻亦不願爲，故決心婉謝之。

五十八年 七月三十日 星期三 己酉年六月十七日

晴。約定羅時實、仲肇湘、吳鑄人、曹翼遠、王大任、諸老友，明日中午會商關於花谿同仁結緣三十周年紀念册事。

五十八年 七月卅一日 星期四 己酉年六月十八日

早訪劉公則之，一年不見，霜雪滿頭。自謂身負多病，日與醫藥爲伍。病乎病乎，消磨生命，眞可畏哉。互報別況，移時而退。

又訪蕭公化之，承告前所鈔寄周紹賢之熊十力遺書，熊之學生見之視爲瑰寶云。

再訪舊雨某君，知其前月曾被治安人員訛詐去五萬元。此君如不痛改惡習，難保不再出事。

中午，與昨所約各友餐敍於峨嵋街八德園，決定紀念册名曰「花谿結緣三十年」。由予全權主編。

五十八年 八月一日 星期五 己酉年六月十九日

榮泰印刷廠廠主翁姓，今晨晤及，此爲三民書局劉振強所介紹者。廿四開本，每面十六行，行四十五字，排工廿七元。

五十八年 八月二日 星期六 己酉年六月二十日

鄉人徐新龍向晚來，有所請託也，款以晚餐。贈其「一抹」「陳迹」「半環記」等。

臺北民營公共汽車，行駛南區之欣欣公司，北區之大南公司，同於本日開張，皆免費招待乘客。此在臺北爲創舉。上午上北投訪熊婆，午後自木柵考院回臺北，皆乘免費車。北上大南⑥路，南則欣欣⑯路。

蕭化之、吳中英紀念文，同日收到。

五十八年　八月三日　星期日　己酉年六月廿一日

府僚好尙達仁言，向曾有同事見其對予之尊敬，而誤以予爲權勢人物，久乃知其所以然，亦趣事也。

致函李叢雲，婉詞請其重撰紀念文。

力行送新出第四期「湖南文獻」來，談譚延闓逝世時故事，章太炎輓聯，用蝌蚪文書，人不知其惡作劇也，張之靈前，蔡元培見之，急命撤去。其聯曰：

勳業歷三朝，有清公子與翰林。容共武漢主席，分共南京主席。

椿萱共四位，尊父制軍又總理。生母譚如夫人，乾母宋太夫人。

接陳立夫兄一日來書，附爲花谿紀念册題詞曰，「佳作出自眞情，良緣結於花谿。」清新自然，亦佳作也。

撰擬花谿結緣三十年紀念册「編者的話」，實卽爲序，長四百言，以語體表之。

五十八年　八月六日　星期三　己酉年六月廿四日

第一酒店午餐摸彩，居然中彩，得酒杯一打，禮券百元。今爲招待港客余家驪，故至此，余爲粵人，特邀府中粵友胡建磐、姚䂓發，作陪，費二百六十元。午餐客數百人，中彩者三人，照例要上臺亮相，於是爲區區「彩」而亮相矣。

五十八年　八月七日　星期四　己酉年六月廿五日

熊鳳凰百歲誕辰，熊婆於中午設素宴六席於紅卍字會，到者六七十人。席間晤及二十三年不見之小貝，卽朱霖之次女，身旁兒子已少年矣。

接劉公則之爲紀念花谿結緣而作之絕詩八首，一諾而信，可敬人也。

五十八年　八月九日　星期六　己酉年六月廿七日

上午風雨，午後陰。晚出席里民大會，發言人全用方言，予枯坐移時而退。

五十八年　八月十二日　星期二　己酉年六月晦

往官邸之交通車上，有初中女生不肯讓坐於長輩，其母吆喝之，亦不從，如此家庭教育，可發一歎。

八時訪左曙萍談紀念册事。並與其友林觀建暢談爲人之道。此人年五七，望之如四十許。

十時到府與黃伯老快談一番。

五十八年　八月十三日　星期三　己酉年七月朔

周志仁者，素昧生平之鄉後生也，來信盛讚「一抹」文章之美，知其亦好文事之人也。復信附去另葉作品六七種。

五十八年　八月十四日　星期四　己酉年七月初二

成惕軒兄以典試委員身分，電約參加本屆高考閱卷工作，具見老友之關切，但不識尚有老傖濫竽否，去函一探。

方豪神父復書至，備述贈書（書名方豪六十自定稿二巨册定價八百五十元）於予之愼重。一片精誠洋溢紙上，可敬可佩，亦可感。然自省才學，實無足稱，而人之視我者如此，敢不時加惕勉乎。其書照錄如次。

異生先生撰席：昨奉華翰，感甚愧甚。拙著將出版時，弟考慮甚久，以吾公論人、論學、論文、論書，均頗嚴格，而爲文又向以精簡著稱。拙作則長如王大娘之裹脚布，不敢獻醜，故一再猶豫。最後因忝蒙不棄，命爲大著作序，雖有類佛頭著糞，然既辱青睞，知不致太汚尊目，乃大膽奉上，並請光臨一敍。此當時弟之心理狀態，謹披瀝奉陳，藉博一笑。暑熱，伏頌珍攝。承指正兩訛字，謝謝。弟豪拜復八月十三日。

五十八年　八月十七日　星期日　己酉年七月初五日

逛榮星花園，八時半進園，一時半出。此園位市立殯儀館之前，毗連機場，爲當地某富豪經營。開幕未久，門票廿元，不設軍警票。占地九甲餘，約三萬坪。一切布置，極具匠心，厠所以外無建築，二處茶寮，則搭鐵架棚爲之。縱覽全園，幽雅宜人。惜乎徒擅花木之勝，而無山水亭臺之美。聞園工言，主人經營此園，已逾十年，專司花木者十餘人。今日同遊者予夫婦及雅母子女外，毛延禩、鄭國愛夫婦、徐承祜，又延禩之幼女，及其長孫。

五十八年　八月十八日　星期一　己酉年七月初六日

接濮孟九兄十三日來書，長千餘言，親切感人，連讀數遍，不忍釋手。其敍我二人之異同，純係性情語，非深交不能道。尤以待八十時囑爲壽序之約，隱含互壽意。在另一角度看，此名爲書札之文字，實係一篇至上之壽序也。（按此書見果廬聲氣集「德音篇」）

五十八年　八月廿二日　星期五　己酉年七月初十日

同時而接五函，平昔所罕有事也。毛繼和寄自高雄，周志仁寄自臺南，陳伯稼、姜獻祥各自臺北，陳明榮自中央警官學校。

五十八年　八月廿四日　星期日　己酉年七月十二日

晚飲於鄉親徐浩然家，席閒談及中央決策將補選立委事。徐之佳提議，勸予出而競選，謂願助二萬元作選費，盛意可感，但予堅決辭謝。

五十八年　八月廿七日　星期三　己酉年七月望

來臺後第十九度中元節，雅母子女五人，波妻母子女四人，純禮子，鄉好承節大小共十一人上午到，有倉、陽波、縉達、爾臧妻子等五人午後到。室小人多，一時熱鬧異常。

五十八年　八月卅一日　星期日　己酉年七月十九日

黃翰章夜閒攜花谿同仁結緣紀念文來，內容豐富而有趣，長三千餘言。亦文情並茂之作。

午後，再遊「今日世界」，深感與上海當年之「大世界」無甚差別。各種表演，除平劇外，終嫌粗俗下流。雅子女同去。

王大任所撰花谿紀念文，中有對予恭維之語，分量甚重甚重，可感之至。玆節錄於此。

人人自承擁護領袖，但眞能貫澈領袖訓示的人爲數不多。三十年來，各種文武訓練機關，無不研讀總統訓詞，據我的體驗，研讀總統訓詞不難，眞能實踐總統訓示則頗爲不易。能實踐總統訓示短暫時間不難，但長期實踐，認眞貫澈則甚難矣。若異生先生的勇於任事，數十年不改書生本色，是一位眞能實踐總統訓示的人，值得我們由衷的敬佩。

五十八年　九月三日　星期三　己酉年七月廿二日

次烈幼子文鉞，偕新人來訪，謂六日卽返美，妻同日而不同機。在美五年，一面讀書，一面做事，現正經營進出口云。贈以書簡二册。

有白撞入室，作可憐狀，給予二十元令去。

楊力行介紹印書商戴日新來，花谿紀念册，決交其承印。楊去時，索贈精裝合訂本「一抹」一册。

五十八年　九月四日　星期四　己酉年七月廿三日

總統府人事處處長楊振靑，偕夫人於傍晚由林智淹陪來過訪。承告省人事處長事已作罷，仍任府原職云。

五十八年　九月五日　星期五　己酉年七月廿四日

八時詣左曙萍索稿，允三日內交卷。其題曰「蓬萊島上憶花谿」。四維印刷廠戴日新，夜送已排之「編者的話」來，無一錯字，眞難得，此人文理在一般水準以上。

五十八年　九月六日　星期六　己酉年七月廿五日

本屆高考閱卷開始，閱卷處設臺大法學院圖書館。予之覆閱人洪炎秋，臺之耆宿也。新識陳南士，贛籍名詩人。

晚後戴日新伴其長郎來訪，稱予公公，甚親切。其名長風，二十五歲。新得世界少年棒球賽冠軍之少年棒球隊，自美凱旋歸國，報載其盛況可與當年艾森豪訪華及凌波第一次來臺相比。

五十八年　九月八日　星期一　己酉年七月廿七日

立夫七十之誕，早偕梅嶙高、黃翰章、同車往天母陳宅祝壽，梅以溥畫爲禮，予與黃合贈舶來餅乾爲禮。主人伉儷先期避壽日月潭，僅有男女招待五六人。

早九時起，時雨時晴，恍如颱風天氣，三時以後轉晴。

閱卷第三日，閱七十餘卷。

五十八年　九月九日　星期二　己酉年七月廿八日

終日在陰晴風雨變化中。閱卷第四日，閱七十八卷。

五十八年　九月十一日　星期四　己酉年七月晦

陰雨。閱卷完畢，得酬千三百八十元。每卷三元，每六十卷貼膳食交通六十元。

報載臺北低窪地區，皆遭淹水之患。

五十八年　九月十二日　星期五　己酉年八月朔

上午陰，微雨，下午轉晴，但不見日。

近日收到羅時實、左曙萍二稿，均在五千字以上，予爲加分題或標點，甚費功夫。

接江德曜本月八日自美國加州柏克萊城來信，報告行止。地址波恩那洛一五三三號。

五十八年　九月十五日　星期一　己酉年八月初四日

購來「中外雜誌」九月號，其封面執筆作家名單中，居然將予名列入，虛聲聳人，亦喜亦懼。書中載予致方豪函，不知得自何所。函前附言云，「姜超嶽先生追隨蔣總統數十年，任總統府參事秘書亦數十年。文章道德爲時賢所稱，今歲退休，出其所積函稿，編爲「實用書簡」、「應用書簡」，一時不脛而走。此函則最近所作，爲兩書所未收……」亦可謂不虞之譽也已。

五十八年　九月二十日　星期六　己酉年八月初九日

午後電視田邊俱樂部節目中，有年五十五老人表演氣功，能將大釘二枚，同時咬斷，又將鐵條二條同時咬曲。其釘其鐵，粗如筷子，得五燈獎，亦奇技哉。

五十八年　九月廿一日　星期日　己酉年八月初十日

九時偕雅母子女遊碧潭，坐船、登山，二時回城。延禔伉儷及其女其孫同遊。大佛寺後山，將建十四層樓高之大佛，地基工程正在興工中，挖土推土，皆用機器。登其山椒，一平㟁廣可數萬坪。

五十八年　九月廿二日　星期一　己酉年八月十一日

中央酒店十四樓之阿波羅圓頂屋，開張未久，晚間，邵子德潤邀登屋一觀。屋能自轉，每轉一周，需一小時，設座一百廿個，每客一茶一點六十元。萬家燈火，盡收眼底。座客常滿，外人不少。羅萬類、成惕軒、兩兄同觀，共費三百四十元。

五十八年　九月廿七日　星期六　己酉年八月十六日

昨有颱臨境，天明後，風勢漸衰，起視四院，落葉滿地，花木被折被倒者，幾無院無之。街談巷語，廣播報章，一片風災水災聲。此次颱名艾爾西。

五十八年　九月廿八日　星期日　己酉年八月十七日

天放晴。臺北街頭之市招，候車亭，毀於風者舉目皆是。行道樹被毀者亦不少。總統府前合抱大樹竟連根拔起，想見其威力之大。

五十八年　九月三十日　星期二　己酉年八月十九日

張朝純者，本省人，廿七歲，新近設鐘錶店於中港路南端。予因修理「得其利是」表而相識。今夜來訪，攜贈予所喜愛之錶鏈一條。長談移時，知其能刻字，能修理電器，不學而能，是多才多藝，好善而有志之青年也。予旅臺二十年，臺人而富於情義，此其初遇耳。

熊翰叔電話中談及文稿，有「予之文章惟兄能懂」之語，老友之所以視予者如此，勉之勉之。

五十八年　十月一日　星期三　己酉年八月二十日

晴，多雲，有涼意，華氏八十度。

今為先室素亭忌辰，即中秋後第五日，去今二十四周年矣。

五十八年　十月二日　星期四　己酉年八月廿一日

又有颱風消息，終日陰闇，時有風雨。薄寒，華氏七十五度。

四十年前之今日，為予新婚佳期，（民國九年夏曆八月廿一日）時年二十三，執教於衢州省立八師附小。回憶當年參與婚禮之親友，多早作古人，學校同事，別後重逢者寥寥無幾。惟學生在臺者尚有五六人，胡思良、邵德潤、江德曜、鄭昌祚、徐光明、張岳、徐紹唐等，然皆望六之老人矣。

向午，接黃公伯度電話，對予退休後之安排，可謂費盡苦心。知己之感，不知何以為報。

接周志仁來信，讀其作品，記事文字，清暢流利，可造材也。

數旬不用左筆，便嫌生硬。有恆有恆，不可忘也。

五十八年　十月五日　星期日　己酉年八月廿四日

此次芙勞西颱風過境，其強烈雖遜於前日之艾爾西，而帶來雨量則遠過之，致釀成到臺以來所僅見之水患。報刊廣播，一片水災聲。今日陰黯，仍有微雨。市區積水則大致已退，公車交通，亦多恢復。餐於雅家。

五十八年　十月七日　星期二　己酉年八月廿六日

陰，有時略現陽光，有時微雨。薄寒，入夜有陣雨。中國電視試播檢驗圖。

五十八年　十月十日　星期五　己酉年八月晦

國慶佳節，天高氣爽，總統府前開會之盛況，在青家與雅母子女共看電視。參加民眾團體號稱二十萬人。竊想如逢風雨，豈不大煞風景。然而回憶歷年此日，大都好天，即使有雨，亦多在大會之後。

傍午詣陽鎬談近狀，已一年不見矣。

五十八年　十月十一日　星期六　己酉年九月朔

晴，上午修釘舊紗櫥，改為書櫃。午後有倉來，幫助修理院後雜物架子，予連續工作五小時而未息。頭右後腦微痛。

五十八年　十月十二日　星期日　己酉年九月初二日

晨興，因連日略感不適，精神稍差，冷水澡及抹地二事暫停。而昨日未了工作，則繼續完成。向晚，雖感力有不濟，亦勉強為之，頓悟所謂毅者即如是。

收到神交林治渭先生自新營寄來文旦一簍，此真多情人也。

府專員張淸湗，今晨偕其妻其女來訪，蓋已自陽明山遷居本村二十六號矣。

五十八年　十月十三日　星期一　己酉年九月初三日

晴。函謝林治渭先生贈文旦，並附寄蔣廷黻選集一部，計精裝六册。此集爲文星叢書之一，所以示報李之意云。

五十八年　十月十五日　星期三　己酉年九月初五日

夜偕菊觀日本歌劇團公演於中華體育中心。九時一刻開幕，演員盡爲不滿二十歲之少女，畫眉描目，宛似傀儡，在予之直覺，毫無美感。同時三四十人，隨歌聲鼓樂聲而舞，在外行人看來，狂奔亂跳，不知何義。予不待演畢卽出。回寓正十一時半。今日觀劵，係德潤所贈，特區第一排。

五十八年　十月十九日　星期日　己酉年重陽節

晴朗。訪鄉人周堅超於吳興街，此爲新闢住宅區，位大華中學之後。當大華奠基時，一片曠野，今則樓宇鱗次櫛比，可千百家。公營㊸路、民營大有之②路車，以此爲終點，駸駸乎卽成大市鎭矣。菊與有倉同行。

五十八年　十月廿五日　星期六　己酉年九月望

今爲予七二初度，家中不作任何擧動。純禮招餐婉謝。

家中申請電話，得號爲「九七九六六六」，共繳費萬九千元。其中保證金卽押機費一千元，收據編號重金二二〇號。附帶費收據三重三一〇號。來臺以後用款之大，此為第一次。在個人言，此時此地，亦可謂豪舉也已。

五十八年　十月廿七日　星期一　己酉年九月十七日

徐達長壻江學海勉之，偕妻特翠夜來訪，持贈山形大理石一座，色綠白相間，配以座架，清玩妙品也。回贈「應用書簡」一册。此君軍人而好文事，自言尤好予文。暢談移時始別去。

五十八年　十月三十日　星期四　己酉年九月二十日

晴。上午利用廢薄板製成收信箱一個。

楊力行晚來談，謂總統華誕前夕，特選予前所撰「總統八十壽序」以授學子。按楊為中正理工學院國文教授，所教學生二年級也。

五十八年　十月卅一日　星期五　己酉年九月廿一日

今為總統華誕，軍民閧之祝壽盛況，皆在電視中觀其大概。新莊鎮公所送來紅色大饅頭一個，毛圍巾一條，表祝壽與敬老之意。

今日天氣甚佳，而深夜有雨聲。設想晝間如有雨，則祝壽活動，豈不大受影響，足見總統之鴻福，是天與之也。

中國電視公司，正式開播，臺北大橋之重建工程今日完成，皆所以祝總統之壽者也。竊想祝壽之道，不一而足。此時此地，惟以此種方式祝總統之壽，最具意義。

五十八年　十一月二日　星期日　己酉年九月廿三日

晴，多雲。有李鐵夫者來信，謂讀「我生一抹」及「實用」「應用」書簡後，知予有「大陸陳迹」，遍購書局苦不得，乞示買地。書中對予恭維備至，是必血性青年無疑。當寄贈一册。

五十八年　十一月四日　星期二　己酉年九月廿五日

試院參事吳正之電告，余天民於上月卅一日病故淡水新生療養院。此君博學而能文，狷介清廉，不慕榮華，不受人憐，守窮自甘，老死不變，眞罕見之善人也。

五十八年　十一月六日　星期四　己酉年九月廿七日

晴。早訪伯稼老者，以所撰挽余天民聯句求正。聯句如次：

狷介廉潔，食貧自甘，塵世幾見剛者。

造詣才華，爲病所困，蒼天何阨斯人。

五十八年　十一月八日　星期六　己酉年九月廿九日

「花谿結緣三十年」一書，自七月杪，由老友羅時實、仲肇湘、吳鑄人、曹翼遠、王大任諸兄，共同商定交予主編後，索稿、編校，忙碌三月，今日出版，如釋重負，亦予之可紀事也。

五十八年　十一月十二日　星期三　己酉年十月初三日

午後挈好孫遊植物園，便過族弟紹誠少坐。彼言日前有數友閒談及予，彼結論曰，「異生爲人，如遇劉備卽諸葛亮也」。予笑曰，擬之諸葛不敢當，但得時則駕，未始不能出人頭地，則敢自信云。

五十八年　十一月十四日　星期五　己酉年十月初五日

爲鄂籍朱德銓、鄉友毛振炎、兩家聯姻事，赴嘉義一行。八時對號特快火車來回票百九十餘元。朱郎詩芹陪行，十二時一刻抵達，毛振炎伉儷及鄉友姜瞻洛、毛書芳在站迎接，隨入某餐廳進餐。餐罷，先往沿河路訪毛寓，次至公賣局招待所少憩。振炎、瞻洛、邀遊吳鳳廟，所得印象，與四十二年遊此時無少異。後參觀縣政府及公賣局，皆爲現代建築，規模可觀。晚在毛寓進餐，陪者主人外，瞻洛及薛太太。關於聯姻事，與振炎伉儷分別懇談，一切完滿解決。訂婚佳期，決定在十二月廿五日。因此日有三喜，毛女維君生日，朱郎受洗周年，耶誕。

五十八年　十一月十六日　星期日　己酉年十月初七日

早往木柵，欣欣車臺北溝子口車票一元半。菊同行，訪方豪、朱德銓、吳浴文、羅時實。十一時，予獨往化南新村訪熊公哲、高明，約其下星期日中午來舍便餐。

五十八年　十一月十八日　星期二　己酉年十月初九日

陰，薄寒。致書瞻洛，午前付郵。振炎夫人於午前自嘉義來電話，謂已接予之限時信，甚歡慰，約定本星期五來北相晤。

五十八年　十一月十九日　星期三　己酉年十月初十日

陰。凌晨有細雨。早往菜場買紅番椒，如指者不足十枚，價五元。

美阿波羅十二號太空人於本日下午二時餘登陸月球。晚開電視轉播實況。此係人類第二次登陸月球，便不若四月前阿波羅十一號太空人登陸之轟動矣。

五十八年　十一月廿一日　星期五　己酉年十月十二日

晚宴客於家，因毛朱聯姻，兩方家長尙未見面，藉此爲介。毛振炎伉儷、毛女郎維君、毛振翔、女方人也。朱德銓先生、朱郎詩芹、男方人也。陪者楊明祿伉儷，王縉達。

近日收到各方友人贈書六種：吳任華贈旭日樓集，鍾應梅贈老子新銓、藥園說詞，葉漱石贈四當齋集，洪炎秋贈忙人閒話、教育老兵談教育。

五十八年　十一月廿三日　星期日　己酉年十月十四日

亡友余天民今日安葬，予原定執紼送葬，適值先期邀約若干友好敍會於家，實無法分身，不得已於九時悤悤趕赴殯儀館致禮而退。相交十餘載，而不得臨窆一拜，終覺歉歉也。

中午宴客，到熊公哲、方豪、洪炎秋、成惕軒、高明、曹翼遠、毛振翔、吳鑄人、邵德潤、王任光十人，濮孟九因事未到。席閒所談，不外文人雅事。盡歡而散。

五十八年　十一月廿五日　星期二　己酉年十月十六日

美國二度探月創擧，勝利完成。太空人康拉德、戈敦、比安、於昨晨四時五十八分，降落太平洋。

十時，參觀電子展覽會於南京東路體育中心，各種電子製品，日新月異，進步之速，不可思議。在進場前，以候場門之啓，予繞行該中心外沿一周，計得三百二十步。如以每步二尺計，共六百四十尺。

五十八年　十一月廿七日　星期四　己酉年十月十八日

天朗氣清，偕妻上北投。次烈夫人因治目疾而失聰，一見便迭聲叫苦，願早死免苦痛，情緒激動萬分。夫人平日，和藹篤厚，從無疾言厲色，一朝得疾患，性情遽變。甚矣病之可畏也。返觀自身之頑健，深幸叨天之福。午膳後，往訪熊婆婆暨芝園。談移時，同車下山歸。

五十八年　十二月二日　星期二　己酉年十月廿三日

府中舊僚田學文，係軍人而習繪事者，中西畫皆所素擅。將開畫展於省立博物館，予書「氣韻神妙」四字賀之。

有後進索書，意不在字，而在求體驗之言，可作座右銘者。予乃書「自立自強，自求多福，惟眞惟誠，惟得令名」，四語與之。

接友函四，姜瞻洛自嘉義，周念行自士林，李飛鵬自臺北，陳立夫自天母。

五十八年　十二月三日　星期三　己酉年十月廿四日

文字因緣之新交李鐵夫專誠來訪，備述因讀我書而致仰慕之忱。留午餐暢談。知其軍校十六期畢業（西安七分校），河北南樂人，在大陸曾任營長，輾轉而至富國島。去年以中校退役，有三子一女，妻爲助理護士。自言早十年識予，或有成就云。

花谿紀念刊反應之一斑，就本日所接左曙萍來信觀之，大有不虞之譽。節鈔如次。

太公賜鑒：近月未承教誨，祇以俗事奔忙……「花谿結緣三十年」一書出版後，頗有洛陽紙貴之勢。朋輩中讀過者，無不交口讚譽。司法部長查良鑑兄，及內政部社會司長劉修如兄，相繼索書。都想各買四五十部，則惜已無書，此書又未便再版也。太公為花谿感情之中心，亦為花谿精神之中心。果公一代完人，有朋友有部屬如太公者，亦足以含笑於在天之靈矣。爰申心敬，特上數言，藉當拜候，恭叩鴻福。弟左曙萍敬上。十二月二日。

五十八年　十二月四日　星期四　己酉年十月廿五日

晴，多雲。連日苦寒。

一日之間，收到友好贈書六種：庫仲英、贈徐霞客書山中逸趣敍碑，沈之萬、贈藝文誌月刊，楊力行、贈呻吟語，魯蕩平、贈讀史隨筆拾餘、黃克強傳記、魯若衡手書雜稿。

五十八年　十二月五日　星期五　己酉年十月廿六日

晴，轉暖，華氏六十四度。

何仲簫夫婦午後來訪，攜贈乾魷魚六個，美製洗髮水二支。

五十八年　十二月六日　星期五　己酉年十月廿六日

早在細雨中，參觀「日本金屬加工機械展覽」，就臺視公司對過曠地構巨篷為之。展出各種鉋、鋸、鉗、鑽、琢、磨、等工具，其功能之巧妙，眞有匪夷所思者。

午赴博愛路大利菜館之宴，東道方豪神父，現任政大文學院院長。座上客屈萬里、包遵彭、夏德詒、魯實先，札奇斯欽、于衡，皆當代名教授，學術界之權威人物也。姚從吾未到。另有出版商一人，學生書店經理劉君國瑞。席間所談，大抵不出學術界事。

五十八年　十二月八日　星期一　己酉年十月晦

昨夜就寢後，並無所思，而目不交睫，竟至凌晨二時始入夢，入夢前起溺三次，何忽有此證候，百思不解。

五十八年　十二月九日　星期二　己酉年十一月朔

鄉友徐培鑫之喪，輓句如次：

修己在篤行淑身，遊仕生涯相惜老。

有子能承家許國，異鄉死訣亦何悲。

葉君甫蒼來夜談，公事、私事、往事、近事，談來娓娓不倦，十一時半去。

五十八年　十二月十日　星期三　己酉年十一月初二日

晴朗。就邢牙科診所拔去左下顎門牙二顆。

在雅家午餐。觀名家書畫展於國藝中心，有蘇子者行書小屏，才氣不小。獨怪西北妄人某，字不成體，亦與其列，不知何故。

五十八年　十二月十一日　星期四　己酉年十一月初三日

連日早起，氣溫皆在華氏五十五六度間，雖覺寒而生活如常，電爐迄未啓用也。

五十八年　十二月十二日　星期五　己酉年十一月初四日

新配雙光眼鏡，今日開始戴用，看書作字，略感不適。此鏡合深淺老花於同一鏡片，上七十度，下三二五度。

邢牙科醫生見予前日拔去二牙之牙齦已平復，謂生長力之強，大出意外。於是做模，並鑲補一蛀牙。

五十八年　十二月十四日　星期日　己酉年十一月初六日

子水先生爲予言，前晤張其昀先生，曾向彼提及予之婉拒爲教授事，彼告以此君似已得道，而注力修身養性，云云。如此過獎，媿何敢當。其實予之所以辭謝其盛意者，自惟學淺而疏慵，實不足爲人師耳。

五十八年　十二月十八日　星期日　己酉年十一月初十日

下顎缺牙，今日鑲上，與眞牙無異，且合適無碍，洵可謂巧奪天工矣。醫生邢君鳳舞，先拒酬，予與三百元，彼僅受百，予倍之，強而後受。此君亦重情義之人哉。

五十八年　十二月十九日　星期五　己酉年十一月十一日

接立夫兄來信，有「四十五年老友應無事不談」之語，具見其肝膽相照，情義是崇，吾何幸而得此友哉。

五十八年　十二月廿四日　星期四　己酉年十一月十七日

鄂籍友人朱德銓之五郎詩芹，與鄉好毛振炎之長女維君，今午訂婚於南京東路李園大飯店。女方尊長毛振翔神父爲證明人，予與同鄉楊明祿爲介紹人。

五十八年　十二月卅一日　星期三　己酉年十一月廿三日

菊結算本年用度，膳食一萬四千餘元，應酬二萬二千餘元，購置雜用一萬四千餘元。

中華民國五十九年江山巽生日記

（家居台北縣新莊鎮中港路五守新村）

五十九年　元旦　星期四　己酉年十一月廿四日

天朗氣清。今爲予自總統府退休後之第二年，晨偕菊乘府車進城，終日在青、雅之家看諸外孫嬉戲作樂，及欣賞電視，夜卽宿於此。

縉達午間到青家過訪，留餐暢談。

五十九年　元月六日　星期二　己酉年十一月廿九日

晴，多雲。報載花谿舊雨楊君銳，由政工幹校副校長調任中央第六組副主任，此要津也，作書賀之。楊君甘肅人，大夏大學文學士。

五十九年　元月八日　星期四　己酉年十二月朔

終日陰，華氏六十度上下。

國史館館長黃季公午前過訪，爲談史料之整理計畫，並及目下業務之進展情形。日就月將，斐然有成，具見事在人爲，世間決無不勞而穫者，因念及政府遷臺後黃公接事以前，堂堂國史館，在長期睡眠狀態之可惜。

五十九年　元月十二日　星期一　己酉年十二月初五日

晴多雲。致陳立夫兄書，告以近況，並述嗣後關於出處之堅定立場。爲報知己，祇量力能爲，則願效其綿薄。若志在求事，而仍朝夕聽鼓，未免示人以可憐，雖窮，不敢濫也。

五十九年 元月十三日 星期二 己酉年十二月初六日

連日臨池，興致正濃。今晨抹桌不愼，半盌墨汁，倒翻滿地。洗刷盡淨，頗費手脚，臨池興致，幾爲之消失。旋念，是亦意外得一磨鍊忍耐工夫。且退一步想，汚及衣服將如何，汚及牆壁又將如何，豈不更爲費事。經此一想，乃鼓餘勇，照常臨池焉。

聞退休不久之老同事沈開暹病故，此君任監印工作，自總司令部，而國民政府，而總統府，以迄告老，連續四十年，可謂有始有終，從無紕漏，亦可謂善始善終之人矣。

羅時實兄寄贈采色詩箋百張，在老友心目中，予之作字，猶是當年未廢右筆時之任意揮洒也。思之不禁一歎。然對故人之厚意則可感，修書謝之。

五十九年 元月十四日 星期三 己酉年十二月初七日

陰雨。入夜風緊雨驟，北窗沙沙有聲。

五十九年 元月十五日 星期四 己酉年十二月初八日

入冬以來最冷之一日，華氏五十四度，夜間啓用電爐取暖。

五十九年 元月十六日 星期五 己酉年十二月初九日

陰，嚴寒，終日華氏五十四度以下。晨起，冷水浴如常。

接學生書局寄贈「書目季刊」，第九十七頁，刊出予去歲所主編之「花谿結緣三十年」，敍其內容，謂甚有歷史價值云。

五十九年　元月二十日　星期二　己酉年十二月十三日

接國史館聘書，聘予爲特約纂修。

五十九年　元月廿二日　星期四　己酉年十二月望

重配雙光老花眼鏡，上淺下深。上百五十度，下三百五十度，價二百七十元。

五十九年　元月二十五日　星期日　己酉年十二月十八日

今之天氣，一日而三變。早陰雨，向午陽光普照，午後轉雨。

午後進第一公司周覽一番，上下擁擠不堪。大抵因舊年關將至，紛紛爲辦年貨而忙也。

五十九年　元月廿六日　星期二　己酉年十二月十九日

九時往國史館報到，主秘許君師愼，舊識也。承告館長黃季公交待，有重要文字，送家校閱，云云。談刻許，退。館址在北平路，與北市車管處望衡對宇，交通甚便。

五十九年　元月廿九日　星期四　己酉年十二月廿二日

陰雨。黃季公於午前再度過訪，談其對國史資料處理之方針，輕重緩急，步驟秩然，充分表現硬幹實幹精神。

五十九年　元月卅一日　星期六　己酉年十二月廿四日

九時，到史館，偕倪寶寬處長，熊守暉秘書，遲景德處長，往新店青潭檔庫，參觀資料。此庫依山建築，重疊五層。資料分黨史會與國史館二部分。已整理就緒者，或攝影縮小保存，或分類編號，查考甚便。

五十九年　二月六日　星期五　庚戌年正月朔

今爲舊曆春節。本村住戶，照例有團拜之舉。八時鳴鑼召集，假村中球場，分成兩組。燃放鞭炮後，相向一鞠躬而退。其實是官樣文章，無甚意義。因今日人情味之薄，處世禮數之不講，幾令人無法想像。予自遷本村以來，所見遷進遷出，無慮數十家。遷進之日，曾有拜訪左鄰右舍之舉者，祇有張君清淮一人。爾餘同居處許久，而不通姓名者，比比皆是。白領階級，尚且如此，可付一嘆。其領導人物，亦多漠然視之。所謂禮義廉恥，所謂親愛精誠，所謂睦鄰，所謂守望相助，從何談起。

五十九年　二月十一日　星期三　庚戌年正月初六日

陰寒。春節後初次進城。三民書局劉君振強見告，臺人黃成春者，極愛予文，願得「大陸陳迹」一書。並謂對予爲人敬慕之至云。

五十九年　二月十八日　星期二　庚戌年正月十三日

新購鐵達時自動手錶一只，實價六百五十元。

午後，偶觀臺視，正逢成語節目，隨手記之，轉錄於此。「草木榮華」，出自禮記王制。「

樂不可支」，出自後漢書張堪傳。支，又可作計解。「力爭上游」，出自論語陽貨篇。「天長地久」，出自老子第七章。

五十九年　二月十九日　星期三　庚戌年正月十四日

花谿同仁來臺後第十八度春節歡敍，於今晚假中山北路大鴻園行之。張宴六席皆滿座。七時開始，八時半盡歡而散。

五十九年　二月廿五日　星期三　庚戌年正月二十日

晴朗。右手忽能作書，懸腕貼腕，皆可連書百數十字，積年痼疾，一朝霍然，奇蹟奇蹟。（作者案，此係偶然現象，不久仍復原狀。）

五十九年　三月二日　星期一　庚戌年正月廿五日

吾家次烈夫人王愛月病逝，早八時一刻，接紹誠電話通知。予立卽趕往宏恩醫院，九時移靈市立殯儀館，安頓冰櫃內後，予伴次烈回乃壻張建邦寓，共商喪務進行。十二時半辭出，歸來途中，憶及往在大陸，予常言，同輩配偶，儀態之有福壽徵者，惟次烈夫人爲最。而今看來，其良人，其子女，其親屬，其一切人事環境，此時此地，以言福壽，能與媲美者有幾。故荀子雖非相，而古人形相家言，豈眞無稽之談哉。

五十九年　三月三日　星期二　庚戌年正月廿六日

臺人張朝純之婚，張喜宴於臺北錦西街雙連國校，予偕妻按喜帖所載六時往，賀客無一至者。候逾時始漸集，八時開筵，又半小時新娘始入席。賀客百餘人中，惟予夫妻爲外省人。喜幛十餘幅，上綴送禮人所致之禮金鈔劵，至親有致二千者，菜肴甚豐，但其味甚淡。席將終，聞鞭炮聲作，賀客紛紛退，時已九時一刻矣。搭指南車歸。

五十九年　三月六日　星期五　庚戌年正月廿九日

今午自陽明山送次烈夫人安厝歸來，與五六同行友好，入省議會福利社共餐，有友談及某夫婦之忘恩負義，及死要錢之行爲，原原本本，有憑有據，其無耻程度，幾令人不能置信。因平時相見，儼然自以爲上流人物，若無其事者。甚矣人心之不可測也。

五十九年　三月八日　星期日　庚戌年二月朔

從事監印工作四十餘年之亡友沈開暹，後日開弔又安葬，爲之經紀其事之葉君甫蓀，堅囑以聯爲輓，予乃率書數語輓之，亦所以紀其事也。

從公幕府，造次盡心，歷歲不曾有疏失。

捐館異鄉，後事無慮，人生難得是良朋。

五十九年　三月十二日　星期四　庚戌年二月初五日

今爲植樹節。陰寒，偶雨。

本村各甬道兩旁，及球場四周，每隔十步，栽榕樹一株。樹高丈許，枝枒作層疊形，爲住處增加風景不少。聞規畫此事者，係宿舍委員會主委蔡覺華。據稱此樹購自員林，每株三百圓云。

晚歸車上，臺籍青年黃旭甫言，外交部同事，頗有喜讀予之「果廬書簡」者，彼亦因而購讀之，獲益不少。此君出身東海大學，高考及格，曾供職府中，調外部未久也。

五十九年　三月十四日　星期六　庚戌年二月初七日

日本大阪萬國博覽會，參與國家七十有七，會期預定一百八十三天。今晨十時開幕，利用人造通訊衞星，轉播現場實況，映於螢光幕者，其影，其聲，明亮清晰，無異身歷。科學功能，使地球幅小。循此推衍，人類將來，尙有何事不可能乎。

五十九年　三月廿二日　星期日　庚戌年二月望

午應老友吳鑄人兄之約，偕黃君翰章，餐於僑聯餐廳。三人載飲載談，皆爲當年共事花谿往事。吳少予四歲，作事甚有魄力，且黨性極強，對舊長官果公爲人之瞭解，同輩中無出其右者。渠言「處事之智慧，多由逼而來」，實卽所謂福至心靈也。

毅英新遷安東街已有日，予午後偕菊往看，公寓四樓，室雖精雅，而舉目不見花草，終有隔絕自然之感。

接老友公孟自港來書，有「世態炎涼，可以推心置腹如老兄者，已是舉世無幾人矣」之語，人之視我率如此，敢不加勉乎。

五十九年　三月廿六日　星期四　庚戌年二月十九日

在雅家午膳，三時參觀第一屆全國書畫展於歷史博物館。國畫中賴敬程之亂藤，筆路奇而有力，看似甚亂，而實不亂。李靈伽所繪董狐像，旁題董狐筆之筆字，其直長達二尺，不歪不斜，筆力萬鈞，奇筆也。日人書法十九草書，所陳列之四五十幅，筆法章法，皆有奇氣，殆其民族性使然歟。妻同觀。

五十九年　三月廿八日　星期六　庚戌年二月廿一日

突然消息。午後二時，在雅家正欲小睡，忽接菊自新莊本宅電話，謂友好黃君翰章暴患咯血，送入陸軍醫院。予立卽趕往探視，見其血隨咳湧，狀甚驚人。憶少時先長兄逝世前夕之咯血亦如是，不禁熱淚雨下。竊想斯人胡來斯疾，憂心忡忡。

五十九年　三月廿九日　星期日　庚戌年二月廿二日

今爲青年節，天氣如初夏。

上午再探黃友病情，原住公保病房，今遷特三號。咳減血亦減，然而吉凶尙不能必也。菊同去。

五十九年　四月一日　星期三　庚戌年二月廿五日

早在微雨中詣陸軍醫院。知黃友病情好轉，私衷大慰，與其夫人少談刻許卽辭出。

五十九年　四月三日　星期五　庚戌年二月廿七日

任教彰化員林之舊識劉松壽，於夜閒由同村府友陳永烈陪同來訪，攜贈鹿港糕點二盒。陳近亦自員林來，有其鄉友薛金標偕行。談次，論及今日青年重享受而畏喫苦。予告之曰，喫苦與享受爲一事之二面，吾人欲得享受，必自喫苦中求之。不經喫苦而得之享受，其終必喫苦無疑。三君均深韙予說。臨行，予贈薛「一抹」、「半環記」、「花谿卅年」、各一，補贈劉「花谿卅年」、「半環記」、各二。

五十九年　四月四日　星期六　庚戌年二月廿八日

風和日暖，適逢兒童節。偕家人遊陽明山，十時自臺北東站啓行，午後二時回。山上道路、噴泉、花台，草地護欄等新建設不少。家人者，菊、雅、及華、好二孫。晚入點心世界以麵食爲餐，臨時加月、圓、二孫，大小七人，費七十三元。

去年入冬以來，上身所著，內衣、汗衫、襯衫、西背心而已。毛線衫則備而未用。今因遊山防天氣之驟變，乃出毛線衫著之，菊問今何畏寒。予曰，鄉諺有「護三凍九」之說，三謂三月，九謂九月，意謂九月受寒無妨，三月則須愼防受寒也。

五十九年　四月五日　星期日　庚戌年二月晦

今爲舊曆清明節，予偕妻隨臺北姜氏宗親祭祖於桃園之新屋鄉。此鄉有村名頭洲、東明者，各有姜氏祠，規模無殊尋常民居。當地宗親，鄭重其事，備祭品，搭祭棚，鳴鞭炮歡迎。祭時由宗親會理事長伯彰先生主祭，祭後主祭致辭，並攝影。中曾瞻拜二百年前自陸豐來始祖興芝公之墓塔，佔地數千坪，名塔，實卽巨塚耳。建於光復後之次年，前闢廣坪，背負坡，環植嘉木，具花園之勝。徘徊片刻，赴新屋源春館午宴，與宴者百餘人，席間理事長及當地宗親代表致詞後，予亦被推致短詞。大意今日之會，是具有天時、地利、人和之盛會。又提倡宗親會一事，實卽復興文化之一端。宴後，並集五穀廟致祭，以所供神農氏，卽姜氏發源之祖也。此行來去遊覽車，係鏡泉宗親所招待者。

五十九年　四月九日　星期四　庚戌年三月初四日

傍晚，在室外陽臺，登疊凳懸簾，幾肇流血喪身之禍，千鈞一髮，思之不寒而慄。任何小事，均應特加謹愼，切記切記。

五十九年　四月十二日　星期日　庚戌年三月初七日

早探翰章病於三軍醫院。翰章上月杪，暴病驚人，經檢查後，大致無妨，良慰。九時，聽立夫在中山堂演講孔孟之道。事前備講稿分贈聽者，講時由一女士宣讀，畢，立夫加以口頭補充，言及西方風氣之壞，與當前重財輕德惡習之盛，激昂慷慨，聽者動容。

五十九年　四月十五日　星期三　庚戌年三月初十日

晴，多雲。持所撰次烈夫人墓表，往木柵就正於成惕軒、曹翼遠、曾定一、熊公哲、高明諸友，得益不少。事前曾經尙達仁、邵德潤二君參與意見，皆各有所取。成一金石文章，眞不易也。以視世之妄人狂士，率爾操觚，自以爲是，其不見譏於大雅者鮮矣。

五十九年　四月廿二日　星期三　庚戌年三月十七日

飯後，訪黃伯度氏於其家，剛自榮民總醫院療養歸來也。精神已復，快談之頃，彼謂吾老年而得君爲暱友，亦異數也。云云。其情可感。

五十九年　四月廿六日　星期日　戊庚年三月廿一日

旅行石門水庫，係乘工礦公司員工所雇之遊覽車行。予與菊乃以員工親屬之資格參加。紹青、水雅、好孫，並毛延祺伉儷，及其女、其孫同去。八時五十分，自工礦公司開車，四時回抵新莊家中。去程曾繞道泰山，瞻仰陳副總統墓。自墓前登階，歷二百五十六級而至葬地。後築白色石屏，寬約七丈，高三丈，氣象雄偉，已成臺北近郊之一勝地矣。石門水庫遊客，大都乘大型遊覽車而來。車停壩上，如陽明山花季之看花車。水庫兩岸山嶺，皆闢道可登。庫中設遊艇數十艘，或遊或渡，任君所欲。歸程過大溪公園，悤悤一覽，舊地重遊，所見依舊，興味索然。

五十九年　四月廿八日　星期二　庚戌年三月廿三日

宗親名竹者，字濟章，於晚間攜所註「太公六韜」求教。予教以編排格式，正文註文，應有賓主之分，以清眉目。此君學運輸，陸軍指揮參謀大學畢業，現任運輸兵學校教官，熱忱人也。

五十九年　五月三日　星期日　庚戌年三月廿八日

宗親爲孝，自桃園攜贈竹種數竿，桂樹二本，因無人在家，置之後院，留字而去。此人言而有信，可嘉。

接立夫兄二日函，談著作，談志行，談近況，談交誼，密行小字，二箋殆滿。劈首「弟學識淺陋，以工作關係，需要思想作戰，遂轉而注意中國文化。研究有得，則提供國人，期就正焉。

承兄獎飾，實不敢當。」結尾「禮尚往來，古今同然，兄既有饋，弟亦宜報。何以不安，異生之異，豈在是耶，一笑。」以上云云，其撝謙可敬，其親切可感。患難老友，畢竟不同泛泛也。

五十九年　五月七日　星期四　庚戌年四月初三日

三民書局通知，予之「實用書簡」又將再版矣。又該書局新近出版「文庫簡介」，對予所撰各書之介詞，語語結實，深中肯綮，非精讀者不能道，想見該書局編輯中，亦有高手。

五十九年　五月十三日　星期三　庚戌年四月初九日

昨夜有小偷光顧本村，對鄰隔鄰，被偷所養大鷄十數隻，一隻不留。住宅密集，本不宜養鷄，經此一偷，鷄主誠不無損失，就公共衞生言，却從此有利矣。

五十九年　五月十七日　星期日　庚戌年四月十三日

次烈夫人安葬樹林佛教公墓，午後一時自陽明山第一公墓厝所起靈，歷一時又十分而至墓地。三時落葬。墓地十五坪，次烈生壙位於左，後壁右方，嵌王夫人墓表。謝冠生書，隸體，文長六百七十八字。送葬者男女大小六七十人，泰半爲其親屬，餘爲鄉友。

五十九年　五月廿一日　星期四　庚戌年四月十七日

上午參觀東冶藝集同仁書畫展，見有高拜石所書七言篆書壽聯，聯邊綴短序，典雅簡鍊，亟錄之，轉載於此。

某某今年六十矣，同文先期相告，擬爲佐觴之詞。維余與某，丱歲交親，重以姻懿。邇年同寓臺北，見其燕處超然，風規夷遠，彌深忻挹。夫峻整澄澈者，發乎天光，壽之至也。用不爲恆詞，掇十四字集篆以賀。

五十九年　五月廿七日　星期三　庚戌年四月廿三日

檢贈桃園新屋鄉小學新舊書三十餘種，內除部分經書外，大多與文學有關之近代新書，計百數十冊，交宗親政代轉。新屋鄉，爲臺灣姜氏之發祥地，上月因宗親會祭祖於此，曾至該校參觀，見陳設簡陋，故以此贈之。

五十九年　五月三十日　星期六　庚戌年四月廿六日

次烈言，接其肄業東海大學之胞姪文滿函報，一昨攜予所撰其亡妻王愛月夫人墓表至校，中文系主任蕭先生見之，以爲今有此作，甚難得，卽選爲範文，以授本系之學生，云云。此墓表受人之重視如此，亦意外事也。

五十九年　六月四日　星期四　庚戌年五月朔

今逢新莊大拜拜，自中興大橋起，重新路上，人車壅塞，行進維艱。有人六時過中興橋，八時後始抵新莊。

晚應當地人張朝男邀至其家吃拜拜，酒肴豐盛，味亦可口。席中有師專三年級學生方錫清、曾恩潭二人，聽予談當前一般國語教學對於讀法用唱而不用講之不合理，似頗有同感。

五十九年　六月五日　星期五　庚戌年五月初二日

文友楊君力行見告，近爲其師易君左代課於政工幹校，曾對學生講予所撰「學文之道」，並提及近稿次烈夫人墓表云云。此君於予之文字，似偏愛甚深，亦奇緣也。

五十九年 六月九日 星期二 庚戌年五月初六日

突然消息，九時半接馬國琳電話，表親金陽鎬於昨夜在陽明山因車禍喪生。予立即偕菊往其家唁慰表姪女李若南。一個生龍活虎之幹才，遽爾幽明異路，人事眞無常哉。

五十九年 六月十日 星期三 庚戌年五月初七日

午後，參加金陽鎬治喪委員會，假農復會四樓舉行。到各方代表五六十人。聽某氏報告死者生前之種種，只重事業不重做官之卓行，令人肅然起敬。歸擬輓聯，頃刻得之，文曰。

志高行潔，但知做事，不知做官，所重在素抱，今也幾曾見過。

才大學優，用之有爲，舍之有守，竟死於非命，天乎何阨斯人。

五十九年 六月十三日 星期六 庚戌年五月初十日

弔金陽鎬之喪，見男女皆現戚容。自禮俗倡行殯儀館以來，尋常喪祭，弔者相聚，宛似交誼。此則滿堂肅穆，惋嘆聲不絕於耳。楨幹長才，猝遭橫折，畢竟格外動人心弦也。十時半大殮，聞其妻悽厲嚎啕，不禁爲之泫然，在側婦女，莫不掩面飮泣。輓聯輓幛之屬，堂內外重叠懸挂，不可數計，公私弔祭者之衆，黨國大老，不是過也。死者靈而有知，獲此哀榮，亦可稍慰矣乎。十一時，起靈厝陽明山公墓。予隨靈上山，菊同行。

五十九年　六月二十日　星期六　庚戌年五月十七日

連日爲艸擬金陽鎬墓表文，朝改暮改，心不停思，左謄右謄，手不離筆。過用視力，左目頻感苦澀，似有沙粒作祟。因於下午陣雨之後，藉訪友以休養，往木柵一行。

五十九年　六月廿四日　星期三　庚戌年五月廿一日

北市大安區有女醫某，已中年，號稱名眼科，予以左目不適，前往就診，掛號五十元，無媿名醫。診後，給以藥水一小瓶，瓶大如小指，予詢功能，曰消炎。予以爲必免費無疑，而再索值三十元。數滴消炎水之昂如此，仁心乎，黑心乎。

五十九年　六月廿五日　星期四　庚戌年五月廿二日

目疾少痊。陽鎬墓表，今作定稿，雖不滿千字，而錘鍊之苦，惟作者自知，一文之成，欲求無疵，眞不易哉。

五十九年　七月一日　星期三　庚戌年五月廿八日

黃伯老八十生日，（依舊曆爲準）「自由之家」茶敍之會，八時至十時半，到者八百餘。壽堂佈置叢花茂草之中，配以噴泉，景色美極。立委劉啓瑞對予所贈壽言，大加讚譽，謂淸新脫俗，不同凡響，曾囑兒子拍照，藉資學習云。（壽言見拙著累廬聲氣集「贈言篇」）。

五十九年　七月六日　星期一　庚戌年六月初四日

波姪自木柵來，言日前有粵人歐培榮者，家居臺東信義路六十二號，供職公路。近以公來北，訪購予之「大陸陳迹」「半環記」苦不得，因聞予一度備位考試院，並知有姪在此，乃專誠訪其相詢，何處有賣。云云。料知此君必喜讀予文者，並爲有心人，急按其寓址，檢寄二書贈之。

五十九年　七月八日　星期三　庚戌年六月初六日

三民書局劉君振強，寄贈藝文版「康熙字典」一部，精裝二厚册，其情可感。

五十九年　七月十二日　星期日　庚戌年六月初十日

臺東歐培榮來信，附滙票百元，謂係以償前寄各書書價者，此亦道義君子，復書致敬意，並璧其滙款，以示予固非牟利人也。

五十九年　七月十三日　星期一　庚戌年六月十一日

金陽鎬安葬，偕菊乘農復會專車上山送葬，延至十時至墓地，已落葬矣。同車人竊竊私議，於以見辦事人員之顢頇云。

五十九年　七月十七日　星期五　庚戌年六月望

整理歷年照片大小百數十張。三十餘年來，浩劫頻仍，身外舊物，盡化烏有，而當年各處留影，或志遊踪，或志遇合，獨依然無恙。抗戰離京時，原寄存西華門朱奶奶之家，因檀弟往辭行，攜之而抵重慶。相伴八年，重還累廬，以匪禍泛濫，輾轉至江山。妻於三十八年赴粵時，無意中又挾之俱。來臺後，疊遭淹浸之難，毁物纍纍，此獨幸完，冥冥中若得神之呵護者。今之重加整貼，聊盡我心而已。能再保留幾年，不可知也。

五十九年　七月十八日　星期六　庚戌年六月十六日

晚赴黃伯老府上之宴。室內環壁聯屏，皆當代俊彥新近壽其八十之作。予所贈短序，懸諸書房座右，主人謂予文清新，讀之不厭云。與宴者皆稔友，成惕軒、張之淦、唐振楚、黃理通、邵德潤、葉甫菶、謝宗安、王壽民。

五十九年　七月二十日　星期一　庚戌年六月十八日

連日燠熱，室內均在華氏九十二度以上。

繼續整理歷年累積照片。大陸攜出者團體另存外，依先後序次集貼一册，題曰大陸遺痕。渡海後留影，則分遊踪、歡敍、紀念、雜集四題，合一巨册。

五十九年　七月廿三日　星期四　庚戌年六月廿一日

晚看成功影業社拍電影於北投玉川園，陳奮陪行。女主角胡錦，男主角馮海。所拍故事，男因某事負傷在家，女見而憐之，跪伏男身而哀泣。連拍數次始成，淚水滿面，則隨時以人工爲之。看此實情，深感一片之成，實不易易。回臺北乘計程車，途中車快如飛，頗覺惴惴。

五十九年　七月廿五日　星期六　庚戌年六月廿三日

因受至好之託，有事訪神交多年之立委劉啓瑞兄，於其永康街寓所。一見道傾慕之忱，至爲感人。與商某事，誠誠懇懇，無一語不可信，眞古道君子也。談及文章，承其謬愛，多過獎語。並告予有某學府選予之「實用書簡」爲教本云。臨別以其先德遺著精裝養雲山莊文詩鈔、劉中丞芝田奏稿二種相贈。

五十九年　七月二十七日　星期一　庚戌年六月廿五日

從積存長老親故來信中，揀出民國四十年行政院陳院長復信，民國四十二年黨國元老鈕公永建及老友狄君武兄來信，交三民書局製鋅版，作爲「實用書簡」插圖。

五十九年　七月二十八日　星期二　庚戌年六月廿六日

因需要戶口謄本而至新莊鎭公所，余初次登門，見其辦公大堂之規模，及執事人員之衆多，以視中央或臺銀之總行，不是過也。想見地方自治工作之繁，推知凡能長一鎭者，必非泛泛之才也。

五十九年　七月三十日　星期四　庚戌年六月廿八日

「實用書簡」再版今日出書，距初版剛一年有半耳。

五十九年　七月卅一日　星期五　庚戌年六月晦

早到府，繳下半年公保金千有八元。適曹翼遠、羅萬類二兄，以參加月會集會計處趙棨長處。老友相會，快談一番，樂事也。

僚友葉甫葊長女明義，考取北一女高中，贈以派克筆賀之。

新莊中港路拓寬段路面加敷柏油工程，今日完成。

我國七虎少棒隊，今在日本與其和歌山隊，爭奪太平洋區代表權，告捷訊至，全國歡欣。

五十九年 八月四日 星期二 庚戌年七月初三日

午間，鄉好王君縉達，招飲於館前路聚豐園。園設大樓底層，有噴泉，有空氣調節器，涉迹其中，不知置身地下深及丈許也。同飲者，尙達仁、余元經、邵德潤、葉甫葊、廖壽泉、陳長賡、林智淹、潘樹聲，皆府中相習者。

五十九年 八月八日 星期六 庚戌年七月初七日

弔新交葉漱石之喪，致賻二百元。予爲唯一弔客，淒涼之至。

五十九年 八月十日 星期一 庚戌年七月初九日

晴熱，夜觀中視國劇「蕭何月下追韓信」故事。韓信身懷張良薦書而不露，甚合予意，設身處地亦同然。回憶民國十九年，任武漢行營機要科長時，何應欽繼何成濬主行營，忽調予爲秘書。立夫聞而函其時主秘劉健羣，對予盛加揄揚，請其重用，此函寄予轉，予匿之未報，其用意亦如韓信之所爲。而劉氏始終不知有此一函也。

五十九年 八月十五日 星期六 庚戌年七月十四日

熊婆寄示悼念朱君恪、及朱斌魁文稿二篇，長萬言，是有情、有理、有氣、有血、有淚之文章。名爲悼人，無異自傳。予讀後，深感如熊婆者，確乎巾幗中之偉丈夫也。

五十九年 八月二十日 星期四 庚戌年七月十九日

本村乙丙兩種房屋每戶廚房，拓建興工，鑿擊墻地之聲，不斷震耳欲聾，心神爲之不寧。

接「我生一抹」讀者王家雲來信，中有「未得立雪程門爲憾」之語，並讚我爲獨醒獨清之人，是皆因讀我書之影響，於心良慰。此君徐州人，年六十餘，現任公賣總局統計室主任，亦予之神交也。來信見累廬聲氣集德音篇。

五十九年八月廿三日　星期日　庚戌年七月廿二日

徐達夫婦晚宴毛振蓮女士於第一酒店，看男女特技魔術，及大熊表演。毛爲振翔神父令妹，營養專家，新自美回國觀光。陪宴者，予夫婦與振翔外，姜必寧夫婦、王問楚及文化學院專員姜雪峯。此君籍山東，對予之文章，讚譽不置。所觀表演特技，以驚險勝，往往令人咋舌。魔術截美女爲三段，而終完好，神妙不可解。熊體肥碩，雌雄各一，可二百斤，披衣戴冠，能作人行。跳欄、過橋、立巨球上滾球等戲，與人無異。深歎吾人固萬能，動物亦萬能。故世間林林總總，無奇不有，亦無事不可能。

五十九年八月廿五日　星期二　庚戌年七月廿四日

世界少年棒球賽，今在美國威廉波特擧行，我國派七虎隊參加，臺灣電視公司利用衞星通訊，於明晨二時作現場彩色實況轉播。轉播前子夜十二時起，作特別娛樂節目，故今夜裝電視之家，大都燈火通明，如除夕之守歲然。予觀娛樂節目，未半卽寢。

五十九年八月卅一日　星期一　庚戌年七月晦

晚赴毛嫂向新女士之邀宴，主客毛振翔、振蓮兄妹。陪者子水、次烈、問楚、及生客葉某。主人向葉介予時，謂予爲才子云。自惟椎魯，何來此稱，怪事怪事。

五十九年　九月一日　星期二　庚戌年八月朔

本月新曆夏曆日次相同，多年來難得一逢。

午後陣雨傾盆，劇雷驚人。

宗親雪峯在寓午餐，談及高血壓病患之眾，謂有單方，以香蕉花蕊煮湯，服之奇效云。

五十九年　九月六日　星期日　庚戌年八月初六日

芙安颱風，挾豪雨而來，自昨夜始，陣陣續至，電視消息，各地公路鐵路，有受阻者。

五十九年　九月七日　星期一　庚戌年八月初七日

此次颱風之臨境，報載處處成災。北市則淹水爲患。

五十九年　九月十日　星期四　庚戌年八月初十日

僑港老友公孟函至，蓋申謝前託熟人帶贈少許此閒方物者。函中文句，用典纍纍，此非寖饋於文史者不能爲。於以見其老而劬學，可佩可佩。

五十九年　九月十五日　星期二　庚戌年八月望

今爲中秋佳節，據氣象臺先期報告，應爲賞月良辰。不謂暮色方起，偏轉陰雨。似天公有意與人閒爲難，示其自有權衡，非可任意猜測者。

晚間甥館節敍，青雅夫婦子女及予二老八人外，波姪閤家四人，內姪媳秀英母子二人，又房姪孫有倉一人，共大小十五人。年年此夕，歡敍一番，不知大陸親屬果何如。

五十九年　九月十九日　星期六　庚戌年八月十九日

今爲夏曆庚戌年八月十九，溯五十九年前之今日，爲辛亥年八月十九，卽革命軍起義武昌之日也。巧逢菊夏曆生日，六十晉四初度。公私有慶，同在一日，不知歷幾何年而一遭。欣逢此日，誠可慶矣，然僅心慶而止，固猶等閒度過。以視流俗之遇事鋪張者，頗感自得也。

五十九年　九月二十日　星期日　庚戌年八月廿日

就夏曆言，先室素亭之逝，今爲二十五周年忌辰。時民國三十四年歲次乙酉也。

五十九年　九月廿一日　星期一　庚戌八月廿一日

夏曆今日，予生有室五十周年紀念，時年二十有三，歲次庚申。

五十九年　九月廿八日　星期一　庚戌年八月廿八日

孔子誕辰。晨詣爾臧內姪，知其不日將喬遷劍潭新居，迺正摒擋搬遷事也。見其子定孫，方伏案鈔書，予敎以作字時應注意姿勢。一、頭不可過俯，防近視與彎背也。二、筆頭須略偏外向，便於運筆也。三、腕勿黏貼案面，胸勿緊靠案沿，求筋血之舒暢也。

陳立夫兄廿六日信今日到，鈔其前段如次。

異生吾兄：迭次交下大作，多半與弟在敎部時工作有關，而弟不知也。可見高高在上者，不知之事正多。弟自忖尚能與部下接近者，尚且如是，其他更可知之矣。原件無可增删，仍奉還。……（予有答書，見拙著累廬聲氣集「書簡篇」。）

五十九年　十月一日　星期四　庚戌年九月初二日

復立夫兄上月廿六日來信，前論校勘事，後論處己下人之道，中有直言，以彼豁達，想不以爲迕也。（原文見拙著累廬聲氣集「書簡篇」。）

五十九年　十月四日　星期日　庚戌年九月初五日

接舊從遊胡思良自意大利米蘭市寄出之美術明信片，知其又有歐美之行云。

五十九年　十月八日　星期四　庚戌年九月初九日

舊曆重陽節。訪翰章於臺肥大樓九樓，因交通銀行新遷於此，遙矚窗外，遠景在目，巧逢重陽，亦算應景登高。

五十九年　十月十日　星期六　庚戌年九月十一日

雙十國慶，在歡欣熱鬧中度過。總統府前慶祝大會，予在青家看電視。節目照例無改，惟有二事爲今年所特有。一友邦中非總統卜卡塞，以貴賓參加。二、大陸女青年紅衞兵粵人葉輝德，於數日前泅水投奔自由，救總立卽接來與國人見面。聞其年才十七耳。

五十九年　十月十一日　星期日　庚戌年九月十二日

約青、雅夫婦，挈兒女訪內姪楊爾臧於劍潭新居。剛於月初自明德新村遷此。原爲空曠荒郊，而今闢爲社區，環境空氣，勝鬧市多矣。

昨出現電視最近投奔自由之葉輝德女青年，於今晚由其姊夫府舊人李榮植，及救總女招待員孟月秀，自天母陪同來訪，談其逃出經過，及大陸人民不自由之情況。此女臺山人，大陸高一學生，普通官話流利之至。談及起名事，其成見之堅定，尋常人所不及也。

五十九年　十月十八日　星期日　庚戌年九月十九日

早訪伯稼老者，談紀念戴季陶先生八十冥誕事。老者言，對予之文字，萬分放心，不必吹求云云。深感其偏愛過甚。

訪楊力行新居於師大附中宿舍，至則有政工幹校女生七八人先在。楊言，此數位小姐，皆曾讀予之文章者。予爲談讀書之道。

五十九年　十月廿三日　星期五　庚戌年九月廿四日

八時，赴板橋天主堂，送毛振耕赴美。以其起飛時間十時四十分，爲時尚早，與振翔對談良久，知教中人物各派之互相傾軋，亦如官場中之爭權奪利也。在機場新識朱民威者，蕪湖人，即「毛振翔傳」之作者也。又遇二十餘年前之文官處同事鄭道儒，相見不相識。毛振耕，係其快壻，此次翁壻初相見耳。

五十九年　十月廿六日　星期一　庚戌年九月廿七日

閱報，知黃伯老昨午逝世，生平知音，又弱一個。「此生有幸，老而得暱友」，言猶在耳，遽爾永訣，曷勝人琴之悲。

五十九年　十月廿七日　星期二　庚戌年九月廿八日

往伯老寓，府職員楊欣留守於此，門內置有簽名簿，予留名而退，過府少坐。今後何處見伯老，思之愴然。

夜撰與袁君金書書，蓋踐前日之約也。袁爲省立圖書館館長，自言兼任某專校應用文教授，亟需此類書簡作教材云。

毅英電告，每遇謝齊家，必提及予之爲人及文章，此亦念舊人也。謝爲予黃埔同事，現任輔導會副主委。

五十九年　十月卅一日　星期六　庚戌年十月初二日

今爲總統八四生日，臺北街頭，彷彿國慶。廣播電視「萬壽無疆」之聲，不絕於耳。晚閒，中視假體育中心所舉行之祝壽晚會，儀式隆重，節目精采，爲近年所罕見。其中「美的旋律」一目，少女三四十人，集體舞蹈，靈巧整齊，確乎美極。

五十九年　十一月八日　星期日　庚戌年十月初十日

接立夫兄六日來信，對予前所代撰紀念戴季陶先生之「我之所知於戴先生者」一文，增補數字，囑再酌後逕寄陳天錫先生。信末有「大文簡要而含義深遠，弟甚愛之。」云云。老友此言，當非客套，吾於率性之作，益增自信。

五十九年　十一月十三日　星期五　庚戌年十月望

菊以王字寫贈江君德曜鏡屏，約三百字，今晚告成，勻稱可觀。

五十九年　十一月十四日　星期六　庚戌年十月十六日

愉快之敍，於舊屬宗之洪嫁女喜宴席中得之。席設自由之家，黃季陸先生證婚。席次邂逅老友周厚鈞，神交徐志道、任希平二君，又次烈、小紅、紹誠、翰章、亦同席。熟人相聚，較少拘謹，可忘煩囂之累。

五十九年　十一月十六日　星期一　庚戌年十月十八日

六時興，四鄰尚無動靜，惟同巷余樹芬寓燈火煌然。探之，則余君已於昨日謝世於臺大醫院矣。剛聞告病，遽爾捐館，不勝浮生若夢之感。其入醫院也，恐驚擾親友，秘而不宣，一朝云亡，聞者驚異。君贛籍國大代表，總統府參議，詩人之流也。

接港友施兄十四日航簡，文情並茂，照鈔如次：

異生我兄足下：國慶節讀賜書，忻聞起居安善，甚慰。閱所示大作，想見卅五年前，江山一英俊少年，在羊城從戎盛事。兄此簡書法，圓勁更勝於前。右腕懸臂匪易，而況左運如此精妙耶。老拙置諸案頭，可供時時歎賞觀摩也。此閒公立圖書館，為弟常遊之地。數月前，見其架上插有「一抹」名著，好評嘖嘖，宜乎流傳海外也。賤狀實乏一善足述，雖無病苦，覺有旦暮促人之慨。術者言，我年可臻耄耋，自歎淹恤二十多年，憂患頻承，多壽多辱，不慧如我，卽活到百歲，有何可樂。寂寞度殘生，所蘄故人時錫敎言爲幸。敬頌儷綏。弟猛敂首上。荆人囑候。

五十九年 十一月廿一日 星期六 庚戌年十月廿三日

陰。午後臺視田邊劇場，有四齡幼兒，表演國術大刀舞，動作有板有眼，一如成人，亦奇童也。他日成長，於國術一道必有不凡之成就。

五十九年 十一月廿二日 星期日 庚戌年十月廿四日

贈江德曜鏡屏，今晨送去，積月心願，了却之後，如釋重負。

輓余樹芬聯，「恕道爲懷，臨危猶恐擾親友。翰墨是好，平生獨喜咏詩篇。」

五十九年 十一月廿八日 星期六 庚戌年十月晦

晴，多雲。晚赴中山堂光復廳，參加何靖嫁女之喜宴。男方女家長爲立法委員，故賀客大多公公婆婆一類人物。同席陳廣煜、葉甫葊、龔均平、原德汪。

老友王蒲臣來信，述其讀「實用書簡」後之感想。略云，「一字一句，均不忍輕易放過，愛之也。讀其書，如見其人矣。」又云，「異生誠異哉，語多爲人所不願言者，而異生言之，事多爲人所不能爲者，而異生爲之，異生之所異乎人者，知之益深矣。」原文見拙著畀廬聲氣集「德音篇」。

五十九年 十一月三十日 星期一 庚戌年十一月初二日

晚閒，參與金陵酒店徐郎君陝之喜宴罷，次烈邀觀淡江學院廿周年院慶之平劇晚會。假國軍文藝中心演出。其外孫女乳名小乖，卽張建邦之次女，學名室宜，纔九齡，演「拾玉鐲」，飾孫玉姣，唱做俱妙，扮相尤美，眞奇才奇才。

五十九年　十二月三日　星期四　庚戌年十一月初五日

終日陰雨，冬服出籠。林希岳七十之壽，設壽堂於林森紀念堂，予於六時往賀，逅邂徐松青，邀同車至其家晚餐。其長郎航醒亦在，爲之講俗語「刻薄」「計較」之含義。所謂「刻薄」，有善惡之分，專以對人則爲惡，對己而不對人則爲善。若對人對己同一刻薄，則不善不惡。所謂「計較」，有君子小人之別。計較之心，人皆有之。志在利人則爲君子，志在利己則爲小人。彼頷之。

近日發覺執筆過低，恐一成習慣，改之不易，決心短期間改正之。

五十九年　十二月五日　星期六　庚戌年十一月初七日

陰雨。讀白居易「浩歌行」能成誦。七言四韻，二十二句。啓廸人生，透闢之至。

先後接方豪、毛振翔電告，邱錫凡神父昨晨病逝。邱爲人率眞而熱情，善士不祿，惜哉。

五十九年　十二月八日　星期二　庚戌年十一月初十日

陰。連朝練習浮腕寫小字。深信鍥而不捨，必有所穫。

五十九年　十二月九日　星期三　庚戌年十一月十一日

晴。第六屆亞運，今午後五時在泰國曼谷揭幕。臺視利用衞星導播現場實況。因衞星有故障，影象不甚清晰。

國史館二月前送來審閱之史料，今簽出意見，準明日繳回。

五十九年　十二月十八日　星期五　庚戌年十一月二十日

故同事余樹芬之安窆，竟臨時由予代表送葬諸親友主祭，亦算與死者有緣。墓地在陽明山，位高峯深谷中，通道待闢，幸逢晴天，不然，擧步爲難。送者二三十人，以予年居長，故由辦事人請予主祭云。妻同去。

五十九年　十二月廿八日　星期一　庚戌年十二月朔

今一日之間，而二度傷指出血。上午因拆閱郵遞日曆，小刀誤傷左無名指。晚因裁紙而誤傷右拇指。刀之爲物，在用時惟恐其不銳利，銳利又易傷及肌膚。世間事固無所謂利弊也。

中華民國六十年江山巽生日記

（家居台北縣新莊鎮中港路五守新村）

六十年　元旦　星期五　庚戌年十二月初五日

今爲新歲元旦，亦卽我中華民國開國周甲之慶也。溯紀元肇始，予方十五，而今告老又逾二年矣。感歲月之如流，嘆人生之悠忽。誠禱天相，早歸故園，新歲新願，如此而已。

午在青家餐敍，外孫輩月、圓、華、好俱在。親友至者，姜一華、王縉達、鄭純禮夫婦、及其子天淩，內姪媳楊沈秀英、內姪孫楊定。又波姪後至。

歲杪近旬，陰黯連連，有時而雨。人人咸以新歲不得良辰爲慮。不謂曉起瞬息，朝暾迎人，日暖風和，碧空如洗。若天公有意作美，爲人間添無限喜氣者。踪跡所之，歡聲洋溢。固一片昇平景象也，但不識芸芸人潮中，尙有念及大陸苦難同胞否。

六十年　元月二日　星期六　庚戌年十二月初六日

昨夜雨，今仍雨。妻總結上年收支，應酬所費達收入四之一。

續收各方親友賀年柬十起。

六十年　元月三日　星期日　庚戌年十二月初七日

參觀歷史博物館中「近代先賢墨蹟展覽」，無論巨幅片牋，皆富詩書氣，百觀不厭。細審其墨色及用紙，在在可見先人之敬事精神，大足為吾後人矜式。

毛振炎自嘉義寄贈公賣局日曆一分。今年巧事，先日黃國雄、李永生、所贈者亦同。

六十年　元月八日　星期五　庚戌年十二月十二日

近月來西方國家之背我而向匪者，初為加拿大，繼而意大利，今南美之智利，又步其後塵矣。如此接二連三，影響於我國際地位者，至為深切。不知當局有無補救妙策，若長此以往，後患將不堪設想，奈何奈何。

六十年　元月十日　星期日　庚戌年十二月十四日

再度往歷史博物館，參觀近代名家之書法展覽。徘徊往覆，幾達二小時。先賢之作，其筆法章法，皆有獨到處，又無不自學問中來。足徵書法與學問，關係至切，未有無學而能成家數者。又就章法論，欲求美觀，縱橫行列，與其密也寧疏。以後作書，宜特別致意焉。

賀楚強令郎之婚，假中山堂光復廳舉行，以中午為期，俗所罕有。宴席中新識名士龔德柏，蓄長須，年八十一，健談，目力如少壯，亦異人也。老同事魯魯山，與予同庚，已龍鍾矣。

六十年　元月十一日　星期一　庚戌十月望

妻為予縫製新西服，上衣告成，已至盡美盡善之地步。往日縫製，必須反覆試樣，此次未曾一試，而能稱心滿意，可謂功夫到家。無師自通，其斯之謂歟。料為族弟紹誠之嘉惠，產自英夷，已珍藏四載矣。

六十年　元月十四日　星期四　庚戌十二月十八日

午與邵德潤、林智淹、葉甫葊、王理通、廖素泉、王縉達、潘樹聲、王壽民諸友，同往中山北路紅寶石以點爲餐，每碟七元，共費五六百元，德潤爲東道。

六十年　元月十九日　星期二　庚戌年十二月廿三日

晴朗，華氏七十度。晚聞雷聲。

上午從事油漆工作，家中椅凳几案，煥然一新。

函告一華，其所撰「孫子研究」一文，已得立夫先生之共鳴。

六十年　元月廿六日　星期二　庚戌年十二月晦

今爲庚戌年除夕。天有轉晴徵象，氣象預報更惡之說不驗。

在青家年夜飯，外客僅王興同一人，闔家大小，細嘗慢酌，甚覺悠然而安靜。

六十年　元月廿七日　星期三

今爲春節。按夏曆歲次，爲辛亥年元旦。溯予生之第一辛亥，值清宣統三年，即革命軍起義武昌，推翻滿清統治建立民國之年也。時予十四歲，父母五十五，長兄二十九，弱弟十一。是年秋，予自鄉校轉學縣立模範小學，插四年級，於寒假以最優等第二名畢業。回首已屆周甲，俯仰今昔，曷勝人世滄桑之感。

晨八時半，本村住戶，依例集球場團拜，故事也。

自臺北來拜年者邵德潤、陳長賡、江德曜、左曙萍、周光德、龍棫林諸友。姜為孝自桃園來。今日閒無風無雨，是遊樂良辰。入夜雨。

六十年 二月一日 星期一 辛亥年正月初六日

陰寒微雨，春節後首次出門。詣伯稼先生拜年，承告續編回憶錄將脫稿，謂予負文名，乞為序。予以「不能」與「不敢」婉辭。不能者，空疏無學，聲聞過情也。不敢者，傳世之作，已先得名家之序，恐有汚佛頭也。

訪蕭公化之，退「建設」所滙稿酬。公不在，其夫人謂係照例事，堅拒代收。予決明再退。午後，參觀地方文獻展於省立博物館。見有二聯，其末字平仄，不依常例。明海瑞聯曰，「讀聖賢書，做天下事」。清左宗棠聯曰，「高談雄辯驚四筵，素琴濁酒容一榻。」因知古人之於此道，但求義理貫串通順，固不必拘拘於字音之平仄也。

六十年 二月四日 星期四 辛亥年正月初九日

立春。晨閒，天放陽光，入晚則寒風襲人，頗似江南隆冬。

六十年 二月十日 星期三 辛亥年正月望

偶過萬華龍山寺，見新建大門及圍墻，古色古香，在繁華市場中別具面貌。適逢今為舊元宵節，觀花燈者，拜拜者，寺內寺外，一片人潮，且有異國士女廁身其中，殆亦觀光之意歟。

六十年 二月十二日 星期五 辛亥年正月十七日

擴建廚房事，精確估計六千元左右，決定日內興工。

六十年　二月十三日　星期六　辛亥年正月十八日

晚偕菊赴市議會貴賓室張建邦之邀宴。主客爲其岳丈次烈，及自美回國省親之姨姊小青。同宴者有毛子水、黃季陸、張志韓夫婦等。建邦爲市議會副議長，故設席於此。

六十年　二月十四日　星期日　辛亥年正月十九日

今有新竹之行，訪駐軍師長王文昌，府僚尙達仁之至交也。八時邵德潤御府車自臺北來，邀尙同行。車程一時有五十分，在師部午餐。此爲訓練新兵之所，觀部內設施，幾同學校，較往昔之營房不可同日語。王好學君子，聽其對於訓練新兵之理論，教育家不是過也。回程時，邵特購當地名產粉絲鳳梨酥相遺。司機劉清華。

六十年　二月十七日　星期三　辛亥年正月廿二日

上午，送次烈長女小青返美，便道訪張岳。張住敦化北路空軍宿舍，其夫婦均久病不愈，形容枯槁，全無生氣，接談之頃，爲之惻然。甚矣病之可畏也。小青搭華航行，十二時半起飛，送行者其尊長及兄弟姊妹親友大小可數十人。

原定擴建廚房事，將興工，因故作罷。爲體貼包工之無形損失，贈與四百元了事。包工林姓，本地人，得予贈金而欣然，忠厚可嘉。

六十年　二月廿一日　星期日　辛亥年正月廿六日

黄伯度先生安葬陽明山公墓，十時自厝所起靈致祭，十一時落葬。上山送葬者百餘人，顯要人物不少云。

六十年　二月廿二日　星期一　辛亥年正月廿七日

八七高齡陳伯稼、仲經昆仲二老，亭午自城來訪，少談片刻卽去。按上年之來，亦爲同月同日。伴行者同爲其甥吳向欣。

今晚僑聯賓館之宴，徐松青爲東道，客毛振翔、姜次烈、及張建邦、漆長城、徐達三對伉儷，連予夫婦十人。漆夫人段姓，故名士段錫朋之姪，爲此閒名票友，擅青衣，酒量甚宏。

六十年　二月廿七日　星期六　辛亥年二月初三日

偶憶五十年前事，在衢州省立八師執教，將屆暑假，有附小高年級學生泳於浮石潭而沒頂，附小主任輓之以聯，句曰，「玉折蘭摧百年樹人空一旦」，其下聯「石浮人沒……」最末句，苦憶連日皆不得，今晨起前，在睡夢中忽得之，「潭深千尺恨無窮。」此殆所謂潛能者非歟。腦之於憶，驟焉忽焉，眞奇妙矣哉。

六十年　三月四日　星期四　辛亥年二月初八日

予平生恆以無學爲愧，而今居然虛聲揚海外，亦怪事也。玆接菲律濱華僑張建華來函云：「鈞座高才績學，中外咸欽，敢不揣冒昧，修書奉候，恭請賜題墨寶……」。按張君自述，旅非二十餘年，現任教震華中學，兼任國民黨岷里拉支部工作。彼此素昧生平，其知予名，莫非曾讀予書乎。

六十年　三月五日　星期五　辛亥年二月初九日

府僚張樹柏來告，其妻於二日分娩又得女，乞爲命名。憶昔爲其長子起名時，樹柏見告，宗族行輩，輪至其子爲沛字，乞爲選一形簡、意明、音亮又可表性別之字，配綴沛下以爲名。於是長男名沛用，次男名沛宏。及生女則名沛青。此次又得女，予選芝字與之，彼欣然。予非其親屬，而子女之名，皆由予而定，亦緣也。

六十年　三月十日　星期三　辛亥年二月十四日

探族姪孫則張病況於臺大醫院八二〇室，新自美歸國，所患者目疾，視物不清云。

近日冷水漱口，上顎右門牙，忽有異樣感覺，是將脫落之證候，亦衰老之紅燈也。

六十年　三月十二日　星期五　辛亥年二月十六日

早訪劉啓瑞，坐談移時，承告當年入戴雨農幕之經過，並謂在戴幕時，即聞予名，對予十分傾仰。云云。臨別，贈予其先人文集及奏稿，精裝翻印本各一。其本人六十自述一。此君性情中人，近患病療養中。

參觀日本電子機械綜合展覽，設國際學舍。予於此爲外行，觀後無所得。祇感其一切說明，均用日文，若視臺灣爲其屬地者，豈有此理。獨怪我政府有關機構，何以不聞不問。

六十年　三月十三日　星期六　辛亥年二月十七日

歐培榮午後來訪，此為文字因緣，讀予書而慕望予之為人者。現任公路局屏東副站長，海南島人，年四十，若二十餘人。談次盛道讀予書後所感受之實益，知其好學而向上之人也。攜細茶一斤為贄，予贈以「大陸陳迹」、自刊大字「一抹」、及「半環記」各一。

六十年　三月十四日　星期日　辛亥年二月十八日

今日雖晴而頗寒，華氏六十度。

近二年舊報，完整無缺，盡以贈送報人新莊國小教員鍾君炳蘭。

六十年　三月十六日　星期二　辛亥年二月廿日

早以梅嫂陶女士之邀，勘察距新莊六七公里龜山附近之地。聞每坪地價四五百元。

六十年　三月十八日　星期四　辛亥年二月廿二日

今午寓中宴客，嘉賓賁臨者十一人。陳立夫伉儷，黃季陸伉儷、張建邦伉儷、許靜芝先生、毛向新女士、熊婆婆、胡思良、姜次烈。巧逢今日春光明媚，飲宴之閒，倍增歡愉。

六十年　三月廿二日　星期一　辛亥年二月廿六日

報載鄉友徐之潤新任臺省合作事業管理處長，作書賀之。

六十年　三月廿五日　星期四　辛亥年二月廿八日

臺視成語節目，「一決雌雄」，見史記項羽本紀。「心照不宣」。潘岳夏侯常侍誄，心照神交，惟我與子。

六十年　三月廿七日　星期六　辛亥年三月朔

晴朗。中午老友餐敘於寓。高明、方豪、馬國琳、熊公哲、成惕軒、曹翼遠、羅萬類、邵德潤、楊振青、毛振翔、黃翰章諸兄。

六十年　三月廿九日　星期一　辛亥年三月初三日

晴朗。青年節黃花崗紀念。下午四時，過西門市場，適逢遊行隊伍，舞獅、舞龍、高蹺、各種化裝、人數以千計，糜費之鉅、不可想象。

六十年　三月卅一日　星期三　辛亥年三月初五日

意外佳音。接木柵方嫂林君璧電話，謂其留美幼郎漢平來信，近在紐約州立圖書館，曾見有「十三經索引」一巨册，上鈐「浙江江山異生姜超嶽藏書章」云。是書於抗戰前，購於南京，藏於南京，歷浩劫而猶存，殆亦數歟。所可異者，何以不落日人之手，而遠渡重洋，爲西人備考，眞匪夷所思矣。今書雖非吾有，而疊經浩劫之餘，當年故物，一無所遺，藉此留鴻爪於海外，未始非人生之幸事。意外佳音，喜慰何如。（此事經過，見拙著我生一抹「一九〇佳訊」。）

補記昨日所見。譚淑女士在美展中有聯云。「世事洞明皆學問，人生知足卽功夫。」顏體字工整之極。女士爲名父之女，年七十一矣。

六十年　四月四日　星期日　辛亥年三月初九日

姜氏宗親會祭祖，並開會員大會，仍假寧波同鄉會舉行，到會員五六十人。會中幹事報告收支情形，存款將罄，予乃倡議樂捐，冀能寬籌若干萬作爲基金，嗣後孳息所得，以應付經常開支。予當捐千元，竊念如予之依退休俸爲活者如此盡力，或可得意外之數，而竟大失所望，總共僅萬餘元而已。瞻望會務，甚感洩氣。

六十年　四月七日　星期三　辛亥年三月十二日

致方林君璧書，請其留美令郎漢平世講，向紐約州立圖書館查詢所藏印有予之藏書鈐記之圖書，十三經索引外，尚有何書，又其來歷如何。但求得知消息，絕無物歸故主之念。此種心情，思之可憐亦可笑。

六十年　四月十二日　星期一　辛亥年三月十七日

讀「文藝復興」所載毛振翔神父「爲眞理正義而遠征」及「卅九年國慶回憶」諸大作，頓感浩然之氣，充塞吾身之四周，若而人者，非卽古之所謂忠臣義士乎。立卽伸紙振筆，去書致敬，所以攄感懷也。（書長三百言、見拙著杲廬聲氣集、又毛著孤軍苦鬥記、以此書代序。）

六十年　四月十六日　星期五　辛亥年三月廿一日

菊於民國四十五六年閒，初期學書殘留之成績，大中小楷可百十牋。因其時寄寓溝子口試院眷舍，曾疊經水漬，視同廢物，棄置不顧者幾二十年。今檢出視之，一字一筆，皆經予紅墨之糾繩者。學者教者，心血所注，不無敝帚千金之意，乃加以整次而合訂之。所以示後昆，一分耕耘，一分收穫，欲有所成，不可倖而致也。

六十年　四月十九日　星期一　辛亥年三月廿四日

讀本月七日中副「無夢的日子」，作者吳憶均小姐，備述處境之窘，感人肺腑。唯一再聲明，不受人財物之援助，祇受精神上之支援。云云。不禁肅然。按此爲高二輟學生，十八歲，志氣不凡，思想不凡，文字亦不凡，奇女子也。

梅嫂陶春暉夫人，於飯後來此，邀陪其察勘江子翠地皮，欲購以創辦夜間補習學校。此地位新海大橋南端數百步，一片平原，菜圃茂草，連綿在望，倘無水患，是開發良地也。聞地價每坪千二百餘元云。便道參觀輔導會所辦專校及板橋國中，規模皆可觀。

六十年　四月二十日　星期二　辛亥年三月廿五日

午赴老友熊公哲之邀宴，席設自由之家。客十人，除予外，皆當代碩學名士。陳大齊、曾約農、徐子明、任培道、喬一凡、沙學俊、吳延環、王大任、皮某某等。陳、曾、徐三先生大耋長者，舉止談吐，老而未衰。陳莊默，曾風趣，徐狂放，譏彈同道，旁若無人。席間暢談，多關命數心靈預感之故事，信而有徵，世間事不可解者往往而是。退席後，喬談政治內幕且談且惋嘆，有心人也。

六十年　四月廿四日　星期六　辛亥年三月晦

菊參與本屆婦女書展中堂，今日裱就送去。收集處在僑資大廈九樓，執事人以已過限期拒收，予曰，此爲應邀件，而非應徵件，乃笑收之。一徵一邀，其間分量，亦可顯輕重，人事之微妙，有如此者。初登樓時，邂逅老友何志浩兄，始知中日文化經濟協會卽設於此，彼係會中要員也。

六十年　四月廿九日　星期四　辛亥年四月初五日

晴，漫天風沙。

本屆婦女書法展，今假省博物館揭幕。十時偕菊往觀，佳作不少，但其中亦有不合水準者。菊所寫中堂，懸入門左壁第一幅，因筆力雄健，頗令人矚目。字幅下端標明邀請字樣。

六十年　五月初二日　星期日　辛亥年四月初八日

忽接一英文信，託人譯之，則美國史丹佛大學「胡佛研究院東亞圖書部」所發者也。出面人馬大任先生，大意謂自友人處，得予所著三民書局出版之三書，認爲有極珍貴之歷史價值，特具函表敬謝之忱。區區淺薄之作，而竟受海外學者之重視，亦意料不及也。

六十年　五月五日　星期三　辛亥年四月十一日

二十五年前之今日，乃勝利還都之日也，軍民狂歡，印象未泯，俯仰今昔，滄桑極矣。

菊於上午盤點衣箱，大加整理。檢出廢置不用之冬夏舊服若干，原擬捐贈災難或貧戶，化無用爲有用。而一念及大陸同胞衣不蔽體之慘狀，則變計重復收藏，留待還鄉時作施捨之需，似覺更有價值。然而茫茫前途，不知何時可了此心願耶。

六十年　五月九日　星期日　辛亥年四月望

西俗以五月之第二星期日爲母親節，我國近年亦照行不誤。復興中學、小學、幼稚園，特開學生成績展覽會，以爲母親節之紀念。予以圓、華、好、三孫家長之資格往觀，菊、雅同行。初中女生舞蹈表演，隊形變化百出，動作亦純熟整齊，難得難得。

向午，偕陳奮訪林全豹，不遇而歸，留陳在雅家同餐。餐後閒談，知其於各種戲曲，皆能脫口而哼，亦異才也。

六十年　五月十三日　星期四　辛亥年四月十九日

毛振翔神父電告，決於本月廿四日啓程赴美，將從事國民外交，冀於國事前途有所貢獻，云云。此眞「爲天主爲國家」之神父也。神父所建天主堂，於門首高揭「爲天主爲國家」六大字。

六十年　五月十五日　星期六　辛亥年四月廿一日

女畫家安和，開畫展於中山堂，仕女、山水、人物，皆以工筆出之，確臻妙境。標價率在五千上下，且有萬數千者。所揭定購紅籤，可七八十，合計當在五六十萬元之間，歷年畫展中所罕見也。

六十年　五月廿一日　星期五　辛亥年四月廿七日

早有內政部顧問陳柏襄來訪，係爲領月俸退休人員待遇事，向立法院有所陳情，商予列名參加。予先聲明個人立場，「投身革命四十餘年，自來不敢自命有勛於國家，故不牢騷，亦不妄求。今此既爲團體行動，祇願列名，他則恕不參加。」

六十年　五月廿三日　星期日　辛亥年四月晦

族人則張目疾未愈，往臺大一探，謂受糖尿病之影響，視人視物，僅能辨一影子，云云。年老體衰，單身孤居，倘復明無望，亦可謂嚴重事矣。

報載友人朱君長子詩藻，因涉嫌牙醫考試舞弊案，服毒自殺未死。今於臺大醫院遇朱，觀其神態之痛苦，不可言狀。子而不肖，眞無可奈何者也。

接菲律賓華僑張建華十八日航函，有意求菊之墨寶。並謂其友郭君新近自臺回菲，曾以所購得之「實用」「應用」二書簡贈之。是郭某者，亦可謂予之海外知己矣。

六十年　五月廿七日　星期四　辛亥年五月初四日

青甥五十初度，其至親毛延禩、王道、及毛之姪壻蘭谿徐榮章，情意眞摯，堅欲爲之壽。青乃於當夕薄治飲饌，歡敍一番，以酬盛意。內姪媳秀英亦至。

六十年　五月卅日　星期日　辛亥年五月初七日

舊從遊王致遠之內弟江晶，忽偕妻來訪，承告別來情況，現定居中興村，長子已八齡矣。妻三重人，年卅三，談吐風雅不俗，佳偶也。行時，予贈以大字一抹、半環記、花谿紀念刊各一。

六十年　五月卅一日　星期一　辛亥年五月初八日

鄉人王某於午後來告，對予前所介之某處工作，決意辭去，赴臺中別謀枝棲。此人雖不離書本，因久伍工羣，工人之習氣難改，幸秉性不惡，終望其有自覺之一日也。

六十年　六月二日　星期三　辛亥年五月初十日

鄭子純禮結婚二十五周年紀念，張晚宴於天香樓，到親友男女二十人。除孫亞夫夫婦、楊維禮夫婦及其子女外，均爲至好同鄉，次烈、紹誠、獻祥、松青、芝園、毅英、水雅等。

上午甚熱，午後四時，豪雨幾陣，氣溫轉涼。

六十年　六月四日　星期五　辛亥年五月十二日

臺人張朝男送代修時鐘來，請教立身之道，談移時始去。此人向善之心彌切，且富於人情味，臺人中所罕覯也。

六十年　六月十日　星期四　辛亥年五月十八日

老友許兄爲其亡妻事略事，夜閒來訪，暢談良久。臨別時，謂予曰，「我雖非多金，但較勝於兄，嗣後有急需，如不相告，是外之也」。云云。此時此地，可得此友，豈非人生幸事。然其情可感極矣。

六十年　六月十三日　星期日　辛亥年五月廿一日

亡友方少雲兄之三郎漢平，自美來信，附有紐約州立圖書館所藏予當年果廬故物十三經索引，第一頁印有藏書圖章之複印品一紙。書眉蓋一橢圓形橡皮章，宋體字，文曰「浙江江山異生姜超嶽藏書之章」，書根疊蓋方形石章三，曰「果廬主人」，曰「異生」，曰「姜印超嶽」，皆爲篆文，皆爲老友三衢華蓋兄所刻者也。四十年前物，幾歷浩劫，而流落在重洋之外，緣耶，數耶。

六十年　六月十七日　星期四　辛亥年五月廿五日

草成「我生一抹」續稿一則，標目曰「佳訊」，係記述留美方郎所告，近在紐約州立圖書館，發見當年累廬舊物之消息者。長近千言，一氣呵成。自上月得消息後，卽蓄意記其事，而意緒紛紜，著筆爲難，靈感一至，頃刻成之。靈感靈感，微妙矣哉。

六十年　六月十八日　星期五　辛亥年五月廿六日

府舊僚吳逢松之喪，九時半公祭，衆推予主之。

晚飲於五福樓，主客姜獻祥伉儷，徐之潤伉儷。姜膺命爲駐越軍援顧問團司令，徐新任臺省合作事業管理處處長。鄉好毛子水、延祼昆仲，姜紹謨、紹誠、紹誠三昆仲，徐松青、姜毅英、鄭純禮、王縉達、連予十人，於先日商約公宴之。費資二千五百五十元。

六十年　六月十九日　星期六　辛亥年五月廿七日

花谿舊同仁王君長郎婚禮，假中山堂光復廳行之，賀客以千計，皆衣冠人物，張喜筵六七十席。場面偉大，不同尋常。竊想事關風氣，設身處地，決不爲也。舉宴時，予與老友熊公哲，羅時實、陳貞彬、羅童松、何仲蕭夫人同席。

六十年　六月廿二日　星期二　辛亥年五月晦

許夫人之喪，致賻三百元。親友弔者，遠不如理想之衆，並多敷衍情面而來。八時家祭，延至十一時四十分起靈。幸景行廳有冷氣，不然半日坐喪，豈不悶煞人也。葬陽明山公墓。予今爲主祭者三次，府僚公祭，全體親友公祭，墳上親友告別祭，皆由予主之。

六十年　六月廿三日　星期三　辛亥年閏五月朔

今日電視「國語文」節目中，談及曾國藩輓乳母聯，是發乎情義之作。文如次：

一飯尙酬恩，況保抱提攜，只少懷胎十月。

千金難報德，論人情物理，也當泣血三年。

六十年　六月廿四日　星期四　辛亥年閏五月初二日

連日大熱。十時，黃季陸先生過訪，對談移時，大都有關國史館之亟須加緊進行事。先生自少致力革命，今雖年逾七十，而對人對事之熱忱，猶是當年氣概，可敬可師。

胡子思良電話辭行，因公司要務，卽日飛美，月後返國。

六十年　六月廿七日　星期日　辛亥年閏五月初五日

接菲律賓華僑張建華廿二日來書，謂讀予所著各書，皆有心得，是眞文字因緣，亦天涯神交也。

六十年　六月卅日　星期三　辛亥年閏五月初八日

日前府僚丁君勤夫所鈔示，北伐時期予與陳立夫兄往來電文，計共九則，雖非軍國大計，却可作當年史料。決以充「一抹」續稿，序其端而依次說明之，標目曰「拾遺」云。

六十年　七月一日　星期四　辛亥年閏五月初九日

姜獻祥赴越南就中華民國援越軍事顧問團司令，乘華航行，八時起飛。鄉友之到機場歡送者，予最早，毅英、純禮夫婦先後至。毅英以對獻祥看法為問。予曰，在同鄉軍人中，最可愛，亦最純潔。毅英深然吾說。

新識同鄉二人，一姜某，一葉松山。前者勞苦貌，後者福厚相。

六十年　七月四日　星期一　辛亥年閏五月十二日

近日院內桃色美人蕉，三本齊花，為院景添色不少。最奇者，陽臺前之九重葛，突放紅花三朵，艷色迎人。適逢姜一華伉儷來訪，雅兒亦率兒女歸寧，若為迎客而花者，眞巧極。

六十年　七月十日　星期六　辛亥年閏五月十八日

本村范雲之赴至。今年府僚下世者，四月佘鴻鈞，六月吳逢松，並范而三人矣。

六十年　七月十四日　星期三　辛亥年閏五月廿二日

乾旱日久，報上呼籲大眾節電節水，聒之不已，不知有實效否。科學雖號稱萬能，而人類欲脫離自然界之控制，恐前途尚渺茫也。

六十年　七月十六日　星期五　辛亥年閏五月廿四日

電視新聞，美總統尼克森，有訪問大陸之計畫，似勢在必行。此事吾人可得二大教訓。第一，國際間並無眞正道義可言。第二，凡敢作敢為之民族，必能受國際之重視。

六十年　七月十七日　星期六　辛亥年閏五月廿五日

朝野對尼克森之荒謬行徑，一片憤慨聲。其實我無作爲，徒表憤慨，一如潑婦罵街，有何效用。

六十年　七月廿日　星期二　辛亥年閏五月廿八日

強烈颱風曰露西，將過境，各方消息，十分緊張。

六十年　七月廿一日　星期三　辛亥年閏五月晦

昨夜露西掠過北部，今晨十時，卽成尾聲。因乾旱，望其帶雨而偏不雨，諺云人有一算，天有一斷，信然。

六十年　七月廿五日　星期日　辛亥年六月初四日

娜定颱風又將來臨，終日在忽陰，忽晴，忽風，忽雨中。入夜風勢加暴，但不聞雨聲，又令人失望。

六十年　七月廿六日　星期一　辛亥年六月初五日

上午因風暴未歇，機關休公。

六十年　七月廿七日　星期二　辛亥年六月初六日

曹翼遠兄電約，襄其評閱高考國文卷，情辭懇懇，旣允而悔。自惟雖有剩餘精力可用，而不知者豈不以爲老而求售，亦可憐人哉。竊念此生祇此一遭，而今而後，決不重作馮婦矣。

六十年　七月廿九日　星期四　辛亥年六月初八日

午後老友許兄之姪芳彝，持乃嬸王夫人事略來，謂奉叔懇屬，敬乞爲之删定，備勒石表墓用。予自惟生平，文事非所長，而朋輩往往視爲個中能手，殊爲不解。

六十年　七月卅日　星期五　辛亥年六月初九日

忽萌學草書之念，檢出十六七年前一度臨摹陳爾錫之千字文，展視一番，似字字皆尙可觀。竊想如不中途而廢，迄今必更可觀，然而悔之晚矣。

飲料中有所謂「可爾必思」者，藏之一年而味不變。

六十年　八月一日　星期日　辛亥年六月十一日

府友陳長賡今午招飲於衡陽路大三元，蓋爲介識其未婚妻徐智慧小姐者。年廿六，家專畢業，本省人。初相見，一望而知其人一如其名，擧止談吐，伶俐大方，無殊江南佳麗也。同飲者予夫婦外，尙達仁、葉甫荐兩對伉儷、林智淹及其子、王縉達諸友，席間談笑風生，二時始散。

六十年　八月二日　星期一　辛亥年六月十二日

前昨一華所寄閱「朝聞道夕死可矣」一稿，今郵還，並附言「凡說理文章，欲求其效用之廣，貴能深入淺出，使讀者接於目而卽了於心，斯爲上乘。否則人將望望然去之矣。」

六十年　八月七日　星期六　辛亥年六月十七日

朝往市殯儀館，弔舊從遊張岳之妻之喪。張八子一女，家累旣重，夫妻二人，又同爲久病所困，情境之慘，令人心惻，致賻三百元。送至火葬場而歸，妻同行。

六十年　八月八日　星期日　辛亥年六月十八日

亡友方少雲之三郎漢平，成親於紐約，予見報後，正萌意向在臺乃母方嫂道喜，而電話至，得知其詳，殆亦心電之作用乎。亦奇妙矣哉。

六十年　八月九日　星期一　辛亥年六月十八日

各報盛載，美國登陸月球之太陽神十五號，所載之三位探險家，曰史高特，曰施溫，曰鄂騰，結束十二天探月旅程，以二萬四千五百四十五哩時速，於臺北時間八日凌晨返回地球，降落夏威夷以北三百十六哩海面。此世界大消息，亦人類大事也。

六十年　八月十五日　星期日　辛亥年六月廿五日

晚偕菊赴中泰賓館參與鄭郎桐見婚禮。主婚人舊從遊鄭昌祚夫婦。禮畢擧宴，主婚人堅請予坐賀客首席上座。四十餘席中女賓特多，兒童亦不少，是尋常喜宴所罕見者。

六十年　八月十六日　星期一　辛亥年六月廿六日

天大熱。午後二時，予搭大有十路往市殯儀館弔老友陳舜耕之妻之喪，係死於前日車禍者。靈置懷德廳，男女弔客，廳為之滿。公祭時，婦女哭者甚眾，有令人慘慘戚戚之感。予致禮後即退。念老友老而喪偶，亦人生之不幸事耳。當予致禮時，置傘於近身地，及禮畢返身，已不翼而飛，如此社會，可發一嘆。

六十年　八月十八日　星期四　辛亥年六月廿八日

臺視國語文時間，李國良講詩經中「雅」之含義，謂古時雅字亦可作夏字用，雅夏既互通，故雅字有華夏之義。又謂雅有「正」字之義，卽華夏之正音也。其說言之成理，但不知何所根據，特記之待考。

六十年　八月廿三日　星期一　辛亥年七月初三日

高普考閱卷開始，假址徐州路臺大法學院圖書館二樓。高考國文題「科學發展與現代化」又「操之在我則存操之在人則亡。」普考「勤儉與建國」又「總統說爲政首在得人」。四題均不難，但連閱十三卷，皆不見通順之作，因事姑早退，看明日如何。典試委員長楊亮功，考選部長鍾皎光，曾到場與閱卷大衆寒暄一番。

六十年　八月廿六日　星期四　辛亥年七月初六日

住處榴花、夾竹桃、淺絳色美人蕉，同時爭艷盛開，朝晚賞覗，喜氣迎人。雅兒聞訊，挈圓好二外孫，攜攝影機歸寧，爲花容攝得彩色照多幀。飯後回家。

任事嘉義之鄉好毛振炎伉儷，爲愛女婚事來北，午後專誠見顧而未值，留贈物於鄰戶而去。

六十年　八月廿七日　星期五　辛亥年七月初七日

振炎留美長女慧君與鄂籍朱郎詩芹，於二十二日在美成婚，兩方家長，於本晚假僑聯賓館，設宴志喜，張五席，予以忝爲冰人，坐首席上座。同席中有鄉親徐達伉儷及其媳，又松青夫人，餘爲外客。

六十年　八月廿八日　星期六　辛亥年七月初八日

姜梅英電告，宗親會理事長立法委員姜伯彰先生病逝，年八十七。

六十年　八月廿九日　星期日　辛亥年七月初九日

本年世界少棒冠軍賽，在美國威廉波特舉行，利用人造衛星傳播，在電視中可觀現場決賽實況。予以對此事不感興趣，若無其事。不謂凌晨以前，好夢正酣，竟為四鄰歡呼聲所驚醒。蓋我之巨人隊，已奪得冠軍矣。一時鞭炮聲大作，如舊曆度歲然。痴想，他日如得勝利西歸，其歡樂豈不千百倍於此耶。

此次予之高普考閱卷工作，今日上午完畢。計自廿三日起，共閱三百六十卷。儘量從寬給分，及格者不及十之一，二三十分者占最多數。大專出身之國文程度如此，令人哭笑不得。午在雅家進餐，餐後，以此次高普考國文題課諸孫各作一文，限八十分鐘繳卷。佳月高二，「科學發展與現代化」，佳圓初二，佳華初一，「勤儉與建國」，無論立意、結構、所得成績，均可列甲等。予乃獎以二百元作糖果費。三孫欣然，予有此外孫更欣然。

六十年　八月卅日　星期一　辛亥年七月初十日

近日報刊新聞，對於我少棒巨人隊奪得冠軍一事，連篇累牘，載之綦詳。如在承平，不過事中要聞而已，今值國逢阨運，橫逆紛乘，人心正苦沈悶，而得此佳訊，亦視為莫大之興奮消息，思之一嘆。

六十年　八月卅一日　星期二　辛亥年七月十一日

立法委員姜伯彰治喪委員會，於上午十一時，假立法院交誼廳舉行。到百餘人，半爲立委，半爲其贛籍親友。予係以宗親因緣而與者。會中決定出月十二日開弔，隨葬新店之安坑。其實所謂治喪諸務，早由主事人安排妥貼，特提會作形式上之決議已耳。勞師動眾，而必需此一會，習俗之移人，往往類是。

鄉親徐達兄之三郎迎將世講訂婚之喜，設宴於三軍軍官俱樂部，張四席。江山同鄉之與宴者，除其親屬外，僅吾家次烈與予夫婦三人。

六十年　九月一日　星期三　辛亥年七月十二日

自今日始，三重新莊間之重新路，因配合拓寬工程，改爲南下單行線。於是自新莊往臺北之車輛，須繞道板橋，由中興橋入北市。

六十年　九月二日　星期四　辛亥年七月十三日

家中提前於今日度中元節，蓋以遷就人事之便利也。供祖、燒錫箔，及邀親友小敍，一切如故事。此爲渡海以來第二十一次度節。青、波兩家大小十一人，再加內姪媳沈秀英，族孫有倉，鄉好王縉達鄭純禮共十五人。室小人多，分外熱鬧，幸天熱略殺，午後漸趨涼爽，供祖事畢，淺斟慢嚼，頗感歡敍之樂。八時半，始各散去。

今一日之間，而知喜讀我書，又喜引用我書文句者，有徐松青陳奮二人。聽其面述理由，推想與之同好者當不少。按予書中有「實用書簡」之名，實用實用，殆眞名實相符矣，於心良慰。

六十年　九月四日　星期六　辛亥年七月望

今爲舊曆中元節，當地家家拜拜。涉足菜場，人聲鼎沸，一片搶購現象，不復聞討價還價之聲。

族姪文焯在美成婚，乃父母紹誠馬舜音夫婦，假國賓飯店摘星樓張宴志喜。賀客數百人，鄉好約三席。予與子水、次烈、趙璧、縉達、加持毅英伉儷、仁寵淑芬伉儷、及予妻素梅同席。

六十年　九月九日　星期四　辛亥年七月廿日

朝攜時賢胡鍾吾集王羲之書三種，往永和贈鄉後進徐君振昌。知其正從事學書也。彼出示所書成績，筆畫純熟，並有力，但個性過強，對於所臨碑帖，未能絲絲入扣耳。敎以初學書，必求無我之道，能無我始能有得，否則欲免事倍而功半難矣。

六十年　九月十日　星期五　辛亥年七月廿一日

予與妻雅興突發，竟日作郊遊。午前觀青潭新建立體動態游泳池，能興浪濤，作澎湃聲。四周上層，環以淺池，水如流溪。此爲當地聞人王習孔所創辦，門劵卅元，優劵二十元。予至時，泳者男女大小僅二三十人。午後觀故宮博物院晉唐以來書家眞蹟展覽，對懷素自敍帖，印象獨深。其運筆之生動，可謂無法形容，眞神品也。

有友評論某君對某事之行爲，過分迷信。予忽悟得一解。迷信與誠之見於行爲者無別，而其動機則迥殊。一盲目，一理智是已。某君行爲如非盲目者，是誠也，非迷信也。

六十年　九月十二日　星期日　辛亥年七月廿三日

上午十時，偕菊抵市殯儀館，弔宗親姜伯彰之喪。靈堂設景行廳，弔客滿堂，宗親到者亦眾。十一時起靈葬安坑，送者可二百人。墓地環山，地勢不凡。臺北來去，乘毅英座車。到家已一時半矣。

六十年　九月十三日　星期一　辛亥年七月廿四日

寄舊識宋君功庠花谿紀念刊、半環記、及另葉作品等。此君贛籍，年已大耋。民國十八年在平相識。昔爲法官，今業律師。對予作讚譽備至，亦文字知己也。

六十年　九月十四日　星期二　辛亥年七月廿五日

致故宮博物院院長蔣復璁函，建議「所藏歷代名家書畫之類，應儘量複印，使之普徧於民間，不可視爲奇貨，資爲利藪……」長三百餘言。

六十年　九月十六日　星期四　辛亥年七月廿七日

午後三時廿五分，獨遊中港路，向北行，至垃圾堆場而止。自五守新村至此，步行卅七分鐘。舉目四矚，三數農家，疏落其閒，猶是村野風光也。竟有亘豐銅鐵公司設於此。路旁民房門牌爲四五八號。其南端柏油路面約行一刻鐘。門牌三四〇以北，正在擴展鋪塡砂石。繁榮開發，其在不久之未來乎。

六十年　九月十七日　星期五　辛亥年七月廿八日

王紹達、葉甫蓀二君，先後電告，將赴中興山莊行政管理研究班受訓，期限二星期。

六十年　九月十八日　星期六　辛亥年七月廿九日

鈔錄唐景崧致康有爲書，及康有爲致邱逢甲書各一。所陳爲清季光緒二十年以後事。先賢筆墨，一句一字，皆典雅可喜。

今爲「九一八」四十周年紀念，亦卽京居累廬落成四十年紀念也。當年曾居累廬之人物，不知健存者幾人。

昨夜夢境中，見及母氏及弟媳秀梅。

六十年　九月十九日　星期日　辛亥年八月朔

晨詣甫蓀，言及受訓時應注意事。予就昔所體驗者告之。一、凡與集會，勿輕發言，言必有中。二、勿以得長官之信任自衒。三、勿求人之見知，須任人之求知。

故宮博物院院長蔣復璁覆函至，已采內予之建議，懷素自敍帖，印製普及本。當事之人，如此從善如流，可欣慰事也。

六十年　九月二十日　星期一　辛亥年八月初二日

昨夜就寢，身蓋薄被，非寒也，畏寒也。不知何故，起溺六次。

今日口淡，胃納銳減，精神不振，昏昏思睡，生活在病態中。數十年來，寒暑無犯，醫藥絕緣，殆將見祟於二豎乎。

天氣晴，有時多雲。

六十年 九月二十一日 星期二 辛亥年八月初三日

科學館有「共匪暴行及大陸反共革命事蹟展覽」，予偕菊於十時往觀，雅與鹿太太先至。暴行之殘酷，令人不忍睹，不忍想。觀者以學生青年爲多，竊想一般前進人物，觀後而對共匪猶存幻想者，非人也。

強烈颱風貝絲將襲境，午後風風雨雨，是其先兆。予於風雨中參觀甲辰書畫展於省博物館，大都老成之作，皆有可觀。老友吳萬谷兄伉儷，殷勤招待。

六十年 九月二十二日 星期三 辛亥年八月初四日

白天風雨連連，入夜電源告斷，黑暗中風聲漸厲。十時前後，屋外棚架鐵皮、木板、撞擊飛飄之聲，震人心弦。住室陽台長窗玻璃，被飛物撞破，急取板釘閉剛畢，又連破三片，情勢緊急萬狀。自分此番災難勢所不免。幸片刻風息雨止，據說頃所遭者，係值颱眼過境所致。未幾，風雨又作，一如白天，因而徹夜未眠，遷本村八年來，受颱風之威脅，此爲第一次。

六十年 九月廿三日 星期四 辛亥年八月初五日

此次所謂貝絲強烈颱風之襲境，昨夜在驚心動魄中度過。今晨漸成尾聲，村內外大小花木，東歪西倒，瓦片破板，狼藉滿地，一片災象。村內屋頂防熱乳膠板，幾全部吹落。村友紛紛議論，僉謂當年此項工程之偷減，今乃痛食惡果云。

六十年　九月二十五日　星期六　辛亥年八月初七日

宗親會午後二時開會，常務理事僅予一人出席。因理事兼理事長姜伯彰下世，推選姜鏡泉補缺。新識姜仁通，桃園人，有為青年也。宗親姜濟章結婚，予因事羈，禮到人未到。

六十年　九月三十日　星期四　辛亥年八月十二日

神交林治渭又寄文旦來，約二十斤，此君眞多情人也。

六十年　十月五日　星期二　辛亥年八月十七日

接毛振翔神父上月廿八自美來簡，知其為國奔走，已走遍七十城，眞可佩人也。

六十年　十月六日　星期三　辛亥年八月十八日

作二短札，一謝林治渭之寄贈文旦，一致蔣復璁，因前昨去函，誤寫其名璁作聰申歉意。

六十年　十月九日　星期六　辛亥年八月廿一日

陰。夜十時一刻地震，懸燈為之搖撼數秒鐘。

今為予生有室五十一周年紀念，回想當年參與婚禮之親友，十九已作古人。興念及此，不勝今昔之嘆矣。

六十年　十月十日　星期日　辛亥年八月廿二日

今為國慶良辰，天公作美，無風無雨。公私慶祝活動，便利多多。恭讀總統文告，內所云云，似有辭窮之感。代筆人物自鄶以下，視當年軍訓政時期，每一文出，語語動人肺腑者，相去遠矣。

在雅家午餐。王綰達不期而至。三時，偕紹青、菊、雅、好孫，沿仁愛路東行，參觀華美超級市場。菊、雅等先歸，予與紹青漫步忠孝路三四段一帶。參觀保齡球館二家，超級市場二處，皆爲現代化之設備。不涉足其閒，不知臺灣社會變化如此之速也。

六十年　十月十一日　星期一　辛亥年八月廿三日

中華電視公司昨日開始試播，予今日始獲觀其觀光節目，所配音樂，甚爲悅耳。

六十年　十月十三日　星期三　辛亥年八月廿五日

向午，忽接純禮妻電話，謂其夫入宏恩醫院已數日，吐血下血不止，云云。急於飯後偕菊往視，據稱，病源何在，無法斷定，有開刀檢查之擬。在醫院枯候三小時，又在雅家枯候三小時，得暫不開刀之消息後，乃回家。

六十年　十月十四日　星期四　辛亥年八月廿六日

早又至宏恩醫院，探視純禮。謂難關已過，心乃釋然。寒暄數語即出。

經建成果展覽場，位中泰賓館對面。分門別類，展出成果，無處不用匠心，其設計之巧妙，及氣派之豪華，可謂前所未有。自入口至出口，滿鋪藍色地毯，即此一端，可概其餘。菊、雅同行。

在點心世界午餐，三人僅費四十三元。鍋貼每個一元，去年僅七角耳。

六十年　十月十七日　星期日　辛亥年八月晦

捐私立智光工商職校四百元。

續訂中視周刊一百九十元，附帶建議三事。一、節目表所定時間，須符合實際，勿使徒成具文。二、節目表字加大一號，便老年人閱覽。三、表演節目中可備查考者，應擇要選載，如臺視「成語」之類是。

讀方孝孺文集，有嘉言云：「士之可貴者在氣節，不在才智。國家可使數十年無才智之士，而不可一日無氣節之臣。」旨哉斯言，氣節之臣，爲國家民族靈魂之所寄，國家民族而無靈魂，其不敗亡也鮮矣。

六十年　十月十八日　星期一　辛亥年八月三十日

四十餘年前，隨北伐軍開道北進，在魯西行軍之夥伴王君澤湘，不相見三十餘年矣，忽有限時信至。知其住基隆過港一〇一號，立即寄去「我生一抹」補續稿一束，先通聲氣。玆錄其來信如次：

異生吾兄有道：北伐入平，曾附驥尾，南泉投效，並承提攜。抗日復原，承介與劉君東下未成。亂離相失至今，地球幅小，玆又同在海外。友人從「我生一抹」照片中識我，購而讀之，始知君子立身本末，非徒以豐沛子弟見重。幾經探詢，得尊址，寄此箋敬。湘卅七年入基隆市政府，退休又逾十稔。別後滄桑，一言難罄，如尙憶及，請訂時日，以謀良晤。不特前塵種種，而熊周名門，瀟湘甥館，蓋與足下更有進一層之公共關係也。一笑。

專此，馳頌儷祺。並候復命。弟王澤湘拜。六十年十月十七日午。

六十年　十月十九日　星期二　辛亥年九月朔

京寓「累廬記」，成於四十年前，近以一時興會，頗有刪改，謄眞細讀，似勝於原文不少。昔歐陽修之「醉翁亭記」，歷二十年始定稿，有以哉，有以哉。（累廬記見拙者我生一抹「六九定居」）

接張岳訃告，此間舊從遊之下世者，此爲第一人。

六十年　十月二十日　星期三　辛亥年九月初二日

府友陳長賡之喜帖至，封面恭書姜老師字樣。自惟不學，而相善友生，喜以師見稱，眞受之有愧矣。

夜接王澤湘限時信，準於廿六日來晤。信中謂予補續稿中有筆誤、繁滯處，直言無隱，是不可多得之益友也。

六十年　十月二十一日　星期四　辛亥年九月初三日

晴朗。復沈之萬老人書，告以夏超獨立事，在北伐興軍以後，而非在十四年初夏。

六十年　十月二十二日　星期五　辛亥年九月初四日

弔張岳之喪，致奠儀三百元。設奠於市立殯儀館福壽廳，予偕菊九時到廳，坐半小時，弔者寥寥，其同鄉熟人，無一至者。

今夜以楷書試寫累廬記屏，十二時始寢。

六十年　十月二十四日　星期日　辛亥年九月初六日

晴，多雲。陳長賡公證結婚，予偕菊往觀禮，十時三刻舉行，兩方親友到者數十人。祇有法官以肅穆神態致詞，或問語，並無習俗節目。隆重有餘，喜氣不足。晚喜宴設都城十樓，予上下步梯而行，共百六十八步。席閒新識陳先登，四十一歲，以士兵而高考及格，難得。

六十年　十月二十五日　星期一　辛亥年九月初七日

晴，多雲。陳長賡夫人回門之宴，菜肴不同凡響，質精味美，可稱盛宴。其岳家住址，在萬華華西街二十六巷十五號。設三席，予同席有黃翰章、尙達仁、林智淹三對伉儷。

今爲廿六屆臺灣光復節，民閒照例有遊行、集會、娛樂等活動。本村住戶，旅行外雙溪。

陳果夫先生八秩冥誕，假善導寺唸經紀念。予於九時往致禮，並贈齋金二百元。

黃伯度先生逝世周年，假懷恩堂舉行紀念，到者約百人。十時開始，十一時半始畢。牧師張繼忠講人生觀，於紀念似無甚意義。

六十年　十月廿六日　星期二　辛亥年九月初八日

向午，得知聯合國通過排我案之消息，爲之愕然者久之。心情沉重，一如四十年前初聞瀋陽之事變。人類社會而無正義，無公理，世界末日，殆不遠乎。然而我國之受此打擊，當事諸公，若不痛下決心，力圖興革自強，吾恐死無葬身之地矣。

陳奮電告，以萬分至誠，欲爲予壽。予初婉辭，繼而峻辭。予始終以爲此乃俗事，在此時此地言，除德高望重之耆勛外，常人爲之，終嫌俗氣。

六十年　十月二十七日　星期三　辛亥年九月初九日

重陽節，多雲天。午應邵君德潤邀，餐於大三元。葉甫葊、尙達仁同餐。五菜一湯，費四百元。邵言今逢重陽，聊表敬老之意云。

六十年　十月二十八日　星期四　辛亥年九月初十日

最眞情的禮物。臺籍忘年交張朝男，牢記予之生日，去年循其當地風俗，以熟麵、煮蛋、燒肉、見贈。今年又加中型蛋糕一團，並再三聲明決不接受還禮，云云。其盛情極可感。

六十年　十月三十一日　星期日　辛亥年九月十三日

今爲總統八秩進五華誕，社會民間祝壽之熱鬧，爲歷年所僅見。

六十年　十一月一日　星期一　辛亥年九月十四日

將前日黃君翰章壽我生日之禮物，親自送還，其新居在興隆路二段一五三巷二弄七號。時其本人在公，予與電談，所以退禮之理由，一、貫澈不從俗之作風。二、辭宴而受物，將難洗好貨之嫌。

六十年　十一月二日　星期二　辛亥年九月望

今爲予七十晉四生日，乃以舊曆爲準。總統生日家慶之典，不知現尙例行否。

雅歸寧，帶來盆景一，羊毛袜二雙，其意爲予壽。能體予不做壽之志，亦孝心也，良慰。

六十年　十一月四日　星期四　辛亥年九月十七日

晴，多雲。午後訪陳伯稼，承告「自信回憶錄可以完成。」此老精力固可佩，而作事之毅力尤可佩。並謂近得李建興之助，以萬元買其書云。

六十年　十一月七日　星期日　辛亥年九月廿日

中午，家中宴客，到十人。蕭化之，王澤湘、劉子英、周光德、楊銳、黃翰章、陳長賡夫婦、毛君強夫婦。

君強爲前國府參事同官王汝翼鷺洲先生之甥，即義子王培桐之表兄。予在席間宣稱，鷺洲先生與予情逾手足，鷺洲之甥，即予之甥。今後予對君強，將甥之矣。君強夫婦甚欣然，謂情所當爾，誼所當爾。

王澤湘爲四十餘年前北伐之同伴，長予三歲，自基隆來。對予所撰總統八十序，讚美不置。談次知其愛國之心，不減當年。

六十年　十一月八日　星期一　辛亥年九月廿一日

今日立冬。臺人張朝男，依其俗例，送來黑棗燉鷄，及糯米飯各一大碗。謂所以表入冬進補之意。此君對予之多情，亦緣也。

昨日翰章第二次送來生日禮物，予今日再度退還。

六十年十一月九日　星期二　辛亥年九月廿二日

接濮孟九書，談文章事，措詞造句，逸趣橫生，眞有才氣人也。

六十年十一月十二日　星期五　辛亥年九月廿五日

今爲國父誕辰，又爲第六屆文化復興節。以個人言，爲來臺二十一周年紀念。

六十年十一月十三日　星期六　辛亥年九月廿六日

新乾親天水毛君強，偕其長女玉潔，及準女壻粵籍方雍來謁。坐談移時，知其女與方定廿一日結婚。予爲談夫妻之道，並贈以「大陸陳迹」一册，三民版「我生一抹」、「實用書簡」、新譯「四書」各一册。

六十年十一月十六日　星期二　辛亥年九月晦

晨接方豪神父電話，謂毛振翔神父昨已歸國，邀予今晚六時赴台北館前街聚豐園共餐。有王神父者後至。席間所談，多關國際現勢及時局者。一言以蔽之，祇有令人長太息而已。

六十年十一月十九日　星期五　辛亥年十月初二日

聞熟友徐承祜昨日病逝。徐爲常山人，中大工學士，忠厚苦幹而不祿，惜哉。

六十年十一月廿一日　星期日　辛亥年十月初四日

過純禮之家，始知其近又入宏恩醫院治宿疾。飯後偕菊、雅往看，住六樓十五號。關節炎足腫已退，腸胃亦稍愈。大約療養三數日，卽可出院矣。

晚赴軍官俱樂部方毛聯姻之宴，男方主婚人，爲方樹松先生。女方爲新近相識誼甥毛君強。今予所致織錦喜幛，懸置首位，入席亦如之，蓋循「舅爲尊親」之舊俗也。

六十年　十一月廿二日　星期一　辛亥年十月初五日

華航客機自高雄飛港途中，失踪已二日，今日尚無消息。

六十年　十一月廿四日　星期三　辛亥年十月初七日

華航失踪客機，已查明落海，機上廿五人，無一生還者。

接毛振翔神父電話，商予爲之整編近年積稿，付刊問世。予允之，誼不容辭。因在予心目中，是眞具基督精神之革命鬥士，其所以貢獻於國家社會者，視當世任何赫赫人物而無愧。

六十年　十一月廿八日　星期日　辛亥年十月十一日

毛甥君強偕其子玉麟來訪，係專誠邀請本周末宴於華湘餐廳者。

中午宴客，到親友毛振翔、方豪、梅嶙高夫人、熊婆婆、毛同文、徐振昌、王貴芝、姜毅英、陳奮十人。

六十年　十一月廿九日　星期一　辛亥年十月十二日

上午雨中，看鄉人鄭樹滋之病於榮總，毛延禩夫人鄭國愛與雅同行，至則因非看病時間，找到鄉後進姜必寧醫師始得入。所患心臟病，略有起色，予贈與二百元。

六十年　十二月一日　星期三　辛亥年十月十四日

毛振翔神父托代整編之文稿，今日開始編次。

六十年　十二月二日　星期四　辛亥年十月望

昨夜因飲咖啡過量，更闌始入睡。今日整理毛稿，大致就緒。

六十年　十二月三日　星期五　辛亥年十月十六日

在國史館與張文衡談強身之道。新識文書科長孫森。

六十年　十二月九日　星期四　辛亥年十月廿二日

曩在陪都與朋輩談笑戲言，曾力倡貪汚、拍馬、厚臉之說。不得人同意而竊取其長曰貪汚，不屑逢迎而忠於所事，曰拍馬，擇善固執，笑駡由人曰厚臉，蓋作別解也。（見拙著我生一抹「一〇六別解」）今讀淸山陰金蘭生先生「格言聯璧」一書，其中有用不德之字，而彰佳行，與予異曲同工，妙哉妙哉，錄其言如次。

以「媢」字奉親，以「淡」字交友，以「苟」字省費，以「拙」字免勞，以「聾」字止謗，以「盲」字遠色，以「貪」字讀書，以「疑」字窮理，以「迂」字守禮，以「傲」字植骨，以「癡」字救貧，以「空」字解憂，以「懶」字抑奔競風，以「惰」字屛塵俗事。

六十年　十二月十一日　星期六　辛亥年十月廿四日

天朗風和，中午家中有九老之會。王蒲臣、毛萬里、周念行、張冠夫、王秋蓮五人，先集總統府大門，由予引導乘府交通車而來。毛簡、姜次烈、各乘自備車至。芝園同文，附次烈車同來。所稱九老，併予在內。同文不速之客也。此次之會，費九百元。

六十年 十二月十二日 星期日 辛亥年十月廿五日

今為西安事變卅五周年紀念。當時予在江山老家侍奉母疾，父八十，健在，龍兒十一歲，南京鼓樓小學五年級。雲姪三歲，肥胖活潑，逗人喜愛。而今回憶，如在夢中。甚望叨天之福，吾兒吾姪，此生有團敍之一日也。又憶委員長安然回京後，龍兒竹報中劈頭句曰，「這幾天的南京城，日夜都沈浸在鞭炮聲裏。」予喜其造句之簡括有力，曾覆諭嘉之。回首當年，予方三十有九，今吾兒又將五十，人生人生，眞如一夢。

六十年 十二月十四日 星期二 辛亥年十月廿七日

鄉人鄭樹滋昨病逝，午閒紹青所電告者。此人二十年來，狗咬、車禍、火災、屢病、劫難重重，而今一貧如洗，遺一妻二女一子，亦可憐矣。

六十年 十二月十五日 星期三 辛亥年十月廿八日

晚偕菊飲於今日公司五樓天福樓，東道徐達夫婦。主客余伯泉夫婦、毛振翔神父。同席羅列、徐汝誠、毛君強夫婦、及李某。此樓新張，設備十分豪華，聞為狀元樓之班底云。余臺山人，五十五年曾任參軍長，現任三軍聯合大學校長。其夫人滿口英文，年五十上下，風韻猶存。

六十年 十二月十六日 星期四 辛亥年十月晦

毛神父文存本名「為天主為國家」，予為改名「孤軍苦鬥記」。今晤三民劉君，因見信於予，允立即付排云。

六十年　十二月十八日　星期六　辛亥十一月朔

謁次烈夫人墓於臺北樹林佛教公墓。次烈及其子文錦、孫正中同車。適逢公墓所在地之「靜律寺」如來佛開光，即在寺吃齋。同席中有生客二人，交談後，則褚柏思，丘斌存，皆名士也。褚爲香港天文臺報總主筆，見予名，即提及「我生一抹」。想見我書在港，讀者亦不少。

六十年　十二月十八日　星期六　辛亥年十一月朔

熊婆婆生日，晚在其寓用餐，菊先去幫忙廚事。共餐者新識女國代王懷義，混血種人。士林中學女校長邵夢蘭。

六十年　十二月十九日　星期日　辛亥年十一月初二日

姜剛常夫人蔡仙菊，偕其女咪咪、外孫張光宇到雅家過訪。攜贈大蘋果十二只，蛋菜一斤。收到故宮博物院院長蔣復璁寄贈新印懷素自敍帖一本，並函一通。

六十年　十二月二十日　星期一　辛亥年十一月初三日

姜獻祥午後偕長子志旦來訪，攜贈參酒一瓶，越南名產蝦片一盒。其本人在越南因休假回國一行，其子自美歸，已成工程碩士。

六十年　十二月廿七日　星期一　辛亥年十一月初十日

謝蔣復璁院長函，晚付郵。

爲臺人簡新添寫紅箋屏條三條，今日送交張朝男轉去。右筆書寫，經二寸許，尙勻稱，但欠生動耳。

六十年　十二月廿八日　星期二　辛亥年十一月十一日

姜丘二姓，同爲太公之後，明大儒丘文莊公，今年五百五十歲冥誕，丘氏宗親會，函徵紀念文字。予撰一聯，書以紅箋寄去。聯曰，「先哲遺風彰百世，後昆多士繼前徽。」

連日爲寫字而忙，雖不如理想，然自覺不無收穫。吾人於進德修業諸事，祇須肯下功夫，終有若干代價也。

六十年　十二月三十日　星期四　辛亥年十一月十三日

上午九時，往市殯儀館，弔花谿舊人熊協夢之喪，致賻三百圓。來去與翰章、世傑同車。熊江西玉山人，年七十，出身中大。勝利後，曾任泰和縣長。

詣雅家，得知愛犬來福，因車禍死於非命，爲之黯然。

過今日公司，購進口帶壳胡桃二磅。每磅五十二元，約四十枚。

三民書局電話告知，予之「實用書簡」三版已出書矣。自惟尋常之作，而能博讀者喜好，殆以其中實情實事，足以引人入勝乎。

晚飲於臺糖八樓，主人姜剛常蔡仙菊伉儷。客五對，其親家蘇觀瀾，其同學姚善輝、王正鐸，其同事王某處長。主人堅請予夫婦上坐。

六十年　十二月卅一日　星期五　辛亥年十一月十四日

晴暖，華氏七十度。截至本日止，收到親友賀年柬五十八起。

中華民國六十一年江山異生日記

（家居台北縣新莊鎮中港路五守新村）

六十一年　元旦　星期六　辛亥年十一月望

歷歲此日，皆逢晴天，今則陰沈欲雨，歡樂氣氛，似較往歲爲差。朝自新莊詣北市仁愛路鄭甥家，已過八時，諸外孫猶在夢鄉也。予獨逛東門市場，滿坑滿谷，俱爲食品，喧闐煩雜，到處人滿。有是哉，吾人於食之重要也。

飯後，幼外孫佳好，嬲予陪往中央圖書館觀兒童書展，至則纍纍孩提，穿梭於各攤位間，咿啞咿啞，別成一世界。出，乘便參觀歷史博物館「中日書法展」。日方百餘幅，所書大都片語短言，不過一二行，字體僅行草二種，草多奇狂，不易辨識。然筆勢與章法，皆甚見功力，似彼邦人士之於此道，重在藝術，而不重在實用。不識予此種皮相看法果如何。

今爲予退休後第四年之開始，亦卽來臺後第二十二度新年。溯自大陸撤退以來，離亂生涯，諸告無恙，不能不引爲幸事。默數深契舊好，相繼卽世，健存者寥寥，俯仰今昔，感慨系之。

六十一年　元月二日　星期日　辛亥年十一月十六日

陰寒，華氏六十度上下。

辭謝李若南之邀午宴，留家未出。早有王化棠來訪，對予文讚美備至。謂其敎部同僚，頗有購讀予之書簡者。老友某君，午後過談，款以晚餐。此君多言，而好理論，將七十矣，而習性不改。以人爲鑑，吾知勉夫。

六十一年　元月三日　星期一　辛亥年十一月十七日

國定年假原爲二日，因昨逢例假，今補假足之。

續收各方賀年片柬七起，張建華自菲律濱，庫春熙自屏東，蔣堅忍、王德彰、汪德祿、張傳獻等自臺北。

六十一年　元月四日　星期二　辛亥年十一月十八日

菊言，昨在華嚴蓮社，晤及往歲一度至好南通李某之妻某嫗，忽提及十年前幾釀禍端之誤會，深表歉疚。殆其心疾所謂精神分裂症者已全愈耶。（詳情見拙著我生一抹「一六〇險遇」）凡事有定數，予歷此事而益信人與人間，緣盡則散，不可強也。

六十一年　元月七日　星期五　辛亥年十一月廿一日

意外知己，以墨寶相貽。三年前，予有事於中和，以問道因緣，識一青年陳明榮者，談次，知爲建國高中學生。喜其誠愨知禮，曾遺之以「我生一抹」，因此通問二次，自後便無音訊。今忽接其限時掛號函，附草書中堂一幅。函中述其家公公，閱及予之贈書，囑其視同課本，務必精讀，一面特書革命先烈遺詩相贈。展視所書，字大如拳，筆力雄健。署款「異生先生大方家正腕」。詩尾綴以小字「黃花岡碑第一名追贈大將軍林文號時塽之作也」。接署「追隨造黃花聖戰紀彭淚墨辛亥革命再甲子臺北破木居」。末鈐篆文方章，文曰「黃花岡之役第二隊選鋒隊隊長」。章方寸許，字分三行，中爲陽文，兩旁陰文，刀法章法，不同凡響，其必出自名手可知。謹案書此墨寶者，卽革命前輩莫公紀彭也，年逾九十矣。素昧平生，而謬賞拙作，實可謂意外知己也已。林烈士詩云：「故國山河遠，秋風鼓角殘。登臨悲歲促，涕淚向人難。路盡天應近，江空月自寒。不曾辭落葉，分散去漫漫。」

六十一年　元月八日　星期六　辛亥年十一月廿二日

復陳明榮書，節錄如次：

承寄令公公墨寶，是龍飛鳳舞之作，求之於今，不可多得。且以耄耋之年，而有此筆力，具徵秉奇氣，能永壽，期頤人瑞，定可預卜，謹爲德門慶。再者，令公公謂拙文可作課本，囑君務必精讀云云，鄙人至感榮幸。請轉告令公公，鄙人自惟淺薄，如蒙敎正，當傾誠拜嘉也。

六十一年　元月十二日　星期三　辛亥年十一月廿六日

黃季公應非華有嫣堂成立廿周年紀念之徵文，囑代擬題詞。按其徵文，空泛含胡，著筆不易。予乃擷取詩大雅下武篇中「昭茲來許，繩其祖武。」二語以報之。並附箇告公，此類酬應之作，實非所長也。

六十一年　元月十三日　星期四　辛亥年十一月廿七日

連朝陰雨，今日開霽，彌覺冬日之可愛。

全村屋頂重鋪乳膠板，鏟椎之聲震耳，午睡未成。

復旅港舊雨李君談詩，中有言曰，「詩乃一種最精鍊，最藝術之語言，與文截然二途。非徒具詩之形式，即可謂之詩也。又詩才與文才亦有別，無詩才而學詩，不但事倍功半，往往徒勞無功，此學詩者不可不知也。」

六十一年　元月十四日　星期五　辛亥年十一月廿八日

多年來，午晚兩餐，一飯一麵，幾成習慣。偶有麵而飯之，食慾便殺。近日則力矯此弊，晚餐與午從同矣。

六十一年　元月十六日　星期日　辛亥年十二月朔

晴，風勁，華氏五十八度。入冬以來，手足柔潤無異狀。晨興，忽感右踝邊皺裂作痛，貼以膠布乃已。歷年如是，幾成定例。時令之影響吾人身體者，眞微妙不可言。按節氣中之小寒已過五日，距大寒僅五日云。

六十一年　元月十七日　星期一　辛亥年十二月初二日

以宣紙試寫「累廬記」鏡屏，連寫五張，皆不稱意。究其所以，求好過切，與執筆退化，兼而有之。

六十一年　元月十九日　星期三　辛亥年十二月初四日

參觀寶慶路新張之遠東百貨公司，在人潮中遇鄉友劉芳雄，承告公司內花店，係其本人所經營者，專賣盆景。此君亦多才多藝人也。有其夥友川人胡白水者，自言對易有深刻研究云。

六十一年　元月廿一日　星期五　辛亥年十二月初六日

右姆指頭，無故腫痛，已三日矣。偶有操作，甚感不便。人到病時，始悟無病之樂，此亦一例耳。

六十一年　元月廿三日　星期日　辛亥年十二月初八日

報載臺大學生自造火箭，昨在彰化王功試射四枚，順利成功，此時此地，是大可喜之事也。

多行夏令，陽光灼人。訪純禮，關節炎與胃病，仍在療養中。

六十一年　元月廿四日　星期一　辛亥年十二月初九日

忽聞外孫女佳月，盲腸爲患，住杭州南路陳外科醫院割治。菊立往探視。

桃園宗親金方，偕其叔阿李，傍晚來訪，於修譜事，有所求教。聽其談吐，並非翰墨中人，不知何以善其事，祇有勸其慎重爲之。

六十一年　元月廿八日　星期五　辛亥年十二月十三日

張朝男知予拇指腫痛後，種種關切之情，至令人心感。

菊爲照顧雅家，連日早出晚歸。

六十一年　元月廿九日　星期六　辛亥年十二月十四日

早往臺北看月孫病況，施行手術剛一周，已能起坐。

十時到總統府，何靖醫師爲予指腫開方給藥。

午回新莊，因拓寬工程之阻礙，汽車行程，竟需一時有十分。

六十一年　元月三十日　星期日　辛亥年十二月望

午後，府高參尚君達仁伉儷，挈其女珮晴、珮明來舍，攜贈報歲蘭一盆，盆沿環以紅色紙條示喜氣。並鄭重對予云，從今後，其二女喚予公公，其本人願爲私淑弟子。此君在同輩戎行中，因家學淵源，獨以長於文事見稱，而謬愛於予，亦緣分也。

蒙族俊彥王華興者，新自美探親回國，傍晚由張家柱作伴過訪，留便餐暢談。知其五女二子，皆優秀之才，是福人耳。

六十一年　元月卅一日　星期一　辛亥年十二月十六日

多雲天。早看月孫病情，不日卽可出院，良慰。

拇指腫消出膿，到府換藥，觸之，亦不甚痛，大致無慮矣。

三民書局劉君振強，專誠見顧，對談二小時。知其處世種種，頗多與予同調。於本身事業，能高瞻遠矚，不斤斤於目前之得失，是大有抱負大有前途之人也。

六十一年　二月四日　星期五　辛亥年十二月二十日

致書旅美鄉友毛森，一再易稿，午夜寫就，長五百餘言。此君亦吾江山奇才，果得有爲之地，未始非雨農之匹。叵耐人生遭際，命數存焉，徒喚奈何。

六十一年　二月九日　星期三　辛亥年十二月廿五日

華氏五十四度，在臺灣言，可稱嚴寒。

怪人得快病。晤熟友某君，謂平日少運動，腹內累積脂肪過多，致碍腸部之蠕動，近住醫院施行手術，刮出脂肪達斤餘云。

某友見告，密聞去年高普考之役，某典委閱卷之多，獲酬之豐，幾令人不能置信。然而有憑有據，千眞萬確云云。果有其事，可發一嘆。

六十一年　二月十四日　星期一　辛亥年十二月晦

今爲辛亥年除夕，俗稱大年夜。就新曆言，則爲春節之前夕。

菊鎭日爲準備度節事而忙。將晚，照往例赴雅家，共喫年夜飯，鄉親承節、興同、二君與焉。來去途中，人車稀疏可數，視平昔之轂擊肩摩，別成一世界。時過午夜，予漫步戶外，家家燈火輝煌，一片熱鬧景象，風俗影響吾人之生活偉矣哉。

六十一年　二月十五日　星期二　壬子年元旦

今爲春節。本村住友，照例於八時半集球場舉行團拜，彼此恭喜一番而散。

六十一年　二月十七日　星期四　壬子年正月初三日

早接毛森十一日自美來信，長千數百言。溯往論今，列舉實事，令人痛心。末後謂「如蒙召喚，星夜趕來，埋骨祖國河山，乃素願也。」愛國熱情，洋溢紙上，可敬可敬。

青雅夫婦率子女上午至，陽波夫婦率子女下午至，純禮夫婦率子傍晚至，鄉好楊明祿、毛趙璧、徐振昌、及舊屬陳奮，亦先後至。男女大小十數人，午晚餐歡敍，熱鬧一場。飯後並作擲骰子之戲，笑聲震屋。

六十一年　二月十九日　星期六　壬子年正月初五日

紹誠慧華夫婦、午後來拜年。謂在臺素不拜人之年，要拜者僅其大哥次烈與予二家而已。其情可感。

同村陳治華偕吳國權傍晚來，留便餐，並邀張家柱作陪。吳爲北伐時伙伴，張陳則府中舊僚也。餐後雜談府中往事爲樂。

六十一年　二月二十日　星期日　壬子年正月初六日

國民大會第五次會議，今日開幕。聽電臺廣播總統致詞，語音雖嘹亮如昔，但有時略帶悲哀聲調。意其中氣不足之故乎。

紹誠舜音夫婦、午前來拜年，談其留美兒子文焯姪之佳況，對處理汙水問題，有卓越之成就。駸駸乎專家可期云。

六十一年　二月廿三日　星期三　壬子年正月初十日

晨過萬里，談及毛森，萬里云，當三十八年退守定海時，毛在紀念周席上，以戴高樂自況。

以其過於自負，致招人忌云云。是耶非耶。

六十一年　二月廿九日　星期二　壬子年正月望

今爲舊元宵節，大約凌晨二三時，卽聞遠處鞭炮聲，此起彼落，漸明漸密。氣象報告，近日氣溫，爲入冬以來之最低者。但予起後之不穿衣作事如故，冷水浴如故，非不寒也，不畏寒也。同輩中能如予之抗寒若無事者，不知有幾人。

六十一年　三月二日　星期四　壬子年正月十七日

靜芝兄早閒電話，盛讚予昨日致彼短札寫作之佳。其實係淡淡數行家常語耳，老友對予文字之偏愛，有不可以常理解者。彼旣讚美，且轉錄於此。

靜兄春節好：玆倩舍親鄭君奉陳醃腿一隻，供府上大小佐餐。此非流俗送禮，因親故饋者多起，特以分餉契好，亦區區「與朋友共」之微意而已。務希哂內爲幸。悤此不備。

六十一年　三月三日　星期五　壬子年正月十八日

八八高齡陳老先生過訪，以所著回憶錄相贈。其來也，係乘府午閒交通車，餐於本村砥石家。此老龍鍾重聽，而喜詣人，在彼以爲禮宜然，實則使人甚爲之擔憂也。

六十一年　三月五日　星期日　壬子年正月二十日

午在雅家餐息，觀圓孫肄業北一女日記，思想淸楚，見解不凡。且記述一事，語語不離本題。大專學生，不是過也。可喜可喜。

六十一年 三月六日 星期一 壬子年正月廿一日

本黨十屆三中全會，今在陽明山中山樓開幕。電視對總裁致詞，錄影而不錄音，殆以錄音機發生故障之故耶。

六十一年 三月七日 星期二 壬子年正月廿二日

函中國電視公司建議三事：一、演出時，須與原定時間表相符。二、遊戲節目有關金錢者，不可強調過甚。三、娛樂節目，應有意義，避免胡鬧。

六十一年 三月十三日 星期一 壬子年正月廿八日

讀畢王公璵「美遊隨筆」，文字活潑而風趣，對於事理之見解亦不凡，修書讚之。

六十一年 三月二十日 星期一 壬子年二月初六日

號稱陽明山之花季，今臨尾聲。適毛甥君強有事中山樓，予遂乘其便車上山一遊，菊、雅同行。晨九時發仁愛路，歷四十分鐘而達。三年未至，道路亭臺，草木景色，煥然改觀。滿目杜鵑，猶吐艷迎人。一二櫻花，則散留枝頭，若戀戀惜春之將去者。時風和日暖，漫步曲徑，香隨風至，心神為爽。賞光觀瀑，不覺向午，遂就地購點充飢，攝二三花影後，出園。徒步二十分鐘，乘路局車歸。

六十一年 三月廿一日 星期二 壬子年二月初七日

國民大會今選第五任總統，社會間又掀起一番熱鬧。臺視播出總統以往之功勛以為慶祝。鑒往思來，感慨萬千。

六十一年　三月廿六日　星期日　壬子年二月十二日

今爲例假，晴朗。十時，偕菊入城參觀歷史博物館中之全國書畫展，徧觀一周，書畫各半。畫非所習，不敢妄評。書則大都能表其素養，獨不見大氣磅礴，筆勢奇偉之作。竊自揣，假令吾之右筆不廢，未必不可與當代名家一角短長。老天忌我，將奈之何。

六十一年　三月廿八日　星期二　壬子年二月十四日

患咳半月，堅持不藥，今已大愈。偶發幾聲，餘咳而已。藥乎藥乎，於吾乎何有。

六十一年　三月廿九日　星期三　壬子年二月望

青年節，國定假日。卽黃花岡烈士成仁紀念日也。風和日暖，祭祖於新竹新豐鄉之鳳坎村，蓋臺北姜氏宗親會所主辦者也。鳳坎村爲臺灣宗親發祥地，位鐵路縱貫線竹北站之北，距海岸密邇。現有宗親三十餘戶，聚族而居，發祥祖墓卽在此。桃園姜氏，同出一源，今所祭者，卽此墓也。墓地位村口，負崇丘，面良田，植巨碑，覆石屋，規模可觀。臺北宗親五六十人，共乘一遊覽車而來。抵村時，地主以鞭炮歡迎。下車，卽集墓前致祭。祭案三四連接成長臺，酒饌祭品，堆置殆滿，一如平昔所見寺廟中之大拜拜者。祭畢，會飲於村內宗親金枝之家。院外搭篷爲堂，設席六七，如張喜宴，盛饌酣飲，幾逾二時。飲罷，集村中老幼合攝一影而行。過村外鳳坡尾，又展謁先祖朝鳳公暨妣楊氏之墓，碑載道光六年修，他無所詳。僻陬一古墓耳，驀地有如許來自大陸之同宗，專誠一拜，亦可謂與墓中人有緣，九原有知，得毋以爲無上榮幸矣乎。是役也，奔走規畫者，宗親梅英、竹、春華三人，予之親屬鄉好同行者，菊、陽波、有倉、爲孝。早七時離家，晚七時歸。

六十一年　三月卅一日　星期五　壬子年二月十七日

偶翻六七年前之日記，書法流利，遠勝於今，感喟無已。

六十一年　四月三日　星期一　壬子年二月二十日

晴，多雲。日閒，華氏七十上下。

「我生一抹」新增第八目，曰「補續作殿」，計十七則，約共二萬八九千言，決計先印單行本五百册。撰弁言一首，長二百餘言，成後一改再改，稿凡十數易始定。深感成一文之不易，以視世之率爾操觚，沾沾自矜者，自覺稍勝一籌，然而仍不敢自滿也。

六十一年　四月五日　星期三　壬子年二月廿六日

重新路拓寬工程，大體完成，今日開始雙向單線通車。（去年九月一日起實施交通管制只准向南單行）

六十一年　四月七日　星期五　壬子年二月廿四日

徐汝誠午生將軍伉儷，忽於晚閒由毛甥君強夫婦作陪，賁然來訪，歡談移時始去。所談當年北伐時之人物，深感世事無常，歷歷幻境，眞如一夢。將軍餘姚人，曾任軍長、國防部廳長、陸軍官校校長，結交於民國十七年。今之來，純爲敍舊，並攜贈銀耳果汁爲贄，亦重情誼人也。近日盛傳，此次國民大會開幕，一般民間對國代十分鄙視，有二事可證。一、計程車長途八折爲通例，司機對國代則索全價。二、某日某車次對號車中，有青年見國代至，則起就他座，恥與同席。傳者謂千眞萬確云。民閒何以有此表示，甚値當事者之儆惕也。

六十一年　四月九日　星期日　壬子年二月廿六日

在雅家午餐，回新莊時，乘三重客運「紅一」路車，蓋新近通車者也。

六十一年　四月十二日　星期三　壬子年二月晦

截至今日止，已確知未來十日內，有應酬四起。一、毛子水八十壽。十五日溫州街。二、毛甥君強子玉麟訂婚。十六日軍官俱樂部。三、毛振翔六十壽。十八日欣欣餐廳。四、姜春華邀宴。廿三日容石園聯誼。

六十一年　四月廿一日　星期五　壬子年三月初八日

風力強，氣溫略降。續校毛振翔神父「孤軍苦鬥記」，校完五之四。讀書中關於當年在美爭取獎學金自動自發，勇往直前，不惜犧牲，不辭勞苦之記載，深覺作者之偉大，今世所罕見也。

六十一年　四月廿三日　星期日　壬子年三月初十日

天氣清和，八時進城，訪客赴宴，大有可記者。十時訪徐汝誠將軍，其本人外出，夫人在家。住處位新生南路三段六號，庭園雅潔，陳設堂皇。赴宴之地，爲新店容石園，園主阮清源，舊識也。園地數千坪，經營二十年，園內花木堂室，幽雅宜人。阮出胼手相示，笑謂是乃二十年之成績。可見其苦幹，令人敬佩。今日之宴，爲宗親會理事長姜春華作東道。與宴者予夫婦外，有梅英、次烈、毅英、鏡泉夫婦、義光、政、竹。宴後，就花木閒攝景多幀留念。在容石園宴前，乘次烈座車訪方樹松、孫拔吾於新店之檳榔路。兩居比鄰，方爲毛甥親家，未値。孫爲老友姜潁初之知交，學法而能詩，熱忱人也。多年不見，今已半身不遂，能坐不能行。耳目雖無恙，神思亦淸，惟口不能言，相見唔呀幾聲而已。見人之老廢，自幸叨天之厚福。贈其好立克二瓶而別。

六十一年　四月廿四日　星期一　壬子年三月十一日

晚六時正，有強烈地震，連續十數秒鐘之久。

「補續作殿」弁言，脫稿於二旬前，以爲可定稿矣，今再推敲之，復予删定如次。

我生一抹補續編弁言

此拙著「我生一抹」補續編之單行本也。

拙著成於民國五十三年八月，原分幼年瑣憶、坎坷家道、初涉世途、別闢蹊徑、艱難歲月、遭時滄桑六目。問世後，口碑不惡，承契好督勉，續撰來臺以後事，添立一目，曰「行都雜志，」併前六目爲七，計百有五十七則。遂於五十五年重刊增訂本焉。越年，三民書局商予編充其所刊行之三民文庫，予乃就各目再加增訂，凡百七十有五則，都十萬餘言，重新排印，是爲第二度增訂本，卽本書文庫本初版再版之書也。日月如梭，忽忽又四年矣。其閒與會所之，輒筆之於書。或溯往事，補前所未及也。或記近歷，續留鴻爪也。復得十七則，可二萬言。又立一目，曰「補續作殿」。適本書將刊三版，遂併前七目合爲八。是爲第三度增訂本。目名「作殿」云云，示終止於此，不復「補續」矣。

按殿後一目，雖寥寥十數則，而記所歷與所爲，言歲月則逾周甲，言地域則徧四方。如就其事前後貫串之，無異平生之節略。故特刊以單行，而仍名「我生一抹」云。

六十一年　四月廿六日　星期三　壬子年三月十三日

聞老友曹劍萍一足傷筋，療養於家已半月，今專誠往探，不良於行而已，並無大碍，想不久可復原也。歸時在南零公車上，被扒竊光顧，西服右內袋之錢夾，左內袋之圖章鑰匙包，同時不翼而飛。一時甚感沮喪。錢數僅三百元，不足惜，而親故住址電話集錄之不易，眞令人哭笑不得。乃盜亦有道，當歸後數小時，接考試院波姪電話，失物竟棄置盥洗室內，錢不見外，餘無所取。隨身之物，失而復得，喜出望外。其所以棄置於此者，因夾中有院證在，否則亡矣。一物之得失，似冥冥中亦有數焉。

六十一年　四月三十日　星期日　壬子年三月十七日

菊爲許靜芝亡妻王大芬夫人寫墓碑，反覆練習，歷時逾月，今始完成，予立卽送與張家柱轉去。菊爲予言，「一朝完成，如釋重負。」此中甘苦，非身歷者不能道也。

六十一年 五月一日 星期一 壬子年三月十八日

午後二時，依榻假寐，忽爲一聲劇雷驚醒。俟雨過後，有事於臺北之臺元印刷公司，未見執事而退。又訪三民書局劉經理，出示新近歸國之賴景瑚先生致彼函，劈首盛讚「實用書簡」清新難得云云。雖不相識，亦文字知己也。

六十一年 五月五日 星期五 壬子年三月廿二日

昨夜夢見老友戴德元，容光煥發。此爲老友中共事最久之一人，不知尚在人間否。

今爲勝利還都二十六周年紀念，昔爲壯歲，今成老翁。所可自慰者，身心未衰，豪氣猶在耳。

決定下周六假欣欣餐廳宴至好雅故。特別房間，特別菜肴，由君強甥代往洽定。

六十一年 五月七日 星期日 壬子年三月廿四日

今遊石門水庫，同遊者鄭君純禮，其妻倪蔚然，子天淩，及予妻周素梅。適値枯水季節，庫中水面奇縮，岸高如懸崖。乘馬達小輪容與其中，舉目山水，塵慮盡滌。向午登岸，在水庫管理局後某餐館進餐，四菜一湯，味美而價廉，連汽水共二百有十元，鄭君爲東道。今日無風無雨又無日，郊遊之最佳天氣也。惟歸途幾釀大禍。緣所乘計程車，行駛過速，在離潭不遠途中，與迎面而來之滿載碎石卡車，擦然而過，目爲一眩，其間不相撞者僅毫髮之差。車前擋風玻璃，爲來車飄石擊中，砰然一聲，粉碎四射，滿身，滿車，滿地，幸未傷人。有驚無險，眞不幸中之大幸也。

六十一年　五月十三日　星期六　壬子年四月朔

歷歲開春後，例邀老友蒞舍一敍，本年因妻有所忙，分身無從，乃於本日假南京東路欣欣餐廳以了心願。期以正午，事先所約諸友，頃刻而集，熊公哲、方豪、陳立夫、羅萬類、黃季陸、徐汝誠、高明、成惕軒、馬國琳、邵德潤、徐達、毛君強、仲肇湘諸先生。言笑晏晏，盡歡而散。酒自備外，費二千五百元。

六十一年　五月十六日　星期二　壬子年四月初四日

國父紀念館舉行落成揭幕典禮，聞耗資新臺幣一億有數千萬元云。

寄菲律賓神交張建華書刊三種，戴季陶墨蹟一册，觀光月刊二册，一抹補續一册，郵資十五元。

六十一年　五月十九日　星期五　壬子年四月初七日

午後參觀「臺灣史蹟展覽」於歷史博物館，中有同治年閒黔中羅大春之紀功碑拓片，高近丈，寬二尺餘，字大如碗。紀功之詞，不過十數句耳。撰者爲三衢范應祥，中載「徵募濟師斧之，斤之，階之，級之，碉之，堡之，而以番說番招撫之。……」云云，簡括之至。就紀功言，使後人知此足矣。若詳之以千百字，人將望望然去之，則與無碑何異。故此類文字，宜短宜簡爲上。世之喜作長文而欲其傳世者可以思矣。

訪萬里少坐，臨行，送予至門外。予笑謂之曰，君才遠勝於我，盼勿以老自廢。並告以日前曾與老友談及吾二人。予曰「超嶽有志無才，萬里有才無志」。云云。萬里聞言默然。

六十一年　五月二十日　星期六　壬子年四月初八日

今爲我國行憲以來第五任總統就職之日，雖逢雨天，而各項慶祝活動，仍一一進行。總統文告，含義懇切，而詞句無力。原有情意，遂因而湮沒，讀之不足以感人，可惜可惜。

上午專誠訪徐之圭於木柵之一壽街，新闢山村，環境清幽，宜於住家。自考試院到此，步行時刻二十分，波姪同行。

午後，赴松山訪季國昌、李鍈夫二新友，均居陋巷之中。李不在，季方學于右老草書，坐談片刻，即告辭。

六十一年　五月廿四日　星期三　壬子年四月十二日

偕菊上陽明山謁亡友佘樹芬墓，其遺孀徐氏爲導。下山至北投法藏寺，喫齋後，詣新民路紫芝軒與次烈一敍。見其院中纘纓花正盛開，滿樹燦爛，有如錦繡，艷麗繁茂，向所未睹，殆其家鴻運之預兆歟。次烈出示新近大陸家書，似彼間社會之變化，不如想象中之甚。最可異者，其詒弟函，居然附塡詞一闋，何以亦有閒情逸致於此耶。歸途乘次烈座車，便過老友某君，又提及予著我生一抹「救囚」事，予正色告之曰，是非無標準，毋多談。乃言他而別。

六十一年　五月廿八日　星期日　壬子年四月十六日

人事行政學會，假中山堂擧行大會，予於九時報到後卽出，獨遊國父紀念館，坐落仁愛路五段。大門標中山公園，係新近完成者，規模雄偉，臺灣境內遊觀之地當推此爲巨擘矣。園內遊者以千計，學生及兒童爲多。

六十一年　五月廿九日　星期一　壬子年四月十七日

晚間，電視播出政府新人事如次。

行政院長蔣經國，副徐慶鍾。政委葉公超、連震東、俞國華、李連春、周書楷、郭澄、李登輝。

內政部長林金生、外交沈昌煥、國防陳大慶、財政李國鼎、經濟孫運璿、教育蔣彥士、交通高玉樹、司法王任遠、僑務毛松年、蒙藏崔垂言。政院秘書長費驊。

臺省主席謝東閔、臺北市長張豐緒。

總統府秘書長鄭彥棻。

歷來政府改組首長更動之多，此次爲最。

六十一年　五月卅一日　星期三　壬子年四月十九日

晚赴華新之宴，當予自雅家出時，遇謝耿民。承告新自美洲歸，曾在美晤及老同事高凌百，病腿，不良於行。謂對予致敬佩懷念之忱云。

華新之宴，王德彰爲東道。主客姜必寧伉儷。陪者次烈、紹誠、萬里、廷洛、德潤、維敏等。紹誠因拔牙未到。予於席間宣揚毛振翔之偉大，及其最近問世之「孤軍苦鬥記」。胡君維敏，立卽認購一五〇册，此亦大氣度而爽朗之人也。

六十一年　六月一日　星期四　壬子年四月二十日

我書讀者李鍈夫、李國昌二君，聯袂來訪，情意懇懇，雖爲新交，甚感親切。留午餐暢談，不外爲人處世之道。二時後別去。

毛振翔神父之「孤軍苦鬥記」出書，經予向親友宣揚後，數日之間，銷售七百餘册。如徐達、姜毅英、王問楚、姜紹誠、徐之佳、王縉達、王蒲臣、毛振炎、毛趙壁諸君，或百數，或數十，購之如恐不及，皆爲敬仰作者之人也。

六十一年　六月三日　星期六　壬子年四月廿二日

詣國史館，館長黃季公授予新近出書之「民國紀事」初稿二巨册，承囑校勘一過。攜歸估量，假定每日校三十葉，需時約一月。讀其內容，所蒐資料，可稱豐富，惟其編排方式，及用字大小以別輕重諸端，不無可商酌處。

六十一年　六月五日　星期一　壬子年四月廿四日

晚間，觀臺視新出節目曰「舌戰」。題爲「夫妻間應否有秘密」，辯論時，各有堅強理由，聽者甚感興趣。

六十一年　六月七日　星期三　壬子年四月廿六日

晴。有熟友見報載三民書局登出「孤軍苦鬥記」之廣告文字，料定係出予手，一猜便中。予自讀之，確乎眞切有力。錄其文於此。

作者是當年毛匪澤東指爲所謂重要戰犯之一，也是國際知名特立獨行的神父。書中涉及範圍至廣，所陳事實，原原本本，有根有據。大都與外交、政治、匪情有關，而爲一般人所未聞者。平生行誼，秉正義感，作正義事，爲民族國家爭得不少榮譽。尤其爲留學生爭得數千名獎學金，貢獻國家至鉅。凡我有心君子，及研究近代史學者，均宜一讀此書。

六十一年　六月八日　星期四　壬子年四月廿七日

以果汁機製豆沙，可不去豆皮。熬煮時必俟不噴白氣時爲止，如此則搓條可不致粘手。此爲實際經驗，以後注意。

六十一年　六月十日　星期六　壬子年四月晦

夜聽馬思聰伉儷演奏音樂，予對此外行，似不及中樂之悅耳，未及終了即出。馬爲國際知名之音樂家，去歲自大陸逃出後，首次回國。入場券爲邵君德潤所贈，雅同行。

六十一年　六月十一日　星期日　壬子年五月朔

午在雅家餐息。午後大雨，五時過三民書局，晤劉君振強。承告決將文庫中予所著三書，重新排印。因此書口碑彌盛，影響社會者旣不少，則牟利觀念，自不可與他書同論也。劉君有此識見，亦難能可貴矣。又談及平生，君慨然謂予曰，以先生個性，而能立足於政壇數十年，足見政治尚非十分黑暗者。予則以爲人生際遇之奇偶，有命數存焉也。

六十一年 六月十三日 星期二 壬子年五月初三日

晴，早往恆毅訪其教務主任孫澤宏。其閣人態度惡劣，可惡之極，予不禁出怒言。旣而悔之，何必與此等人計較。

六十一年 六月廿六日 星期一 壬子年五月十六日

昨夜夢在旅次見先室素亭，摩登濃裝行爲大變，初相視無言，欲與語而倏焉不見。傷心往事，久矣淡忘，何來此夢。

上午，先到國史館，與黃季公、許師愼談民史稿之加緊編輯事。後到府，葉甫蓀見告，邵德潤榮膺中央銀行金融業務檢查處處長。此爲要津，惟才俊始可當之。後起有爲，可喜事也。

六十一年 七月一日 星期六 壬子年五月廿一日

大專聯招第一日，菊乘早班車往陪月孫赴考，考場在大安國中。予於十一時至考場，陪考人老幼男女以千百計，提囊攜裹，散處隙地，如羣眾遠旅之憩於途中者。考畢出場，四維路靠校一段，約千步遙，萬頭鑽動，途爲之塞。非以觀月孫之赴考，尙不知今日臺灣有此情景也。

六十一年 七月二日 星期日 壬子年五月廿二日

姜獻祥之長郎至旦婚禮，假三軍俱樂部擧行，予偕菊於四時前趕至禮堂，大雨。次烈證婚，引曾國藩四語作贈言甚當。四語曰：「家勤則興，人勤則健，能勤能健，永不貧賤。」禮畢茶會，約二百人。喜宴七席，鄉好合一席，次烈，紹誠夫婦、紹誠夫婦及其女、文錦夫婦、純禮夫婦及其子，予夫婦共十三人。

六十一年 七月三日 星期一 壬子年五月廿三日

馬紀壯將出使泰國，花谿同仁二十餘人，於午後三時，假大同之家茶會話別。予以其人居高官多年，鮮親切感，故未發一言。

六十一年 七月四日 星期二 壬子年五月廿四日

頭部左後方抽痛今已愈，吾人身體，稍有不適，精神卽受影響。健康之關係大矣哉。

雅於午前率月、圓二孫歸來，傍晚去。試圓孫毛筆字，筆姿在中人以上，可造材也。

君強長郎玉麟將婚，致喜儀千元，託陳奮因便送去。

室內外噴洒殺蟲水，夜閒雇人爲之，工料五十元。據稱能持續有效至半年之久，不知驗否。

六十一年 七月五日 星期三 壬子年五月廿五日

晚宴於臺北南京西路之鳳凰餐廳，東道主同鄉胡君維敏。予夫婦爲主客，陪者宗親必寧夫婦，次烈、紹誠、紹誠、鄉友徐松青、邵德潤、王德彰、周廷洛。胡君江山官溪鄉人，生於杭，長於滬，篤實精幹，一度從政，今爲可口可樂總經理。近讀予所著「我生一抹」，始知彼此爲姻親，其妹倩楊學樵，卽予先室之三弟也。

六十一年　七月七日　星期五　壬子年五月廿七日

今爲盧溝橋「七七抗戰」三十五周年紀念，回首當年，世事之滄桑，眞似一場大夢。同時之相親故舊，今之存者，寥寥無幾，興念及此，萬感叢生，噫。

六十一年　七月八日　星期六　壬子年五月晦

氣象報告，入夏以來，昨日最熱，華氏室內九十六度，而予毫無所感也。

毛甥君強子玉麟之婚，午後四時假軍官俱樂部行之，證婚田炯錦，其鄉耆也。因政府力倡節約，賀客百餘人，茶點招待。晚張喜宴於陸軍聯誼社，男女兩方至親共六席。其實如此已足，習俗之好事鋪張，有何意義。

六十一年　七月十四日　星期五　壬子年六月初四日

早爲菊所書立屏送與玲瓏裝裱，此係參加三屆婦女書展者。字大如盌，半月來試書多幅，皆不如意。昨夜得一幅，如有神助。寫字作文，得意佳作，往往無意中得之。

六十一年　七月十六日　星期日　壬子年六月初六日

午前買書於中華書局，識其會計課長石炳瑄。謂於同事周儒文家，見菊所書立屛，眞是書家之作。人以書家視我妻，私心良慰。

六十一年　七月二十日　星期日　壬子年六月初十日

婦女書展假址於國軍文藝中心舉行，予午後往觀，「邀請類」以郭智、郭杰之聯對最有氣派。菊之立屏懸於最令人矚目處，亦屬佼佼者。「應徵類」第一，羅茵所書聯，有書卷氣。

六十一年　七月廿六日　星期三　壬子年六月十六日

婦女書展，今日結束。菊應中國書法學會之邀，參加下午三時假國藝中心舉行之書法座談會，歸時日云暮矣。

六十一年　七月廿九日　星期六　壬子年六月十九日

圓孫考取北一女，果不出我所料。高中聯招，午後放榜，不知幾家歡笑幾家愁。

予所用已逾二年之東方霸王表，原置餐檯，早間爲菊誤摔水泥地上，而依然無恙，此可考驗機件之堅固。

六十一年　七月卅一日　星期一　壬子年六月廿一日

接毛森上月廿五日自美來簡，謂其大陸大姊有信至，係六月十二日發自江山禮賢者，知吾龍兒全家平安，云云。久矣不聞消息，今得此佳音，喜慰無極。

六十一年　八月一日　星期二　壬子年六月廿二日

大專聯招放榜完畢，月孫以總分三九二分成績，分發國立中興大學公共行政系。雖去第一志願有閒，然闔家大小仍歡然也。

六十一年　八月二日　星期三　壬子年六月廿三日

連日埋首於「民史紀要初稿」之校勘工作，今夜完畢，去受書初校至今，適二閱月。共校出應正誤處二九六則。隨修書以聞黃季公。寢時已過子夜。

六十一年　八月三日　星期四　壬子年六月廿四日

確息，曹翼遠將爲下屆之考試委員。老友出人頭地，可喜可喜。

六十一年　八月七日　星期一　壬子年六月廿八日

中午，請客於家，客爲僑港府中舊僚李榮植夫婦。另邀徐振昌、王縉達、毛振翔三友作陪。餐後坐談至五時始散。振翔對中日關係，堅決主張嚴正手段，必要時沒收其財產，驅逐其僑民，斷其海上之交通，則海外華僑，對祖國立卽改觀云。言之頗有理。

六十一年　八月九日　星期三　壬子年七月朔

午前偕菊赴中和徐振昌之家宴敍。主客爲李榮植夫婦，及其妻妹新近投奔自由之紅衞兵葉輝德小姐。陪者毛振翔、毛趙璧、王縉達，又振昌同學合肥武君子初，卽前歲因第一夫人圓山撞車，而枉被調職之衞戍師師長也。

中和南勢角一帶，二年未至，情形大異。便訪九十老人沈之萬先生，精神如故，而重聽加甚，對談殊不便。少坐片刻卽行。

六十一年　八月十日　星期日　壬子年七月初二日

讀工商副刊，有唐牛僧孺戒杜牧語，「以侍御史氣概達馭，固當自極夷塗，然慮風情不節，或致薄體乖和。」喜其淵雅含蓄，亟爲錄之，可資以行文造句之參考也。

六十一年　八月十二日　星期六　壬子年七月初四日

接王蒲臣自美來信，謂到美已月餘，囑代購毛振翔之「孤軍苦鬥記」十册，予之「我生一抹」十册寄去。謂毛與予爲江山奇才，以此贈友，甚感光榮云。自惟庸碌，而儕輩往往才我，何耶。

六十一年　八月十四日　星期一　壬子年七月初六日

曹翼遠兄又以典試委員身分，電約閱高考國文卷，故人關切之情，至可感念。然以吾行吾素，堅決婉辭。並告以此生不願再作馮婦矣。

六十一年　八月十五日　星期二　壬子年七月初七日

氣象報告，強烈颱風名貝蒂將襲境。上午時陰時晴，午後忽陰忽雨。

六十一年　八月十六日　星期三　壬子年七月初八日

貝蒂將臨，終日在風風雨雨之中。因先聲奪人，各治安機關準備救災工作，異常緊張。

六十一年　八月十七日　星期四　壬子年七月初九日

昨夜風雨未停，天明以後，見落葉滿地，花木被吹損者不少。聞三重中興橋一帶，淹水甚深，交通斷絕，公務機關上午停公，白晝無電。

一日之閒，親友之來電話問平安者十人。紹青、君強、德潤、次烈、紹誠、純禮、振昌、公哲，有倉、傳猷、皆親切關心者也。

下半年之退休俸，一六四六七・六元，今日領到。

六十一年　八月十八日　星期五　壬子年七月初十日

終日陰，報載此次颱風所帶來之水患，以三重、蘆洲、五股三地，受災最重，幾無處不淹水，深者達五公尺云。

六十一年　八月廿二日　星期二　壬子年七月十四日

予執筆患戰，改用左腕已二十餘年。今日無意中以右手試筆，忽能作字，連寫寸楷三百餘，而平穩無恙，雖不能揮灑如意，而成字成行，則大異於平日。積年痼疾，一朝霍然，不禁擲筆狂躍曰，奇蹟奇蹟，天助天助。何以致此，莫名其妙。果長此無患，豈非吾生之大幸乎。

六十一年　八月廿三日　星期三　壬子年七月望

晨間重試右筆，故態復萌，昨日之奇蹟，一場空歡喜而已。

閱報，雲林莿桐鄉有姓墜者，生平尚未之見，怪姓也。

日來院外榴花葉，漸次萎黃不知何故。予盡翦其枝椏，看有救否。

今爲舊曆中元節，家中應有節目，因前昨提前舉行，故清閒無事。

六十一年　八月廿五日　星期五　壬子年七月十七日

晴朗。院外榴葉枯萎，或謂係受護根水泥之影響，今晨予以拆去，看有救否。

六十一年　八月廿七日　星期日　壬子年七月十九日

接王蒲臣廿二日自美來簡，謂前所託購分贈親友之書，「孤軍苦鬥記」「我生一抹」遞到之日，適逢其七一生日。與宴者得書，皆大歡喜，是不可思議之巧事也。

六十一年　八月三十日　星期三　壬子年七月廿二日

聞好友羅萬類兄因跌傷腿，住空軍總醫院。午前往訪，則右腿骨受損，於腿上裹以石膏衣，不能行動，只可坐輪椅。據醫言，療傷時日或需半月數旬云。談片刻卽出。歸途默思，吾人以自由自在之身，一朝因故而關居一室，而孤坐一椅，鬱悶可想。日常起居之於安全健康，可忽乎哉。

六十一年　八月卅一日　星期四　壬子年七月廿三日

文友曾兄寄示其所撰某名士八十壽序，囑為改正，予讀後復之曰，「遣詞造句，典雅不俗，是好文章而非好壽序」，因文中歌頌，盡為空洞抽象之辭，未著半點行實，讀之鏘鏘然，而無親切之感。予意贈人之作，重在內容，所謂言中有物，始具意義，否則不如其已。

六十一年　九月一日　星期五　壬子年七月廿四日

接老友吳耿青自美來信，知其現任某圖書館編目工作，彼此斷訊已十五六載矣，今得重通聲氣，恍如久別重逢。

新莊中港路今日開始行駛三重客運十路車。終站曰「中港里」，早六時開出，每隔十五分一次。到臺北票價三元。

六十一年　九月二日　星期六　壬子年七月廿五日

十一時半進城，在雅家午膳。圓孫考取北一女，明日註册，以予爲監護人。三時回寓，初度乘十路三重客運。

公路西站以西沿忠孝路大火，一時交通失序。

六十一年　九月六日　星期三　壬子年七月廿九日

贏得世界冠軍之青少棒、少棒隊歸國，各界有盛大之歡迎節目。

報載慕尼黑奧運於昨晨發生大慘案，巴基斯坦之暴徒，擄殺以色列選手十數人。是人類暴戾之氣之作祟也。

六十一年　九月七日　星期四　壬子年七月晦

夜修書與臺南神交林治渭，告以記述文字，須自簡、明、順、三字下工夫，能使略識之無者，亦可一覽了然，斯爲上乘。所謂簡，求其乾淨俐落也。所謂明，求其語淺意顯也。所謂順，求其義理貫串也。

六十一年　九月九日　星期六　壬子八月初二日

校對三版之「我生一抹」，今日開始。書商已三校，予乃四校也。原爲二百零九頁，補續後增至二百七十二頁，約計十五萬言以上。區區一抹，竟成長篇，非始料所及也。

六十一年　九月十六日　星期六　壬子年八月初九日

訪三民劉君，承其盛意，謂對予「一抹」一書，因年來口碑之隆，決不計成本，至盡美盡善而後止。可感也。

六十一年 九月十八日 星期一 壬子年八月十一日

今爲「九一八」四十一周年紀念。此四十一年中，世事之變化，不可紀極，回首種種，如同一夢。看後生之由少而壯，由壯而漸入晚境，返視自身，眞覺老矣。

六十一年 九月十九日 星期日 壬子年八月十二日

電視播報蔣經國院長對日本特使椎名悅三郎所表明我國家之立場，義正詞嚴，聞之振奮不已。然倭人多冥頑，不識有動於衷否。節錄蔣院長詞如次。

民國四十一年在臺北所簽訂的中日和約，是日本軍閥發動侵華戰爭失敗的結果，也是中日兩大民族棄嫌修好的憑證。如果日本現政府破壞此一基礎，則中日兩國間以及亞太地區由此所發生的任何不幸後果，自應由日本現政府完全負其責任。中共匪幫之所以能夠盤據大陸，實完全導源於日本軍閥所發動的侵華戰爭。如果日本現政府背信忘義，助桀爲虐，實等於再度與全中國人民爲敵，絕非我政府與人民所能容忍。

六十一年 九月廿二日 星期五 壬子年八月望

今爲中秋節，秋高氣爽。入夜月明星稀，眞賞月最理想之夕也。

六十一年 九月廿八日 星期四 壬子年八月廿一日

倭匪勾結，已成定局，從今日起，我與倭和約廢，邦交斷。嗚呼，世間尚有公理道義之可言乎。嗚呼，此倭之所以爲倭乎。

六十一年　九月廿九日　星期五　壬子年八月廿二日

晴。報載平劇新秀，患癌已危，而猶登臺表演之蔣桂琴小姐，昨日去世，如此善良可愛可敬之少女竟不壽，惜哉惜哉。

六十一年　十月一日　星期一　壬子年八月廿四日

遊士林雙溪公園，王君縉達招待午餐於總統府之士林單身宿舍，踐前日之約也。園新闢，規模雖不甚大，而假山、瀑布、池塘、亭臺、長廊、及各種花木，布置井井，極具匠心。所見闌欄、花架、亭柱、坐凳，悉以水泥製成，著以色采，似竹似木，幾可亂眞，甚爲別緻。同遊者，予妻及青家大小七人，華孫未與。

六十一年　十月四日　星期三　壬子年八月廿七日

續校「一抹」完畢，頓憶往歲有宿好吳君，對本書曾作一綜評，其言曰：「本書爲一別開生面之傳記，無處無文章，無處無爲人處世之道，無處無情，亦無處不簡鍊眞切，可供欣賞。而內容之有關近代史料與力避俗字，其餘事耳。故謂之修養書可，謂爲實用國文亦可。」偏愛過奬，誠所難免，而屢經省察，似亦自信其所言者，雖不中，必不遠。

六十一年　十月十日　星期二　壬子年九月初四日

今日國慶，爲國家大典。民間竊竊私語，不知總統可能露面否。自北伐以來，每逢此日，除民十六下野外，無不有總統在，而今僅見文告不見人，在心理上終覺黯然。

六十一年　十月十二日　星期四　壬子年九月初六日

三度讀校「一抹」完畢。發現上次漏校之字可數十，校書眞不易也。毀字左下角從「土」不從「工」，今查字典始知之。

六十一年　十月十六日　星期一　壬子年九月初十日

好友尙君達仁，爲予細校「一抹」完畢，於晚閒送來，經其校出錯字，皆爲幾微之辨者，具徵此君作事之認眞。予謂之曰，君爲予交遊中知予最深切之人，因讀「一抹」之細，與次數之多，無如君者。

陳伯稼老者所囑改之「獲見先君遺蹟因緣記」一文，今日蕆事。原文千餘言，汰其冗詞，幾占三之一，當卽具函寄去。

六十一年　十月二十日　星期五　壬子年九月十四日

陳伯稼老者，寄示其「遲莊回憶錄」，中有關於予之記述者有二。一敍爲人，一敍經歷，相知皆甚悉。可感，亦可記也。照錄如次：

江山異生姜超嶽先生，經歷詳見本書第五編第十六目。三十九年，先生任考試院法規委員會專任委員，素性質直，不尙虛浮，耿介自喜，刻苦自勵。夫人周素梅，備四德而擅書。吾與先生一見投契。寄食其家之午餐者逾年。爲文重法度，嚴謹如其人。吾有述作，多承其教益，先生有作，亦時見示。五十三年，出書曰「我生一抹」，不獨抒寫生平，可爲世則，而於軍國大事，尤足備現代史之參考。增訂以後，益見完整。又輯積年書簡曰「實用」，曰「應用」，由三民書局印行，殊有助於學子之修習云。

江山異生姜超嶽先生，浙江江山人，據其所著「我生一抹」中自述之經歷，投效黃埔以前，曾充小學師範教員，民十五隨軍北伐，由上尉書記、而少校處員、秘書，而中校機要秘書，而上校機要科長，皆在總司令部或行營工作。十九年調國民政府參事，旋又兼政務官懲戒委員會秘書。抗戰在渝，任委員長侍從室少將組長。卅四年九月，調國民政府秘書，行憲開始，歷任總統府秘書文書局副局長。卅八年和談前後，在廣州主持政府南遷事宜。大陸撤退，流寓港九，明年來臺，一度供職考試院，又重回總統府，五十八年以參事告老。

六十一年　十月廿一日　星期六　壬子年九月望

基隆之行，先期約波姪爲伴，乘八時二分火車，票價六元五角，九時到達。訪姜宗成未値，訪姜史隆，同往過港訪王澤湘，暢談共餐後，而宗成騎跑車至，波則因事先回。於是再訪宗成之家，少坐後，偕遊中正公園。觀旱起會之種種建設，深感熱心公益者對於社會教育之貢獻，有非吾人想像所及者。山椒建白色立佛，高七丈餘。攝數影留念。四時乘公路車回臺北，票價十元五角，車行三十五分鐘。

六十一年 十月廿二日 星期日 壬子年九月十六日

國賓四春園之宴，爲次烈長孫正安，即文錦長子，在美將於下月二十六日與梁大倫之女結婚。今夕兩家會親，張宴二席，有外客三人，美僑領朱朝波、文錦同事陳良壎及翁某。予夫婦作親屬論。

六十一年 十月廿九日 星期日 壬子年九月廿三日

復姜宗成函，謝寄贈遊基隆照片。有句云，「名邑快晤，勝蹟留影，有緣有緣。」並告以來信滄桑之滄，誤蒼。

六十一年 十一月一日 星期三 壬子年九月廿六日

中午飲於老友梅嶙高之家。主客爲花谿舊雨舒梅生夫婦，舒任駐非甘比亞大使，新近偕其國總統來華訪問。陪者張爾璋、吳敬基、黃翰章及予四對夫婦。

六十一年 十一月三日 星期五 壬子年九月廿八日

姜春華電告宗親梅英病危。黃翰章電告舊雨某因不廉被逮，皆惡耗也。

六十一年 十一月五日 星期日 壬子年九月晦

上午探姜梅英之病於榮總，其良人胡赳濤詳告病情，謂腸癌，已無生望，近日正準備後事。並告遺囑公家之恤金四五十萬，盡作慈善捐云。按梅英浙江象山人，國大代表。遺囑如此，洵不愧女中丈夫矣。

六十一年 十一月九日 星期四 壬子年十月初四日

午前往考試院一轉，當年同事，相見十分親切。參事中有向榮宣者，春閒在羅萬類家曾同席，年事甚輕，亦才俊之流。在曾定一處遇連文希之叔一鳴者，對予之「一抹」，讚譽備至。

六十一年 十一月十一日 星期六 壬子年十月初六日

向午，至總統府，遇楊振青於理髮室，承告龍棫林已退休。於是當年花谿同仁之調府者無一人矣。自勝利至今，不滿三十年，而人事之變化如此，可勝慨哉。

六十一年 十一月十二日 星期日 壬子年十月初七日

午在雅家以餃子爲餐。三時往省博物館觀當代書畫展。又銘、中銘昆仲親切招待，並鄭重與予約，因予爲其亡兄鼎銘爲道義至交，俟予八十時，各以畫爲壽云云。

六十一年 十一月十四日 星期二 壬子年十月初九日

接立夫兄覆書，並所撰「一抹」序，字字親切，眞至情之文也。得友如此，死可無恨。立即託府友複印四分。並以告知三民劉君，置諸序首。

純禮午後攜所撰贈永固新厦落成賀詞求正。因常讀予書，格調大有可觀，惜未能絲絲入扣耳。爲之改正完篇，留餐後去。

六十一年 十一月十五日 星期三 壬子十月初十日

昨夜寫就覆立夫兄之長書，今晨付郵。書中要點一、感謝賜序。二、告以三民劉君歡迎出書。三、「我生一抹」重排之特色。四、願爲新大作之校對。

六十一年　十一月十九日　星期日　壬子年十月十四日

張金鑑先生七十之壽，假金華街政大爲壽堂，賀儀賀客之盛，令人歎觀止。予所送立軸，懸於進門處。

六十一年　十一月廿二日　星期三　壬子年十月十七日

在陳奮家午餐，新識一王姓女醫，杭人僑美，年五十而風韻猶存，有祖傳特效補藥者，名曰百年春，最宜於老弱者服之。現正籌備設廠製造云。

「一」抹重刊之最後一次（第六次）校正，今日送去。

菊爲予新製西服，今日大功告成。衣料係翰章所贈者。

六十一年　十一月廿三日　星期四　壬子年十月十八日

終日陰雨。府僚陳統桂、張家柱夜來訪，邀予參加下周一，唐副秘書長主持之勛章會議。

六十一年　十一月廿五日　星期六　壬子年十月二十日

在雅家午餐後，與梅嶙高、何仲簫、黃翰章同車探羅時實之病於榮總。羅患舌根癌，最近用大手術割治，大約旬內可出院。今日座車，係翰章私有，由其夫人駕駛，平時文靜著親友閒之黃太太，居然以能駕車聞，亦可謂奇聞也已。

六十一年　十一月廿七日　星期一　壬子年十月廿二日

府三局主管，原邀予今日午後三時參加討論勛章圖說事，予以內容過於草率，恐無結果，婉辭未與。

六十一年　十一月廿八日　星期二　壬子年十月廿三日

臺籍青年張朝男夜來長談，懇摯表示，願拜予爲師。予以此人雖讀書不多，天資聰敏，刻苦有志。而好善之性尤爲可貴，允之。

六十一年　十一月廿九日　星期三　壬子年十月廿四日

府一局科員王建一見告，前考試委員羅時實申請退休文件，附有複印「我生一抹」中載有與羅共事之某頁，作爲某項經歷之證明者。區區自傳之作，供人閱讀外，居然有此妙用，亦意外收穫也。

午後張朝男整衣冠，攜相機，來行拜師禮，攝影六張，予夫婦二，三人合影二，予獨影二。臨行致紅包爲摯，予當璧謝。

六十一年　十一月三十日　星期四　壬子年十月廿五日

黃季陸先生於傍午過訪。得知國史館下月遷靑潭新址辦公。

終日練習大字，爲桃園宗親寫匾額二「祖德流芳」「渭水遺風」，筆過小，無法一氣呵成。

夜間張朝男攜來攝影六張，光線均不理想。其中無意中所攝者，予之笑容可掬，是平生難得之笑相也。張言，彼又名瓏議，故親友多呼之「阿瓏」云。

六十一年 十二月一日 星期五 壬子年十月廿六日

晴朗。為桃園宗親代擬一聯，文曰「天水源流遠鳳村世澤長」。按鳳村為鳳坎村之簡稱，臺灣姜氏之發祥地也。

六十一年 十二月三日 星期日 壬子年十月廿八日

宗親梅英今日殮葬，殯儀館之場面大有可觀，此足觀其生前為人之不凡。葬陽明山第一公墓，送葬男女百餘人。

六十一年 十二月四日 星期一 壬子年十月廿九日

晴，多雲。成陳著「迎頭趕上」之卷頭語「敬告讀者」一短文，係為書商捉刀者，長二百餘言。文錄次。

本書作者黨國先進陳立夫先生，是當代有光有熱之人物，以仁存心，以赤誠忠愛國家。年來致力文化復興，極盡暮鼓晨鐘之效用。因其對某一問題，不言則已，言則必以超逸見解，剖析入微，發人深省。尤其於聖哲經典之蘊義，推陳出新，深入淺出，為難能可貴。有時且言人所不能言，不敢言，因而影響於一般社會，甚至國際間者，無可限量。近集其揭布於中外刊物之言論文章，名曰「迎頭趕上」，以與本文庫前出「從根救起」一書相扶而行。故就內容言，此二書實為姊妹篇。其差異者，本書所論，略偏於現實問題中之急待迎頭趕上者耳。出書伊始，特舉以告讀者。

六十一年　十二月六日　星期三　壬子年十一月朔

張曼濤、蕭春溥二教授，三時由純禮夫人引導來訪，爲擬創辦佛教大學，託予代懇立夫出面主持。談次並及處世爲人之道。

桃園宗親姜金方，來取予爲其鄉里新建祠堂所書聯匾字。談次，告予其原名之「芳」，自五年前因予爲之改「方」後，一切順利。以三千元經營農藥生意，不五年而積資百數十萬云。予曰，是世事之巧合，焉有更易一字，而有如此之靈效耶。

六十一年　十二月七日　星期四　壬子年十一月初二日

爲桃園宗親寫「天水堂」匾額，署名「江山異生」，限時付郵。

晚自外散步歸，有友自臺北來，久不見，留小飲邑談，得聞某某二政要之密事。一售古物於東人，老而好貨又愛錢。一則因有企圖，行賄於所屬而見拒。言之鑿鑿，萬確千眞。是知凡望之巍然之人物，掀其底牌，大都皆一丘之貉也。

六十一年　十二月八日　星期五　壬子年十一月初三日

晚赴欣欣之宴，蓋鄉親徐達爲其友徐汝誠將軍遊美歸來洗塵也。席間有羅列、夏季萍兩將軍，皆黃埔三、四期人物，宴罷曾談當年事。鄉好松青、必寧亦在座。

六十一年　十二月廿二日　星期五　壬子年十一月十七日

今日冬至，陰，偶雨。往時爲歲暮令節，而今悄然渡過，世事之變如此，可發一嘆。

六十一年　十二月廿三日　星期六　壬子年十一月十八日

參加府員工旅行團作南部之遊，乘午後四時三刻平快車南下。員工及眷屬大小共五百餘人，分乘專用車廂七輛，予乘二號與三局局長總領隊彭傳樑聯座。十一時抵高雄。海軍部預派大客車十二輛載送員工分赴各旅社，予寓光榮街海石旅社五〇七房。張家柱同房，房金一二〇元，電話、收音機、浴室俱全。

六十一年　十二月廿四日　星期日　壬子年十一月十九日

今爲予參與總統府員工利用假日旅遊南部之第二日也。晨八時半，自高雄市乘海軍總部大車遊澄清湖，薄霧未收，湖景有朦朧之美。先觀水族館，奇形怪狀之魚，無所不有，此爲近年新建設之一，的爲遊樂事業之重要設施。步過九曲橋後，予獨自循環湖路，安步而行，一時悠然廓然，幾忘塵世。過中興塔，緣梯而上。高七層，梯級一六九，一口氣直上頂層，全湖風景歷歷在目。員工之登此塔者，僅予一人。去此數里，曰青年活動中心，亦近年新政之一，盤桓移時，往招待所午餐，庭院寬敞整潔，可容百十人憩息。此爲招待總統蔣公侍衞人員之地，因蔣公常駐蹕於此也。離湖後，眷屬及一部分員工遊壽山公園，餘則參觀出口加工區，值假期停工，僅得觀幻燈片而已。

六十一年　十二月廿五日　星期一　壬子年十一月二十日

今爲行憲紀念之假日。

早八時四十分乘海軍總部大車離高雄，歷一時餘抵臺南。謁孔廟、鄭成功廟，憑弔安平古堡，車送至火車站後，自由活動。約定下午三時集合，仍乘平快車北上。予則趁此暇隙，獨赴新營訪神交有年之林君治渭。臺南至新營，路局車票十四元五角，行程一小時。此君年逾六十，雖宿患心臟病，而精神尚佳。聽其言談，方正忠厚之君子也。四時三刻車自高雄來，予上車卽開，十時一刻抵臺北，再乘府交通車回五守新村，已十一時十分矣。

中華民國六十二年江山異生日記

（家居台北縣新莊鎮中港路五守新村）

六十二年　元旦　星期一　壬子年十一月廿七日

天亮而起，八時乘府大車入市，車站一帶，已見人潮。不知何故，雖滿目彩牌，而心理感覺，似無歡樂喜氣，意者陰寒天候，使人然耶。

今爲予渡海以來第二十三度新年，又爲退休後第五年之開始，亦卽離京後第二十五度新年，此二十五年中，最初二年，對局勢前途，深抱暗澹之感，自 總統復行視事之次年始，樂觀希望，逐年有加，不謂前歲國際逆流突作，而暗澹之感又與新年相因而至矣。所望逆流之狂襲，卽爲黎明前之黑暗，神州重光，其在不久之未來乎。

六十二年　元月初九日　星期二　壬子年十二月初六日

居新莊將十載，於當地環境，仍多茫然。飯後，獨自漫步舊街後之巷道，沿溪畔西行，經豐年街而歸。踪跡所之，幾可三里。處處土木繁興，競標社區之名，實則鱗次櫛比之住宅而已。當年我總統府五守新村之初建也，新莊全鎮，猶爲舊時面目，最近五六年來，社會之繁榮突飛猛進，駸駸乎有一日千里之概云。

六十二年　元月十四日　星期日　壬子年十二月十一日

午後三時，獨遊國父紀念館。畫廊中懸有梁又銘之猴，梁中銘之木蘭習射圖，皆為國畫中之傑作。尤以中銘所繪背影之木蘭，不見其面，而意味其面之美，無與倫比。此種含蓄之美，乃無形之美，世間惟此種無形之美為眞美，為永恆之美，百看不厭之美。他日當一叩作者，其以吾言為然乎。

六十二年　元月十五日　星期一　壬子年十二月十二日

左上顎最後大牙，原鑲金屬套，昨晨無端脫落，今晚漱口，其殘根又落，此亦生命之紅燈也。

六十二年　元月廿五日　星期四　壬子年十二月廿二日

黃季陸先生十時過訪，邀同往國史館新址一觀。原在北平路，上月遷青潭之銀河新村，蓋一深谷耳。自新店南行汽車五分鐘可達，洋樓五層，望之氣派巍然。庭院花木井井，環境幽美。聞耗公帑五百萬云。此乃館長黃先生之卓績也。向午，搭路局大崎脚班車回臺北。

六十二年　元月廿七日　星期六　壬子年十二月廿四日

八閩名士陳仲經之喪，今日開弔，設奠於市立殯儀館懷德廳。乃兄伯稼先生，年近九十，居然亦孝服站家屬羣中，眞古道人也。

前懇立夫兄為劉振強、鄭純禮二友寫條屏事，今日收到時，其中竟夾有贈予者。辭曰「浩氣生於集義壯志原為求仁」。題款「異生我兄留念」，盛情可感可感。寫給鄭君者文曰「節眾以禮，和眾以樂，禮踐則德立，樂行而倫清，禮樂者德育也。」寫給劉君者文曰「振聾啓聵強恕而行」，嵌劉君之名，妙極。

六十二年　二月四日　星期日　癸丑年正月初二日

沈鵬先生遣其幼郎持名片來拜年，片上附言，讚予之文章與書法越寫越好，云云。此老對予有偏愛，亦宿緣也。

六十二年　二月五日　星期一　癸丑年正月初三日

中午有客七人，毛趙璧、姜文錦、管鴻炎、王縉達、陳奮、楊明祿、暨其夫人。雅率子女歸寧。圓孫參加救國團活動未至。午後，陽波闔家五人，純禮一家三人，爾臧一家三人，先後集。晚餐時，大小十八九人，包括縉達及予夫婦，濟濟滿堂，異常熱鬧。

六十二年　二月十一日　星期日　癸丑年正月初九日

九時往臺北，初詣徐達，便過曹翼遠。曹言近曾與成惕軒商談，希望予任教大專，取得教授資格，以便特考時可簡典試委員，云云。予婉謝以此生無所求，不願老而戀名利，以葆吾眞。然老友對予之謬愛如此深摯，不知幾生修到。

考試院祕書商大毅，以某畫家所繪虎囑題，予以左筆字拙婉拒。伊寄言不求某名公而求予，乞諒其意爲幸。予乃勉允之，但不知何日繳卷也。

六十二年　二月十三日　星期二　癸丑正月十一日

讀中副，有于右老聯語，「養其氣以剛大尊所聞而高明」，可作座右銘，亟錄於此。

六十二年　二月十四日　星期三　癸丑年正月十二日

孔孟學會寄來入會卡囑塡。據會中執事楊某昨日電告，謂予之入會，已由大會通過。介紹人爲熊公哲、陳立夫。先入會而後塡卡，是亦破例之事矣。

六十二年　二月廿一日　星期三　癸丑年正月十九日

報章喧載新公園之牡丹展，往看以後，大失所望。號稱百十盆，而見花者僅七八盆而已。且每盆僅一朵，小如半拳，較之大陸所見者，直不可同日語，殆眞物以希爲貴歟。

六十二年　二月廿三日　星期五　癸丑年正月二十日

美匪勾結，將互設所謂聯絡辦事處。是無異認賊作父，號稱領導自由世界之美國，而荒謬如此，尙何國格之可言乎。

六十二年　二月廿六日　星期一　丑癸年正月廿四日

終日爲改造克難床而勞。所謂克難床者，係利用二大木箱爲床架，上鋪雜拼長短板而成之牀板，笨重如石，非二人之力不能搬動。寄居八條通純禮處時用之，居溝子口時用之，遷至本村又用之。迄已沿用二十二年矣。近以菊之建議，改造木箱爲四椅，另製布套罩之，作沙發型，平時充床架，宴客時則撤牀板作椅用。床板換新，分三塊，合之則爲一，如是便於搬移多矣。爲人所不爲，人或以爲可笑，甚或以爲可憐，而予則自得自樂晏如也。

六十二年　三月十五日　星期四　癸丑年二月十一日

近因本屆省縣議員及鄉鎮長選擧期已迫，街頭巷尾宣傳車上。所播放拜託拜託之聲，朝暮不絕，可厭之至，如此民主，而謂可得賢能，無異痴人說夢。

六十二年　三月十九日　星期一　癸丑年二月望

昨夜夢回，聞雨聲。終日陰。

張曼濤博士，爲韓國佛教大學長徐京保洗塵，設素筵於臺北信陽街「香積小廚」。邀予夫婦作陪。賓主十二人，內韓人三，日人一。韓人能識漢字，而不能漢語，席間談話，均由主人以日語翻譯。同宴名單列次。

徐京保（韓佛教大學長）	金忠烈（韓高麗大學）	馮永禎（國大代表）	某青年（文化學院學生）	姜超嶽	某君
鄭泰爀（韓佛教藝術院長）	田川一巳（日人臺大教授）	孫秉乾（吉林人外交官）	倪蔚然（鄭純禮夫人）	姜周素梅	主人

予攜去增訂本「一抹」二，毛著「苦門記」二，分贈韓、日人。

六十二年　四月一日　星期日　癸丑年二月廿八日

參加丘氏宗親祭祖大會於苗栗，因其遠祖爲尙父，與姜氏同宗而異姓。早八時自臺大醫院乘專車行，事前約侄孫有倉俱。歷三小時而達。十二時開始，一時畢，即聚餐，約十席。餐後遊明德水庫、青草湖而歸。五時三刻抵新莊。今日天氣晴和，極似江南之暮春也。

六十二年　四月四日　星期三　癸丑年三月初二日

午前到考試院，張逢沛、劉玉琛二參事，對予之文章讚揚備至。予爲之追述撰戴傳及總統壽序二文之曲折故事。

六十二年　四月十一日　星期三　癸丑年三月初九日

復吳中英書，長三百餘言。末段「吾二人者，平生於公於私，盡其在我，無負於社會，無負於國家，以視世之儼然人物而敗德喪行，恬不知恥者，豈不足以自得而自慰乎。」

六十二年　四月十二日　星期四　癸丑三月初十日

接熊公哲兄電話，謂孔孟學會提予爲下屆理事之候選人已通過云云。自省無意求名，亦不配，然其盛意極可感也。

六十二年　四月十五日　星期日　癸丑年三月十三日

中午宴客於家，到十人，伉儷俱者，姜獻祥、姜春華、毛君強、鄭純禮。又徐振昌左曙萍二友。左湘人，爲三十餘年前同事。席間宣揚予在侍從室時極得人心之事蹟，此君放蕩不羈，而對予有偏愛，亦奇緣也。

六十二年　四月十七日　星期二　癸丑年三月望

報載立夫「駁斥共匪『和謠』『統一』之謬妄」一文，長近萬言，從文化、主義、歷史、事實、作論證。可謂融鑄上下古今中外之眞理而成。句句字字，入木三分。予讀後不禁自語曰，國中能作此透闢理論者，恐無第二人。因無立夫之經歷不能爲，無立夫之卓識不能爲，無立夫對黨國之赤誠亦不能爲。

六十二年　四月廿一日　星期六　癸丑年三月十九日

華視早晨「今天」節目中之家庭訪問，吾女水雅，居然爲被訪問四位家庭主婦之一，態度頗自然，答語亦甚率眞。可喜可喜。

六十二年　四月廿二日　星期日　癸丑年三月二十日

孔孟學會會員大會，九時開會，十時選舉理監事。予以新進會員，而理事之候選人中，居然列有予名，異數異數。

六十二年　四日廿九日　星期日　癸丑年三月廿七日

烏來之遊，藉姪孫有倉之因緣，雜聯總眷屬同行。大車成羣，予坐七號。八時半發自總統府前，九時半到達，先至之大小汽車以百十計，已停滿場地。後來者沿馬路排成長龍，遊客之眾，可以想見。下車步行二三里，見有瀑布者，卽遊客之目的地也。空中纜車，亦建於此。乘纜車上雲仙樂園，行程僅需一分三十秒。每車可載四五十人。園內橋也，湖也，亭也，旅舍也，餐館也，其他玩樂場地也，分布峯巒坳谷中，皆足以引人入勝。工程確乎可觀，至佩主其事者之魄力，及設計人之匠心獨運，巧奪天工，此眞人才也。纜車票來回三十元包括遊園劵。十二時下山，憩於車站樹蔭之下，回思二十餘年前，初度遊此時，所聞所見，不脫山野風光。而今房舍商店街道之繁華，迥然又一世界。臺人之幸福，誠可謂天與之矣。二時陣雨，三時開車，四時回抵臺北。

六十二年　四月三十日　星期一　癸丑年三月廿八日

晨六時一刻起，起前夢中，因先室素亭之死而哭，母與姊皆在旁。醒來滿頰淚水，事隔二十八年矣，猶作此夢，可怪可怪。

本月內人事節目，接二連三，頗有疲於奔命之感，不知出月果如何。

六十二年　五月一日　星期二　癸丑年三月廿九日

吳宗文神父午前過訪，對談移時。此君同鄉，六十六歲，留法三年，留意大利三年，哲學博士。近以毛神父振翔赴美，乃代爲主持板橋之聖若望天主堂者。聽其談吐，察其擧止，是一忠厚篤實之君子也。

六十二年　五月二日　星期三　癸丑年三月晦　晴午後陰

接文友楊力行教授上月二十六自金門來書云，「頃有救國團組長楊建洲君來訪，談及大作，彼謂已按日細讀，「累廬書簡」，多能背誦。此子金門人，青年好學，我公聞之，當亦欣然也」。率性之作，有人欣賞，自然欣然。

六十二年　五月四日　星期五　癸丑年四月初二日

前某院某局長，因貪汚案，已羈押法院禁止接見。未幾何時，傲視當世，政壇人物，逢其盛氣而爲之辟易者，不知幾何。固一時權要也，而有今之日，凡官場紅人，皆應作如是觀。

六十二年　五月六日　星期日　癸丑年四月初四日

觀熟人張某氏書畫展於歷史博物館，字也，畫也，有功力，而無才氣，有臨摹而無創作。驟視尚可觀，細審則弱點畢露。畫則十九工筆，匠氣甚重，毫無所謂意境者。僅可謂之小成，不足云家也。

六十二年　五月八日　星期二　癸丑四月初六日

接成惕軒寄示近稿「臺中圖書館紀念碑」，清新典雅，讀之再三。復函「布帛菽粟，一經妙手，卽令人視同錦繡珍羞矣」。

六十二年　五月十三日　星期日　癸丑年四月十一日

接毛森五日自美來信，知龍兒四月八日有信至，係發自「城關中學第三教學點」者。萬里骨肉，僅此鱗爪，離亂通情，眞如人天之隔矣。

六十二年　五月十九日　星期六　癸丑年四月十七日

向郵局提款時，單上日期，誤寫十八，予請一改，其執事堅不通融，改則須加章，否則重寫，予嚴辭責之，勉允照提。事後自省，曉之以理可矣，何必嚴責。況動怒一事，害在己而不在人，戒之戒之。

六十二年　五月廿九日　星期二　癸丑年四月廿七日

復徐振昌信，振筆直書，連盡三箇，未具稿，亦未留稿，近年破例事也。

六十二年　六月一日　星期五　癸丑年五月朔

本月日次，與舊曆日次同，不知歷幾何年月而一遇。

「一抹」忠誠讀者歐培榮，自臺東來訪，對予前日爲其所委辦之事，如願以償，感激萬分。此君海南島人，供職公路局，近奉調入實踐院受訓，忠誠而好學之中年人也。

六十二年　六月六日　星期三　癸丑年五月初六日

紹青、水雅結婚二十周年紀念，晚攝彩色照於白光，老少三代共八人。前排予二老坐，幼外孫女佳好依於膝前。後排外孫佳華立正中，其母及其姊佳月，列其左，其父及其二姊佳圓，列其右。

六十二年　六月七日　星期四　癸丑年五月初七日

三民劉君振強來訪，爲予談林某通史案之經過，並及予著各書行銷之實況。謂予書影響社會之深，遠出名家名作，可傳百年云。予以不足爲文人，亦不願爲文人之人，而竟以區區不文之文，影響社會，誠夢想所不及也。

六十二年　六月十日　星期日　癸丑年五月初十日

天氣如江南之暮春，偕菊作內湖之行。臺北東南郊之一鄉鎮也。國立復興劇校、私立再興中學設於此，中央民意代表之住宅區亦建於此。舉目山野，村舍歷落，以視城市之煩囂，截然兩個世界。市公車一百零一路及大南光華之十九路皆通此，票價三元。予先至麗山街熊婆家，後至碧湖新村何家，皆新自北投遷此者。

六十二年　六月十三日　星期三　癸丑年五月十三日

陰雨。參觀七友畫展，高逸鴻之書畫皆甚出色，有才氣，有豪氣，當世不多覯也。對草書之造詣，予以爲不在于右老之下。馬壽華作品，清氣可愛。鄭曼青則怪氣逼人，惟詩句戛戛獨造，亦奇才也。

六十二年　六月十四日　星期四　癸丑年五月十四日

徐振昌夜閒自中和持新故鄉人葉開五事略來，乞爲改正。文長不足四百字，一生經歷外，無可稱述者。深感吾人立身處世，應有一二令人感念之事，始有人生價值。否則與草木同腐，虛此一生而已。此事略改正後，對坐長談，午夜始去，所談多關處世事，並知其亦爲性情中人，道義君子也。

六十二年　六月十九日　星期二　癸丑年五月十九日

聞杲夫先生之夫人，因折骨養傷於中心診所。今約雪岩、翰章、同往探視，寒暄後即退。夫人年八十一，老而遭此周折，不勝同情之感。

六十二年　六月廿三日　星期六　癸丑年五月廿三日

鄉友葉開五之喪，徐振昌、鄭紹青二人爲之經紀一切，祭奠場面，亦算光彩。此之謂一生一死，乃見交情。

六十二年　六月三十日　星期六　癸丑年六月朔

訪陳伯稼先生，對予前日覆函，十分欣賞。謂其回憶錄問世以來，所得書面或口頭品評之切當者，予爲第一人。並謂將排印專葉，夾入書中作爲附件云。

六十二年　七月二日　星期一　癸丑年六月初三日

接陳伯稼先生廿九日來信，節鈔如次。

廿七日載誦廿五日覆書，拜聆壹是。前書對拙著作鳥瞰式綜合立言，此書則專就歷史價值及可讀性方面作精細之分析，高風卓識，能無欽感。拙著全套六編，除贈送院部相熟同人，或現職院部具有地位者外，非其人不敢濫送。其能如先生之披閱者，雖不無其人，來書或晤面獎許者，雖亦有其人，但能如先生之周詳指示，使之悅服者，目下似尚無第二人。故頗擬將兩次尊書公之於世，試聽能與先生笙磬同音者之有無及多少，不徒爲奉揚仁風已也。

六十二年　七月六日　星期五　癸丑年六月初七日

鄭甥紹青有事於新大陸，今夜搭華航機行。啓飛在九時十分，而七時半即趕赴機場，辦理行李掛號等手續。到機場送行親友四五十人，予夫婦外，成對者鹿揚波、毛君強、楊明祿、王道、鄭純禮、徐幸倫、祝大成。挈子女者，陳奮、楊爾臧、姜陽波。單身者，王縉達、徐振昌、徐承節、毛延禩、徐榮章等。其他予所不識者男女各若干。又雅率子佳華、女佳月、佳圓、佳好同送。親人遠離，在臨別時，終有依依之情，與黯然之感。

六十二年　七月七日　星期六　癸丑年六月初八日

今爲盧溝橋抗戰開始三十六年周年紀念，報刊多有紀念文字，電視廣播有紀念節目，民間社團有紀念舉動。因新仇而念舊恨，亦民族正氣之表現也。

六十二年　七月十一日　星期三　癸丑年六月十二日

讀「中副」汪洋「換眼記下」，至其敍出院，以至回抵家中一段，淚落如雨，久久不止。世間竟有如此偉大之女性，是神，是佛，人則不可能也。姑以濃縮法，記其本事，而名之曰賢婦捐眼記。

有某氏婦，貌寢，其良人某甲，嫌之甚，視如眼中釘，朝夕默咒其早亡，圖再娶。彼此不交一語者垂二十年。一子一女已成長，知孝，而莫可奈何。旋某甲患目疾，以醫治失時而盲，痛不欲生。婦憫之，密商子女謀挽救，多方張羅，使就診於某所，且揚言徵求無救病人捐贈眼角膜，充移植，將量力酬其家。斯時，某甲知婦所爲，嫌情略舒，然仍拒相晤。未幾，移植告成，果復明，闔家歡愉。將歸，子女同侍，及抵家，見婦迎候門次，方囁嚅欲語，而子女忽不禁失聲哭。又驚見婦之一目變形失常，頓悟移植己身者，乃婦所奉獻。倏忽間，昔之視如眼釘者，不啻若天仙矣。

論者曰，賢哉此婦也。毀己以全人，激於恩愛尚不難，今以施諸積年之怨偶，非具偉大犧牲之精神，而能爲之乎。神何在，此婦卽神也。佛何在，此婦卽佛也。

六十二年　七月十五日　星期日　癸丑年六月十六日

君強夫婦十時來，以金門燕鷄罐及香椿相贈，片刻卽行。觀其氣色之煥發，前途當無量也。

接伯稼先生寄來關於其回憶錄之加葉，將予最近所去二書，一字不遺，悉行載入。相知之深，亦異數哉。此二書見拙著「累廬聲氣集」「書簡篇」。

六十二年　七月十六日　星期一　癸丑年六月十七日

原定今日偕力行同遊臺灣極北之鼻頭角，因有所謂「畢莉」颱風將臨而未果。候至深夜尚無消息，大約已改向他去矣。颱未至，而換得一兩天之涼爽，亦便宜事也。查四十八年七月十五日，溝子口考試院眷舍，曾遭淹浸之災，卽此所謂「畢莉」帶來之豪雨所釀成者也。時予寄家於此，淪為難民者亙若干日，迄今十五年，記憶猶新焉。

六十二年　七月十七日　星期二　癸丑年六月十八日

報載有林姓七齡童子怒咬蛇頭事，是奇聞也，亦奇童也。幼時如此，長大以後之勇敢可想。奇童名木年，居中壢北勢村，獨遊田間，見小蛇欲捉之，右食指被咬作痛，怒而抓塞口中，咬斷其頭，滿口鮮血，猶恨恨不已，再取石糜之。於是持蛇屍就藥房求診，幸無毒，得無恙。

六十二年　七月廿五日　星期三　癸丑年六月廿六日

自我總統政躬違和以來，國人之誠禱天錫公純嘏者，無時或已。今各報刊出總統與其四孫孝勇新婚合照影，仰見元首康復，羣情欣然，此眞國家之大喜訊也。

六十二年　七月廿七日　星期五　癸丑年六月初八日

府中福利社理髮原爲七元，調整爲九元，實際十元。

佳華外孫參加本屆高中聯考，既考取第一志願建國，予獎以千元，蓋踐去年之宿約也。並題「有志竟成」四字嘉勉之。

六十二年　八月一日　星期三　癸丑年七月初三日

華孫聯考作文「發揮團隊精神」，長近四百言，全篇語無虛發，引用成語，不著痕迹，結構完整，思想成熟，不類孺子之作。可喜可嘉。

六十二年　八月三日　星期五　癸丑年七月初五日

立夫兄來書，謂予之文章淸而簡，多讀必能辨之云。

六十二年　八月十日　星期五　癸丑年七月十二日

在雅處得知毅英遭刧事，即偕菊往訪，適毅英出就醫，其母談經過。謂十數日前，夜十時後，自外歸，將抵家，而遇盜，欲奪其提包，相持間，適有計程車至，盜逸，而自身則因跌受傷不輕。按其家係在溫州街南端，距羅斯福路密邇云。

自毅英家出，便道過子水少坐，談及外孫鄭佳華此次考高中聯考之作文，「發揮團隊精神」一文，見者莫不驚爲難得。子水謂吾輩少時不足奇，今日則難能可貴矣。

六十二年　八月十三日　星期一　癸丑年七月望

晴，多雲。生活體驗，容忍工夫，以能做到底爲貴。愈能到底，愈値得回味。此是對自身言。聖訓「有容德乃大，」乃就對人而言也。要而言之，能容忍始足以言修養，勉之勉之。

六十二年 八月十五日 星期三 癸丑年七月十七日

因偶翻積牘，感念叢與。予生而有幸，涉迹社會，恆多奇緣。親故長老之另眼相看，更歷歷可述。單以近十餘年來，對拙著各書題跋書後之作，金玉良言，獎勉備至。舉其最者，曰立誠，曰好善，則有毛子水、陳立夫二先生。曰抱道自高，曰正直篤行，則有陳天錫、仲肇湘二先生。曰本色不改，曰始終如一，則有吾家紹譞與許靜芝先生。曰率性，曰質直，則有亡友鄧翔海與神父方豪二先生。曰自強，曰強哉矯，則有毛萬里、曹翼遠二先生。曰無所不健，則有陳統桂先生。諸所云云，所以資予省惕者無限，故集而錄之。德音孔昭，念茲在茲。

六十二年 八月廿一日 星期二 癸丑年七月廿三日

村友劉君宗烈，名教授，亦名詩人也。以所撰「我生一抹歌」見贈，計七律十九首，係就書名之義以論人生遭際，一如自然現象之變幻，意深辭雅，畢竟詩人之筆。曾布之於「暢流」半月刊。詩長從略，玆錄其引言如次。

江山姜異生先生，當代振奇人也。秉性堅貞，宅心肫篤，允孚乾健，丕著謙光。綴文績學，德業彬然，彊志博聞，襟度淵若。鳴珂樞府，既靖獻之有加，珥筆彤墀，復鑑衡之無斁。嘗於公餘之暇，就其身世經歷，成「我生一抹」一書，匪特記述精詳，文辭雅悒，抑且有裨世道，足正國風。出版以來，風行海內，佐治右文之士，莫不人手一册焉。余披讀再三，彌殷嚮慕，爰本是書命名之義，漫筆歌之，得十九首。藉抒感慨云爾。癸丑仲夏金壇劉宗烈于新莊。

六十二年　八月廿四日　星期五　癸丑年七月廿六日

新識孔孟學會秘書錢韞男教授，杭州人。謂未見予前，以爲甚老矣，而硬朗如此，實出意料，云云。

六十二年　八月廿八日　星期二　癸丑年八月朔

早晤翰章，謂吾歷年所撰壽序，似多敍生活瑣事，而甚少變化，確屬一鍼見血之言。惟就文章本質論，予乃以實事作理論，較之徒重空泛理論而忽事實者，其眞正價値，不可同日語也。邵君德潤贈予石章一枚，文曰「姜超嶽」陽文。爲名金石家王王孫所刻，章法刀法，畢竟不同凡響。

六十二年　八月卅一日　星期五　癸丑年八月初四日

展閱友人陳君淩海所贈吳稚暉先生法書集，見立夫題「閱其字，如見其人，讀其文，如聞其語。一代書家，一代哲人，萬民景仰，萬世典型。」寥寥數語，賅括有力，非具非凡才氣者不能爲也。

九月一日　星期六　癸丑年八月初五日

到考試院，晤及老友孫慕迦之壻曾霽虹，十年不見矣，現爲院參事，是才人也。訪定一，仍多憤世語，令人不耐。訪佩秋，割舌之後，言語不甚自然，病之可畏也。

六十二年　九月二日　星期日　癸丑年八月初六日

華新晚宴。次烈長壻李心培，在美結婚已十七載，新近首次回國，次烈宴之於華新，張三席，皆其家屬至親，外客陳維綸、姜獻祥兩對伉儷，毛子水、延祺昆仲，及予夫婦而已。心培長沙人，年四十餘，氣宇軒昂，姿容英俊，是美男也。予贈以「吳稚暉法書集」一巨册，新訂「我生一抹」一本。

掃興消息，文錦次子正定，卽次烈次孫，於卅日淹斃於臺中海濱，英年英才而不祿，惜哉。

六十二年　九月五日　星期三　癸丑年八月初九日

發二函，復守三姻孫，勉其努力打好國文基礎。復曾定一，喜人爲善之心不變，並告以寧人負我，從不負人。

六十二年　九月十一日　星期二　癸丑年中秋節

四時，獨往國父紀念館參觀當代書畫展。論書法，當以高逸鴻爲最高，王王孫爲最怪，譚淑最工整。有郭智女士者，寫擘窠書四字聯，「頂天立地繼往開來」，氣魄之雄，不讓須眉。有宋某寫七言聯「清風明月皆無價遠山近水俱有情」，亦尙可觀。

六十二年　九月十五日　星期六　癸丑年八月十九日

參觀歷史博物館之月岩特展，此岩爲美國所贈，大如黑豆，裝入徑不及寸之玻璃球內，號稱寶物，但不知有何用。四壁懸名家題詩數十幅，僅憶葉公超七絕一首云。「登月人歸佳話多，何曾月裏見嫦娥。擧頭望月明如舊，問月無宮且放歌。」

觀月岩出，訪立夫於孔孟學會，與之研討劉某其人對「迎頭趕上」一書校勘之不盡可靠。並談及「大同篇」一詞之以訛傳訛。時劉拓、鄭通和均在座。

鄉好周建國長女與洋人結婚，三時自由之家茶點。客中特字人物十之九，新識郭履洲，稱我爲國學大師，聞之悚然。

六十二年　九月十八日　星期二　癸丑年八月廿二日

接老友蔣堅忍兄來書，附贈彩色照二幀，一爲七十獨坐象，一爲全家福，四代同堂，大小十八人，假如到齊共四十九人，眞福人也。其書照錄如次：

異生吾兄勳右。拜讀九月七日手書，高情厚誼，感銘無旣。弟庸碌一生，乏善可陳，惟此心此志，盡瘁黨國，一片愚忠而已。弟與兄在革命大時代中，充當馬前一卒，共同奮鬥四十餘年。其中有驚、有險、有血、有淚，你我兄弟，均能善盡天職，不辱使命，此則堪以自慰，堪以自豪。此一熠熠歷史，吾人自當珍之惜之，而引爲無上光榮也。兄以爲然否。茲謹遵囑附還原稿，並藉呈「蔣家四代同堂照」「堅忍七十留影」各一張，謹請哂存。手覆，敬頌儷安。弟蔣堅忍拜上。九月十七日。

六十二年　九月十九日　星期三　癸丑年八月廿三日

次烈電告，其子姪中，有以其不久前死於意外之次孫正定八字，問吉凶於某術者，斷言今年廿九歲，難逃意外之劫，死生眞有命也夫。

六十二年　九月二十日　星期四　癸丑年八月廿四日

心心相印之巧事。二日前卽十八日也，忽萌念，不知旅港老友公孟近況何如，立卽去函候之。而今日接公孟函，亦同日發，眞巧極矣。所異者，彼航緘，予平郵耳。

六十二年　九月三十日　星期日　癸丑年九月初五日

中副載「快樂」短文中，有「面容不時爲陰霾所蔽，則易在不知不覺中，拒人於千里之外」語，似爲吾友某君而言者。靜焉自省，本身有時亦或犯此病，戒之戒之。

六十二年　十月四日　星期四　癸丑年九月初九日

今爲重陽節，秋已深矣，而暑氣未退，連日均在華氏九十度上下。

前聞府僚尙達仁偕妻住院，夜寢，自牀上跌地傷眼。今專誠往三軍醫院探視，適逢開刀診治，詢知無大碍而歸。

三時訪楊力行，原約同赴外雙溪登高，因其友蕭勁遲至未果，乃坐而閒談。知其次女名嫚妮，中文德文英文兼通。又知蕭軍人出身。

六十二年　十月五日　星期五　癸丑年九月初十日

接公孟二日自港來書，謂俟予生辰至，當於是晨焚香禮佛，爲予祝福。故人之情誼，至可寶也。並謂上月同日發函相候，彼此心靈上之感應，眞不可思議，予亦深有同感焉。

六十二年 十月八日 星期一 癸丑年九月十三日

讀前歲友好周光德君所贈，江蘇名宿唐文治「茹經堂文集」，對於經書研究之精，確乎獨步一時。但論文章，似不及陳散原與章鈺之古樸，而富於情致。所錄壽序數十篇，其格局雷同者十之八九。其他傳記等等，多數冗長，動輒數千言。若施之於今，太不合時宜矣。

六十二年 十月十日 星期三 癸丑年九月望

雙十國慶，在風雨中度過。政府民閒，一切慶祝節目，如開會遊行等等，照行無誤。渡海二十年，每逢此日，大都晴天，即遇風雨，片時即止。今則連綿半日，而又斷續不已，殆蒼天有意以「風雨如晦」之景象，儆惕吾人之居安思危耶。

六十二年 十月十一日 星期四 癸丑年九月十六日

天涯知己吳文巢先生，因讀予「我生一抹」，對予萬分仰慕。午後四時，由曾君定一爲伴，專誠來訪。並攜贈洋酒、魷魚、奶油糖、等物。坐談半小時，無非表仰慕之忱，謂予之文字，眞切感人。與一般徒事自炫者，大異其趣。是眞天涯知己也。廣東大埔人，年近六十，中大畢業，雅好文事，爲香港金馬影業公司經理，此次回國，係參與十月慶典，並出席世界客屬懇親大會云。

六十二年　十月十二日　星期五　癸丑年九月十七日

三時觀中視電視國劇「還我河山」，演至陸文龍瞻拜父母盡忠盡節圖象時，不禁熱淚直流，爲之感動不已。是知戲劇之於社會教育，其影響之深，有不可想象者。

六十二年　十月十五日　星期一　癸丑年九月二十日

靜思「我生一抹」中「信念」一則，談生活卽教育之道，似應補述如下。昌黎有言，聖人無常師，故凡足解吾惑、諍吾過、顧我云爲者，師固吾師，友亦吾師也。推而廣之，往古之人固可師，並世人之亦可師也。孔子云，三人行必有我師焉，卽此意也。

六十二年　十月二十日　癸丑年九月廿五日

今爲老友堅忍七十正慶之期（依夏曆爲準），偕菊往天母祝壽，發自新莊，來去半日。其寓址在五路46街，因司機生手，幾經周折而始達。堅忍在公，夫人漢英嫂，慇懃款待。談及往事，當年寓松江路時，曾爲予論夫婦之道。謂「對夫生氣，一味順受，便無事矣，」等語，印象甚深。承囑如有記載，請錄以遺之。歸而檢出舊時日記，去今已二十年矣。日記照鈔如次：

民國四十八年八月十日，星期五，舊七月初八日。中午，劇雷豪雨。晚詣堅忍未値，其夫人徐漢英嫂，爲予談近客屛東咯血之經過，追述當時情狀，若尙有餘悸者。言及夫婦之道，伊謂自歸堅忍以來，未嘗有口角事，縱遇堅忍偶爾生氣，一味順受，決不與抗，遂無事矣。又謂旣爲人妻，對夫君便無可生氣者。有之，如在外別有所歡，而回家又無理取鬧，於是不能不生氣矣，然亦僅流淚而止。云云。予聞之，不禁爲之肅然。此眞得柔道之眞諦者也，求之於今，幾曾見之。

六十二年 十月廿三日 星期二 癸丑年九月廿八日

晚赴天母立夫兄家宴敍，客九人，成對者三，蔣堅忍、陳宗熙、及予。單身三人，毛慶祥、許靜芝、何志浩。席間及宴後，談往事種種甚樂。堅忍以最新相機，爲與宴諸友攝影多張。九時散。

六十二年 十月廿五日 星期四 癸丑年九月晦

數月前，前考院同事，商大毅秘書所屬題之虎畫，擬題字句，四易其稿，終不合理想。今晨讀黃興詠鷹詩，「獨立雄無敵，長空萬里風，」之句，靈感忽至，乃決意以「山中無敵」四字題之。

六十二年 十月卅一日 星期三 癸丑年十月初六日

鄉親徐達七十之慶，以夏曆爲準，適值總統國曆之誕。予亦偕菊往其家致賀。出，予獨訪曹翼遠，快談移時。曹謂，當今所謂出衆人物，皆爲建國人才，而非復國人才，其言頗有至理。

本期之浙江月刊，及出月之暢流半月刊，皆登載予所撰蔣堅忍七十正慶序。

六十二年 十一月二日 星期五 癸丑年十月初八日

素昧生平之劉禹輪其人來書，謂民國廿二年，卽聞予名，近讀予書，而增欽仰。承贈「患難餘錄」一册，亦香火因緣也。

六十二年　十一月十日　星期六　癸丑年十月十六日

今晚有二處應酬。先赴中泰賓館陳奮嫁女之宴，因其女玲雲平日喚予公公，予曾於婚禮中致簡短訓詞，教以維持愛情之妙策，不三分鐘卽畢詞先退。立赴中臺公司老友蔣堅忍兄之宴。客多熟友，陳立夫伉儷，周雍能伉儷，陳宗熙伉儷，毛慶祥、何志浩、及予夫婦，陳舜耕未到。宴前攝影多幀。同宴者，除陳宗熙外，皆北伐時供職總司令部之老兵也。予於席閒追述當年逸事，頗有白頭宮女溯天寶之感。九時一刻始散。

六十二年　十一月十五日　星期四　癸丑年十月廿一日

劉禹輪、李加勉爲慕名來訪，由曾定一爲導。此三君者，皆爲大埔名士。劉李爲初交，一見如故，歡談良久。蓋亦堅毅敢爲之君子也。留午餐，臨時煮麵作膳。二時一刻始去。

六十二年　十一月二十日　星期二　癸丑年十月十六日

商大毅得予爲其虎畫所題之字，徧示考試院同僚，僉謂難得，決將附函同裱畫端云。此係波姪聞悉後見告者。人之視我竟如此，亦異數哉。

六十二年　十一月廿二日　星期四　癸丑年十月廿八日

讀清名儒章實齋文集，細細涵咀，深感昔人爲文，措詞造句，無不由千錘百鍊而來。其起一喩或評一事也，意切義深，一語抵人千百。如「槁葉之隕飄風，輕羽之迎烈燄，」「實不足則競於文，道不充則飾於貌」等句，詞旨何等簡切恰當。

六十二年　十一月廿三日　星期五　癸丑年十月十九日

政府節約能源，即日實施。一、公營事業營業用車除外，一律減少百分之二十五。二、辦公之冷暖氣一律停用。三、辦公房舍用電，減少百分之二十五。

六十二年　十二月六日　星期四　癸丑年十一月十二日

為文錦新故次兒撰碑文，今日脫稿，長四百言。係以生父名義出面。錄文如次。

江山姜氏殤兒正定墓碑

次兒正定，國立清華大學理學士。歿於民國六十二年八月三十日，距生於二十九年七月，得年二十有四。今立法委員吾父紹謨先生之愛孫也。兄名正安，留美。妹二，其一早夭。吾兒之歿也，係以學士之身，服役臺中空軍第三供應處，充任化學官時。因在近營區海濱習泳，而遭沒頂，長官同僚，咸以英才不祿為惜。歿後幾日，卜葬臺北樹林佛教樂山公墓，位先母王太夫人塋地右側。同時移夭女，及吾家老傭高媽之遺骨附焉。

嗚呼，吾兒自幼聰慧伶俐，極能逗人憐愛。爺爺奶奶，尤視為吾家跨竈，疼愛無微不至。又憶兒在小學，方八九齡，見暱伴舉餐而無佐品，輒分菜肴以與之。樂善好施，出於天性。後升初中，以至建國高中，自知銳志求進，力爭上游，藉博堂上歡。旣入大學，更以學行優異見重於師友。其畢業後之再求赴美深造也，事事齊備，祇待役期告了，即可鵬程萬里矣。胡天不弔，遽罹刼難，而使吾兒賫志以歿，而使爺爺垂老傷心，而使兄妹異地銜悲，而使乃父乃母抱憾終生耶。

嗚呼吾兒，今爾長眠之地，有奶奶與爾妹，曁高媽爲伴，九泉有知，當不虞孤寂。其善事奶奶，善教爾妹，善視高媽，俾盡倫常之道。嗚呼，永隔人天，幽明異路。我所日夜默禱者，惟此而已。含淚述之，勒諸石，以示爾靈，而告方來。　反服父文錦泣述

六十二年　十二月八日　星期六　癸丑年十一月十四日

本村載眷往府診病交通車，除假日外，原定每日有之。自即日起，隔日開一次，路燈隔盞放光，蓋實施節約能源也。

六十二年　十二月十日　星期一　癸丑年十一月十六日

胡公威薄暮來，謂讀予之壽許靜芝文後，深感吾二人與清代之曾、左，有相似處。予對之曰，是比也，相隔十萬八千里。彼又謂就性情及交情論，不能謂無似處云云。是耶非耶。

六十二年　十二月十五日　星期六　癸丑年十一月廿一日

早有木柵之行，訪熊公哲兄談文章。彼言予所撰戴雨農傳，確乎難得，臺灣文人中能此者尚未之見云。老友之謬奬如此，可不加勉乎。

六十二年　十二月十九日　星期三　癸丑年十一月廿五日

購來華岡出版之「大學字典」一部，張其昀主編。首尾翻閱一遍，編法合理，註釋詳明，以予所知，在今日以前，此爲中文字典中之最進步最實用者。

中華民國六十三年江山異生日記（家居台北縣新莊鎮中港路五守新村）

六十三年　元旦　星期二　癸丑年十二月初九日

元旦元旦，來臺後第二十五度矣。日暖風和，北市到處人潮，然心理感覺，僅爲假日之熱鬧，而無新年之喜氣。年年此日，感觸繁興，今則起居如恆，等閒度過。雖亦見人說恭喜，而興致索然，殆卽所謂老態耶，是耶，否耶。

六十三年　元月四日　星期五　癸丑年十二月十二日

在臺北定印名片二百張，價百元，較前歲貴倍半，可畏哉物價。過廸化街、大小山貨行鱗次櫛比，不見有標價者。標價呼聲，聞之熟矣，而政令之成效如此，可嘆。買栗子仁二斤，每斤價七十元亦有六十四元者。

六十三年　元月五日　星期六　癸丑年十二月十三日

參觀開國歷史展於　國父紀念館，因爲時尚早，觀者寥寥。先遇姜雪峯，後遇楊銳與邱創煥。遍觀開國人物遺象，均爲三十上下之青年，四十左右者不過數人。環觀今之袞袞諸公，青年究有幾人。興念及此，彌覺開國人物之可敬可佩矣。又憶去年老友曹兄所云，「今之所謂不凡人物，包括自身，皆爲建國之才，而非復國者」之說，有其卓見矣。

六十三年　元月七日　星期一　癸丑年十二月望

昨夜夢以步槍射殺數人，將入獄而夢覺，生平手槍且不敢玩，夢中居然以步槍殺人，可怪之至，何來此夢。

六十三年　元月九日　星期三　癸丑年十二月十七日

春節將臨，府對退休人員之節賞二百元，收後感慨萬千。

六十三年　元月十三日　星期日　癸丑年十二月廿一日

茶會萬禧大酒樓，十時開始，十二時散。茶點外，自備洋酒，載飲載談，歡情如舉宴，僅費八百元，經濟之至。友好到者十四人，羅萬類、成惕軒、高明、熊公哲、劇慶德、劉宗烈、黃立懋、陳長賡、黃翰章、談龍濱、王縉達、邵德潤、胡維敏、周光德。

本日之「善導周刊」，居然刊出予前致吳宗文神父短札眞蹟，所附去近稿「許靜芝八十壽序」，亦一同揭布。予非敎徒，敎會刊物而以予作爲足重，不知何由而致此。

六十三年　元月十四日　星期一　癸丑年十二月廿二日

上午多雲，探果太病況於新中心診所。果太者、故長官陳公果夫之夫人也，年八十一，近患便秘，昏迷數日，覺醒後在靜養中。同探者，雪岩、翰章，蓋代表花谿同仁者也。

六十三年　元月十六日　星期三　癸丑年十二月廿四日

晴朗，予獨力洗刷樓上下門窗，七時開始，連續五小時而若無其事，且短袴汗衫，一如平日浴前之習慣，此可考驗予之耐寒耐勞力果如何。

六十三年　元月二十日　星期日　癸丑年十二月廿八日

九十高齡之陳伯稼，八十之王澤湘，各有函至，各對予致譽辭，亦巧事也。王略云，「鐵畫銀鉤，左臂奮其大用，明識讜論，赤膽煥爲鴻文。篤舊而親親，竭己以成人，異生之爲異生，由來遠矣」。陳函「昨在舍親處，見到尊題畫虎外，另有一函一文，附裱於畫幅下端，皆不凡之作」。函末述及予前所告左筆退化事，謂不無過甚其詞云。

六十三年　元月廿一日　星期一　癸丑年十二月晦

本月出版之浙江月刊，登出予壽老友許兄八十序。

六十三年　元月廿九日　星期二　甲寅年元月初七日

凌晨夢回，忽憶及十餘年前，致友書中，曾有「知足爲富，無辱爲貴，不求爲高，友情爲寶，」之語，此四語者，乃近二十餘年來，在應世心情恃以爲快樂之源泉也。應名所居曰「四爲窩」。蓋富無止境，知足則爲富矣。貴者未必無辱，無辱則爲貴矣。惟知求人之惠我者最可鄙，無求則爲高矣。世之不可求而得者曰寶，眞摯友誼，不以富貴貧賤而異其情，得之卽爲寶矣。窩者言其祇供起居，無華美之陳設也。他日當爲文以記之。

六十三年　元月三十日　星期三　甲寅年元月初八日

晚赴宗親姜春華敎授會賓樓之宴（人人公司六樓）。主客姜成濤、魯籍，係反共義士，以歌唱家名，在巴黎經營天橋貿易公司，成達旅運社，此次回國，專爲參加「一二三自由日紀念」。陪客邱仕榮、曾憲禕、黃天中伉儷，餘爲宗親次烈、竹、鏡泉、毅英、及予夫婦。

若干年前讀「新序」未卒業者，今日補讀之。

六十三年　二月五日　星期二　甲寅年元月十四日

以果汁機試磨糯米作湯圓粉，甚好。

續讀「新序」末卷，旣卒業，查明前讀此書時，係在民國五十年，介壽館內總統府參事席上，回首十四年矣。感慨系之。

六十三年　二月九日　星期六　甲寅年元月十八日

陰寒，自入冬以來氣溫最低之一日。早起，室內五十二度，攝氏十一度，予之冷水浴如故。傍午，次烈自北投來，同車赴板橋酒廠徐君松青之招宴。徐君任該廠廠長已十二年，口碑載道。此次廣邀鄉親聚宴於此，到男女可六十人，張五席。鄉好歡晤，開懷暢飲，一時開始，三時始罷。並攝影留念。此擧所費當不貲。予知君淸廉奉公，又家非富有，而能儉已以待人，在鄉友中亦可欽敬之人也。今同席者，皆七十以上之老者，熊婆、次烈、萬里、浩然、蒲臣、芝園等。

六十三年　二月十四日　星期四　甲寅年元月廿三日

午後徐生自中和來，意爲拜年。謂術者斷其本年壽終，已作後事打算云云。江湖胡說，遽爾盲信，可笑之至。伊年六四，因家累種種，容顏蒼老憔悴，一望而知多憂患之人。術者皮相之說，或卽根於是耶。留晚餐，並贈以三版「一抹」一本。

六十三年　二月十五日　星期五　甲寅年元月廿四日

「暢流」登出予所撰壽老友許兄八十序，（載第十一頁）按此期總序次五七七號。

六十三年　二月十六日　星期六　甲寅年元月廿五日

夜作致濮孟九書，內有「天所賦我者豐於情，而嗇於才」語，申明不敢爲其文章之師，長五百餘言。

六十三年　二月十八日　星期一　甲寅年元月廿七日

晴，單衣不寒。爲退回「暢流」稿費而入城。告以爲文目的，不在金錢。況此類壽序，爲抒情而作，布之刊物，所以揚善，藉以爲利，非本志也。

六十三年　二月十九日　星期二　甲寅年元月廿八日

陳伯稼老者來信，謂受物價影響，晨餐之鷄蛋，牛奶、已停用，麥片罄後，亦不再買，云云。一生廉吏，老而患貧，爲之慨然，亦爲之惻然。

六十三年　二月廿一日　星期四　甲寅年元月晦

家中烹煮，慣用煤油，歷年來月需六加侖，價一〇八元。最近幾漲一倍，每加侖三一元。自今日起，改爲參半用電，看能較省否。

六十三年　二月廿二日　星期五　甲寅年二月朔

九時府眷屬看病交通車，剛越新海橋，司機座左忽冒濃煙，立卽停道旁，而煙益盛，眾急下車，予殿後，廻觀車尾無門，設想油箱爆裂，則車上人危矣。

飯後往臺北，在雅家少息後，參觀忘年書展於文藝中心，泰半草書，雖見功夫，終嫌怪氣，書非正道，不足爲訓也。

晚八時，三家電視聯播意大利名導演安東尼奧尼所拍攝之大陸實況，曰「中國」，係六十一年事。中以北平較長，次河南、蘇州、南京、上海，歷一時餘畢。所見人物風景，可以六字括之，無生氣、落後相而已。

六十三年　二月廿六日　星期二　甲寅年二月初五日

陰，嚴寒，室內華氏五十度，自木柵遷本村，十年來氣溫最低之一日。然予早起後之露體勞動，與冷水浴仍如常，行所無事。竊自忖量，卽使氣溫再低五度十度，想亦無妨也。

六十三年　三月一日　星期五　甲寅年二月初八日

歷年用筆，均來自香港，今於無意中發現一事。同爲集大莊牌名之極品純羊毫，其「純」字上冠以「宿」字者爲佳，無「宿」字者則次貨也。一字之差，效用迥殊。

六十三年　三月二日　星期六　甲寅年二月初九日

晚辭新店陳友之招宴，觀臺視電視劇，「杜鵑花開時」。故事由悲劇變喜劇，李虹女士主演，情節感人。其最精采處，啓示人生價値，不全在金錢，當理慾交戰時，應有果斷。是極具教育意義之佳作也。

六十三年　三月三日　星期日　甲寅年二月初十日

九時到孔孟學會，晤及熊公哲兄，彼謂望我當選學會理事爲立夫分勞。予答以今日事，凡選必競，競卽求也，不願求而得之，以葆吾眞。

訪毛萬里，承以戴雨農逸事徵詢，予追述三事。一爲民國十七年予任北平行營機要科長時，不肯破例爲之發軍用電報而不怨。二爲十九年戴在漢口邀宴太平洋飯店時，於席閒向衆賓介紹予與趙龍文同爲異才。三爲十八九年閒，戴回籍途次，查究行人王致遠胸懸總部特別證章之來歷，具見其機警。因此項證章，係機要人員所佩戴者也。（按王爲總部機要科職員）

六十三年　三月五日　星期二　甲寅年二月十二日

應楊君力行邀，往其家午膳。膳後觀故宮博物院，遊雙溪公園。其長女供職博物院，聽其對洋客以德文或英文說明古物內容，如家常談話，自然之至，眞後起之秀也。公園之盆景蘭花展，有價値連城者，因祝總統夫人生日，不收門票，遊者甚衆。

六十三年　三月十二日　星期二　甲寅年二月十九日

陰雨而寒，華氏六十度以下。終日以電爐取暖。

國父逝世四十九周年矣。是年秋，予應毛師勉廬之召，投身黃埔，時年二十八耳。回首當年，恍有隔世之感。

六十三年　三月十四日　星期四　甲寅二月廿一日

閱伯稼先生撰徐道鄰事略稿，長萬餘言，紀彼此交往事甚詳。九十老者，而神思不衰，亦異人哉。其中錄有徐氏壽其八十序，長三百言，意眞情切，不多不少，郁郁乎名家之筆也。讀之再三，而錄於別箋。

六十三年　三月十五日　星期五　甲寅年二月廿二日

晨詣伯稼老者，見堂中喜氣，始知其今爲九十華誕。寒暄數語卽退，於午後偕菊及雅，攜薄禮復登門拜壽。

六十三年　三月十八日　星期一　甲寅年二月廿五日

上午有石牌榮總之行。因老友羅時實患喉癌三度開刀於此。偕翰章、世傑、來探病況。雖能言語，卻甚困難，且含胡不清，已成半殘人矣。俯仰今昔，曷勝人世無常之感。

六十三年　三月二十日　星期三　甲寅年二月廿七日

風和日暖，因踐前昨楊君力行之約，遊竹子湖陽明公園。歸來撰「半日山遊記」一文，長僅三四百字，而應記可記之事無不備。雖爲尋常遊記，其中種種作法，卻大有道理可講。予往歲所撰「學文之道」，載我生一抹一九一叢稿「此記可作其最佳之註脚也。文錄次。

歲甲寅，民國建元六十三年，我政府遷臺之二十有六年也。國曆三月二十日，應文友楊君力行之邀，作半日山遊。春光和煦，九時自臺北東站啓行，先至竹子湖，次遊陽明公園。賞花果腹後，紆道北投，過吾家次烈少坐而歸，費時剛半日耳。

竹子湖，陽明山巓一村落也。叢林滿目，不見水影，而以湖名，殊費疑猜。憶在二十年前，初度縱遊陽明山，攬勝之餘，嘗結伴探幽於此。由山之前麓，覓徑穿林而上。既登，無所得，循原徑下。今則自臺北乘金山線汽車，逕達其地。昔之無所得者，赫然見規模可觀之小學焉，更見新式建築之民宅焉。環眺峯巒，有唯我獨尊之概。略事徘徊，即由楊君爲導，取道捷徑，自嶺端直趨下山。嶺勢陡峭，須側身跨步以降。幸吾二人腿健膽壯，身手矯捷，履險如夷，經大屯瀑而抵公園。漫步尋芳，景色含笑，杜鵑猶艷，櫻花已零。時方亭午，處處遊客，仍絡繹不絕，然終不若良辰假日滿山裙屐之盛也。

過次烈時，適逢其因故遲餐，以主人好客情殷，遂再進小酌焉。少頃告辭，乘淡水線火車歸，票價四元，去時汽車七元五角耳。楊君瀏陽籍，出身金大，而曾歷軍政者。邇歲執教杏壇，有聲於時，與予以論文交，去今將十載矣。

六十三年　三月廿三日　星期六　甲寅年二月晦

接陳伯稼老者九十生朝七律四首，讀來雅馴自然，畢竟老手之作。而末後「留得閒身觀復國，涵濡舜日與堯天」，更爲長壽之徵也。錄全詩於次。

九秩今逢攬揆辰，天涯猶是未歸身。茫茫浩刧消何日，惻惻輿情望轉春。骨肉飄零餘幾輩，故交凋謝亦多人。浮生歷盡崎嶇路，往事回頭記憶眞。

退居林下幾經秋，習性由來未肯休。耳目困人仍自力，詩書澤我卻忘憂。惟將遲暮勤修省，豈以艱虞事怨尤。隨分生涯知止足，還憑不律當鋤耰。

時艱賤降敢宣揚，默處蝸廬願就將，不意瓊林開盛讌，第一屆高考諸公集讌謝不獲已。難辭姻婭共飛觴。微生何幸叨非分，篤老於今本等常。慚愧羣公紛頌禱，期頤同慶壽無疆。

辭家早在杖鄉先，匪禍難歸衹自憐。禁絕音書魚雁渺，橫施刀俎虎狼顛。偕予曷喪呼彌切，徯后其蘇信益堅。留得閒身觀復國，涵濡舜日與堯天。

六十三年　三月廿九日　星期五　甲寅年三月初六日

參觀亡友梁鼎銘長女梁丹丰水彩畫展於博物館，花卉爲多。其人嬌秀文靜，若不勝衣，而表之於畫，筆力雄健超脫，不類女人作品，亦奇才也。

讀昨日中副蕭瑜所撰「李石曾先生」一文，追述革命先進李石曾、吳敬恆、張靜江、三先生之軼事。其思想，其行誼，皆超凡入聖，可爲百世師，可敬可仰，求之於今，何可得也。

六十三年　三月卅一日　星期日　甲寅年三月初八日

三家大小十五人，中午集敍於家，歡樂滿室。三家者，君強夫婦三女一子一媳共七人。明祿夫婦及二女四人。雅母子女四人。圓孫未到。又陪者縉達。

六十三年　四月一日　星期一　甲寅年三月初九日

自本日零時起，實行所謂日光節約時間，將時鐘撥快一小時。

周毛超羣開弔，適逢時間提早，又值天氣變壞，來弔者零零落落，予人以淒涼之感。治喪委員中，列有予名，蓋同鄉也。

六十三年　四月二日　星期二　甲寅年三月初十日

終日陰雨，華氏六十度。窗前九重葛紅色嫩葉中，發現紅苞若干，是佳訊也，待之久矣。

六十三年　四月六日　星期六　甲寅年三月十四日

姜氏宗親會開會員大會於八德路新生社。午後三時開始，先祭祖，後開會，到會員五六十人。理事長春華主席。請聯宗邱仕榮、曾憲禕、演講。最後選舉理監事。今日之會，新會員有十數人。其令人矚目者，平劇名旦姜竹華，華隆創辦人姜是鑄、大吉樓總經理姜鴻。晚飲於大吉樓，姜春華，姜鏡泉為東道，張二席。予同席邱仕榮、曾憲禕、姜獻祥、姜次烈、姜是鑄、姜竹。

六十三年　四月十八日　星期四　甲寅年三月廿六日

故長官陳公果夫德配朱明夫人開弔安葬，予於九時趕至景行廳，已告人滿，多為黨政中人，並多為六七十以上之老翁。十一時起靈赴觀音山，執紼者二百餘人。大車四，小車二三十。十二時下葬，與果公合壙。六年前謁墓來此，沿途猶為一片水田，今則滿目華屋矣。

「中副」刊仲肇湘悼念陳夫人文，以尋常語句，表達極不尋常之行實，長不過千言，深度則自幼而老，廣度則由一家而及於黨國，含義無窮，精釆之至。予去書讚之。

六十三年　四月廿一日　星期日　甲寅年三月廿九日

我中華航空公司，因日本政府，已與中共匪僞政權簽訂航空協定。自昨日下午四時起，停航中日航線。日本民族之無情無義如此，尚何言哉。

六十三年　四月廿三日　星期二　甲寅年四月初二日

讀章實齋文集「庚辛亡友列傳」，文中多閒涉自敍，參述交誼。章氏自謂，蓋列傳之變體也。援此說法，則予平昔所撰之壽序，乃變體之壽序也。

六十三年　四月廿六日　星期五　甲寅年四月初五日

仲肇湘覆書至，末後謂予「出筆便是古文正宗，恣肆勁遒，銳不可當。」人之視我，竟如是耶，深覺誇獎矣。

六十三年　四月廿七日　星期六　甲寅年四月初六日

有事於考試院，藉便一觀商大毅家中裱就之虎畫。予所題「威震山谷」裱於上端，所附短札裱於右下方。望之別成一格。畫而裱題，是當然，裱題外而及於附札，是創舉。自惟改用左腕作書以來，凡所塗抹，終嫌不能稱意，與友朋音問往還，大都率筆之作，未嘗刻意而爲，今商君之珍視如此，眞感過於榮寵矣。

六十三年　四月廿九日　星期一　甲寅年四月初八日

老友許兄自美搭華航機返國，午赴機場歡迎。府舊僚集者、董林森、張家柱、張樹柏、齊憲爲、陶有才等。

六十三年　四月三十日　星期二　甲寅年四月初九日

府舊僚二十餘人，午以茶會方式，假萬年大樓六樓，爲許兄洗塵。緣其去歲八十，避壽出國，今乃寓補壽意也。

六十三年　五月九日　星期四　甲寅年四月十八日

三民書局經理劉君，鑒於予之已刊各書，見重於士林，懇商再出一書。謂三民文庫之二百號，留以待予，暫作一段落。則此文庫中之百號屬於立夫先生，結末則屬姜某，豈不甚好。其情至可感，然而予無可報命也。

六十三年　五月三日　星期五　甲寅年四月十二日

今爲五三慘案四十六周年紀念。是年爲民十七，予年卅一，任總司令部機要科秘書，於二日深夜入濟南城。總部駐張宗昌之督辦公署。天方曙，聞槍礮聲，而濟南慘案作矣。亭午，奉科長陳立夫命，攜密電碼二巨篋，率電務員吳國權先往黨家莊。入夜，各路人馬，齊集於此，田野山村，頓成鬧區。當時情景，猶歷歷在憶，然而今日尚能記此事者，恐寥寥無幾人矣。臺視今晚演蔡公時被日軍殺害故事，極有教育意義。觀後感慨萬千，遂追述其略於此。

六十三年　五月十六日　星期四　甲寅年四月廿五日

近讀章實齋文集，對於敍事方法，得益不少。

六十三年　五月十八日　星期六　甲寅年四月廿七日

向三民書局購來「實用書簡」五册，始知本書已於去年四版，「應用書簡」亦再版矣。此書不同於小說史話之類，而問世以來，行銷不衰，自覺可喜。

敎部某友午後來訪，爲予絮絮話所職。此人爲人不知分寸，恆以經辦公務，與外人商討。

六十三年　五月廿二日　星期三　甲寅年閏四月朔

臺銀員工文藝展覽，包括書畫、金石、攝影、繡織、插花、陳列公庫五樓，精采可觀。族弟紹誠妻馬舜音水彩「山客爭春」，水墨「富貴壽考」，一則筆調活潑，一則氣勢雄偉，駸駸乎畫家氣派矣。菊同觀。

六十三年　五月廿五日　星期六　甲寅年閏四月初四日

府僚第三局專員醴陵譚俊民，以其鄉親何元芸與其近札見示，讀之，駭然，不僅對拙作讚譽備至，其文筆格調，如出予手，是眞文字知己也。照錄如次。

俊民我兄勛鑒：久違矣，時思叔度。玆愬詢者，前總統府首席參事姜超嶽先生，特立獨行，所著「實用書簡」，「我生一抹」，均於三民文庫買到。惟「大陸陳迹」尙闕如耳。姜先生目前同住五守新村卅七號，請就近代爲一問，何家書局可以找到。又新近有無他著。蓋姜先生之文，惟眞，惟善，惟美，且有「學者學此樂，樂者樂此學」之享譽。誠精心力作也。弟深願寶而藏之，讀而學之。兄其諒我助我耶。敬請勛安。順候潭安。何弟元芸上。五月九日。

按何君醴陵人，四十六歲，警正科畢業。警政調查行政、人事、稅務、衞生、四科高考及格，現任中興醫院服務主任。是譚君所告者。

六十三年　五月廿六日　星期日　甲寅年閏四月初五日

陰雨天，午乘甫莽車進城。四時，參加浙同鄉會羅斯福路新會所開幕。臨時約毛萬里同往。因有所謂明星剪采，觀眾紛沓，秩序紊然。晤邵德潤、黃立懋、郭驥、高越天諸君。黃爲予介識同鄉會理事長胡維藩。後晤鄉後進徐毓驎，承告對此次鄉會購置新會所，曾捐五千元云。

六十三年　五月廿七日　星期一　甲寅年閏四月初六日

上午至國史館，館長黃公以「榮典志」之編法相詢。謂開國以來，因局面之分崩離析，法統不相連屬，所有沿革資料，苦無妥當安排。經予縱覽「志稿」後，建議分段爲之。民國初年曰開國篇，繼以護法篇，於是國民政府篇，行憲篇，系統釐然矣。公甚以爲是，遂暫定案焉。

六十三年　五月廿八日　星期二　甲寅年閏四月切七日

受聘國史館特約纂修以來，今日第一次在館正式辦公一天。看「榮典志稿」二厚册。同室辦公者丹陽朱沛蓮先生。

六十三年　五月卅一日　星期五　甲寅閏年四月初十日

讀中副「張良姓姬」一文，至佩作者讀書之細心，與思想之縝密。謂其祖若父不姓張，驟聞之極爲驚異，一經道破，乃必然事也。因其祖先係韓國公族，源出於姬姓也。

六十三年　六月一日　星期六　甲寅年閏四月十一日

終日陰。吳中英來信，謂予近作「半日山遊記」，精簡脫俗，又一典範云。

六十三年　六月四日　星期二　甲寅年閏四月十四日

多雲天，在史館辦公，查得有關本人可留紀念之事數則。

一、關於受任國民政府參事者。（民十九年十二月四日令載六四〇號公報（精裝本五冊））

二、關於受任兼政務官懲戒委員會秘書者。（民廿二年二月十八日令載一九五〇號公報（精裝六五冊））

三、與參事令同日者，浙主席張難先，銓敍部長鈕永建。

四、政懲會秘書，謝健、朱文中、王恕、王汝翼，（廿一年十二月八日令）程起陸、姜超嶽。（詳前）

五、在總統府移存舊檔中，見到學予書法神似之徐承道墨蹟。（民廿五年四月廿一日文書局函八五號函稿係承道所擬爲永嘉百歲壽耆事）

六十三年　六月五日　星期三　甲寅年四月望

夜修書復吳中英，論強身之道，內有「壽之修促定乎天，身之強弱繫乎人。意求其適，泯憂危得失之念，體求其動，積朝夕風雨之功。力行不懈，道在其中矣。」之語。

六十三年　六月十六日　星期日　甲寅年閏四月廿六日

友人某君攜其所編某刊物來，內載予前致楊森書，擅改數字，似通非通。又標題「上書」云云，更令人啼笑皆非。予與楊素無因緣，何上之有。此君熱忱有餘，而自知不甚明，世故不甚深，是其所短。因留餐暢談，白我立身處世之道，聊示與人爲善之心。

六十三年　六月廿四日　星期一　甲寅年端午節

終日陰雨。午後三時訪老友某兄，關於處世之道作懇談。諷其弗省不可省之錢，弗言不見信於人之言。便過孟九，承以生活拮据實情見告，此友眞可敬可愛之人也。

六十三年　六月廿五日　星期二　甲寅年五月初六日

七時飲於總統府餐廳，蓋府中舊僚，公餞胡建磐赴美也。參加者張家柱、陳長賡、姚軔發、尙達仁、朱培垕、王縉達、陸士宗、董林森、尹某、及予十人。每人攤百元。

六十三年　六月三十日　星期日　甲寅年五月十一日

九時訪伯稼老者少談。老者曰，每一稿成，未經予過目，總不放心云云。亦錯愛之甚矣。

六十三年　七月一日　星期一　甲寅年五月十二日

因讀中副「懷吳兆棠」文，而有感於中，作箴老友某兄書，暢論吾人之生斯世，應多留去思之道，中夜脫稿，長千言，氣盛詞切，是一篇性情文章。

六十三年　七月二日　星期二　甲寅年五月十三日

壽序一體，多用傳記之法，最爲有用之文。清儒章實齋如是云云。見文集答朱少白書。參觀歷史博物館韓人書展，大都臨摹之作，無異碑帖之翻版也。入場劵五元。

六十三年　七月六日　星期六　甲寅年五月十七日

飛來厚贈，當即修書璧謝。緣有神交林治渭者，好學君子，寄居新營，因文字而結緣。十載來，信問往還，有如故交。茲接其四日掛號函云，「輒承頒錫鴻文，開椷盥誦，如沐春風，仰見啓發之周，與督勵之切，感愧交併。茲有一筆稿酬，謹奉千金爲長者壽。敬祈俯鑒微誠，乞賜哂內爲禱。」去書如次。

治渭先生足下：讀四日惠書，並附千金滙票，駭然又欣然。自惟鄙陋，神交以來，媿無有裨於足下者，何以突施厚贈，所以駭然也。浮沈四方，頻獲古道友，薄德寡能之人，而偏多奇緣，所以欣然也。足下此次之得稿酬，正宜爲佳作揚世賀，今乃移以爲弟壽，試易地而處，將如之何。況取與之道，在拙著中實例不少，爲吾行吾素，敬以奉璧。區區之愚，還希亮之。而盛情千萬，則永銘於心也。林下生涯，猶是當年，人事卒卒，日鮮暇晷，謄近稿一紙，可見賤況之概也。

六十三年　七月十六日　星期二　甲寅年五月廿七日

接伯稼老者覆信，對予日前附去諍老友書稿，大加讚賞。雖寥寥數語，而熱情逼人，其能躋期頤之壽可必也。錄如次。

異生先生大鑒：十二日覆書，對紀事拙稿，多承斧正，感甚。另示密行細字箴規某君函，讀竟，嘆爲天壤間不可無此文，交朋友亦不可無先生之一友。原稿無一行一字一筆之懈意，尤見精神之貫注，使人肅然起敬。可否不予收回，留備珍藏，俟示。此請偉安。弟陳天錫頓。六三、七、一五。

六十三年　七月十七日　星期三　甲寅年五月廿八日

好友方豪神父膺選中央研究院院士，是學人最高之榮譽也。去函賀之。

六十三年　七月十九日　星期五　甲寅年六月朔

又接陳伯稼老者十八日函，照鈔如下。

異生先生道鑒：奉讀十七日尊書，又附與某君連續兩稿，發抒蘊蓄，層出不窮，爽快無比。近溫杜工部五排，其贈鄭諫議詩有曰，「思飄雲物動，律中鬼神驚，毫髮無遺恨，波瀾獨老成。」堪以奉贈。是胸中所欲吐者，杜陵先生已代為揭出，先生其許為知言耶。前書附稿，承惠允勿退，感甚。玆奉還附稿，乞察入，敬候儷福。弟陳天賜頓。

六十三年　七月廿一日　星期日　甲寅年六月初三日

電話總機奚榮生言，昨在其桃園眷村，親見一幼童，未入幼稚園而能識字。試以報紙，有問即答。確乎事不可解，殆佛家所謂宿慧非耶。

六十三年　七月廿四日　星期三　甲寅年六月初五日

接方豪神父謝賀膺選中央研究院院士函，劈頭說明當選之根由，列舉保薦諸先生大名，不諱人所諱，和盤託出，光明磊落。予去函致敬。

六十三年　七月廿六日　星期五　甲寅年六月初八日

在機場大噴水池旁，邂逅前考試院參事李文圃，談別後情況，彼謂院中舊同事，對予無不敬佩備至。憶予備位院中時，事事不苟外，媿無建白足稱，而舊同事之厚意，至可念也。

六十三年　七月廿七日　星期六　甲寅年六月初九日

晚飲於公賣局康樂中心，蓋鄉友毛振炎爲乃兄振翔神父所設之洗塵宴也。張二席，陪客十九同鄉。首席賓主十一人，毛振翔、吳宗文、陳某、毛子水、姜次烈、徐達、徐振昌、毛應章、徐松青、及予。

六十三年　七月廿八日　星期日　甲寅年六月初十日

偶於電視教學節目中，聽到有解成語者，謂「孰爲爲之孰令聽之」，卽爲誰而爲，令誰去聽。眞意是否如此，尙待考。又，「女爲悅巳者容」，容、化裝也，此解甚妙。

六十三年　七月三十日　星期二　甲寅年六月十二日

李榮植自港來，寓圓山大飯店麒麟廳。夜約張家柱、董林森、姚軔發偕訪之。九時半，自本村乘府便車吉甫往。知其此次係率領港方敎界人士來觀光者。十時半計程車回，車資七十元。抵家已十一時矣。

六十三年　七月卅一日　星期三　甲寅年六月十三日

新莊菜市場，移設中港路南首新築馬路上。此路原爲水渠，係去年加蓋敷築而成。可容菜攤數百個。

六十三年　八月一日　星期四　甲寅年六月十四日

前國府林主席逝世三十周年紀念，予於九時前往臺北寧波西街紀念堂致禮。到者均爲六七十以上之老翁，當年國府熟人，一未之見。

六十三年　八月二日　星期五　甲寅年六月望

上午赴板橋訪毛振翔神父，爲予溯述旅美年餘苦心孤詣之所爲，不憚艱辛，不辭勞瘁，至佩其愛國熱忱，老而彌篤。洵具基督精神之可敬人也。今日之見，一再以予之生事爲念，此時此地，此情此德，幾曾見之。而庸愚如予，竟頻獲奇緣，祿秩雖薄，迄無匱乏之虞，吾生之大幸爲何如。

六十三年　八月六日　星期二　甲寅年六月十九日

有內湖之行，先訪芝園，適其幼女小翠海外歸寧，相見不相識矣。後詣熊家午餐，有生客自香港來。馮宜昌，粵人。其女芳名雛，旅美，其甥叢某，經營雙駝成衣業。

六十三年　八月十五日　星期四　甲寅年六月廿八日

姜獻祥夫婦專誠來訪，謂不日將赴美，假名探親，實爲觀光，約需二閱月。坐談移時去，蓋來辭行者也。

午後偕菊到雅家，見華孫所撰上周參加救團主辦之暑期自強活動紀實，題爲「虎嘯營六日」，是一篇傑作。文字流暢生動有趣，大學生未必及之，可喜可嘉。月孫，在警局臨時工作二月，得薪三千五百元，今以所得爲乃母購成衣，爲婆婆購衣料，並獻二百元於公公，以示孝心，亦可喜可嘉事也。

六十三年　八月十八日　星期日　甲寅七月朔

午後四時，偕菊訪申慶璧於中港路漢中街二號。申爲滇籍國大代，年六十五，出示所鈔十三經，一筆不苟，始終如一，知其極有修養之君子也。與沈之萬爲親家。贈其「實用書簡」「花谿三十年」各一。

六十三年　八月十九日　星期一　甲寅年七月初二日

夜閒顧曲於國軍文藝中心，大鵬演文姬歸漢，主角張安平，唱工極佳，無怪滿座。七時半開始，十時十分畢。票價樓下中廳五排六十元。雅、明祿、縉達、同觀，縉達爲東。歸時與尙達仁妻女同車。

六十三年　八月廿一日　星期三　甲寅年七月初四日

夜觀臺視「往事」節目，追溯前年大鵬名坤角蔣桂琴，因患癌鋸腿，自知將死，而決心參加公演，飾紅樓二尤之尤二姊之故事。當時扶病出場，全場爲之感動。今睹錄影，猶不勝悽惋之感。默想，天旣與之才，而又嗇其壽，豈非故爲人間添恨事。天道眞不可解。

六十三年　八月廿三日　星期五　甲寅年七月初六日

圓孫將赴美，予給與五千元，助其治裝用。

六十三年　八月卅一日　星期六　甲寅七月十四日

中元節家中祭祖故事，提前於今日舉行。雅、波、臧三家大小十一人，及有倉先後集，甚見熱鬧。

接老友王澤湘箴誡書，教以「朋輩規勸，期於啓沃融寤爲是。」是直友，是益友，古道人，古道人，今日何可得也。

六十三年　九月八日　星期日　甲寅年七月廿二日

九時半，堅忍兄偕夫人及幼女飛郎至，並攜贈果汁一箱，臺南搾菜數斤。坐談片刻，邀予夫婦同車參觀新近完成之北段高速公路。自三重至中壢，寬者八線，最仄者四線，一切合乎國際標準。沿線風景甚佳，惟路上來往車輛，僅供點綴而已。回至臺北，餐息於雅家。

六十三年　九月十一日　星期三　甲寅年七月廿五日

蔣兄堅忍於午後四時電告，對予一昨去書，讚美不置。謂當珍藏傳家云。老友多喜予文字，亦奇緣也。

六十三年　九月十四日　星期六　甲寅年七月廿八日

非律濱神交張建華信至，知其所贈金筆，已被有關方面沒收。然其物雖失，其盛情永在，可感也，可感也。

六十三年　九月十八日　星期三　甲寅年八月初三日

花谿舊雨熊公哲八十之誕，設壽堂於新生社，僅領紀念品，不收禮金。詩、文、聯、屏，名作如林。賀客以文人爲多。其子琛，拉立夫及予與壽翁合攝一影。

六十三年　九月廿三日　星期一　甲寅年八月初八日

贈君強文，改而又改，無慮數十次。晨興又改數處，以爲定稿矣，送府打字後，重複讀之，仍有需改者。因悤悤到府追改之，甚矣，成一佳作之不易也。

六十三年　九月廿九日　星期日　甲寅年八月十四日

孔孟學會開會於中山堂，八時半報到，九時開會。予將啓行，大雨不止，竊想恐與會者不多，及九時到會，已濟濟一堂，近千座位，幾乎滿座。新識北商校長駱建人者，精幹人也。十一時散會，雲散日出，往雅家餐息。

六十三年　十月一日　星期二　甲寅年八月十六日

自民國卅九年以來，積存留念之書牘，數以千計，決心加以整理。大致區分如次：

一、各方來信：分爲專卷、鄉親、府友、花谿、萍水、逝者、親屬、雜拾八類。

二、我生一抹部分原稿。

三、大陸陳迹原件。

四、德人德音。⑴關於大陸陳迹者，⑵關於我生一抹者，⑶關於杲廬書簡者。

五、服官遺痕。

六十三年　十月六日　星期日　甲寅年八月廿一日

今爲予生有室五十四周年紀念。是年爲民國九年，予二十三歲，父母六十四。予任教衢州省立八師附小。暑期，校長韓華，派予赴南京高師講習國語。舊八月初畢業回校，月薪二十元。

六十三年　十月七日　星期一　甲寅年八月廿二日

三民書局寄來一抹讀者陳某之勘誤表，密行細字，三紙殆滿，驟視，爲之駭然。查本書編入三民文庫後，銷售已三版。一再校閱，一再勘誤，無慮數十次，那來如許漏網。及審閱後，乃知出自淺學者之手，少讀書而自以爲是。所指正者，大都似是而非，祇知其一，不知其二，令人啼笑皆非。眞正漏網之誤，不過三數字而已。然其人作事之細心，則至可佩也。

六十三年　十月十三日　星期日　甲寅年八月廿八日

國軍文藝中心，有劉源沂書畫展，午後往觀，其中鎸筆字工夫，十分到家。挺勁而清秀，別具一種美感。凡事只要做到精，自能獨成家數也。劉福州人，與予同歲。

六十三年　十月二十日　星期日　甲寅年九月初六日

九時，聽老友周鼎珩講易於重慶南路文化大樓，立夫爲主席。題爲「對待原理與長短略」，聽者可五六百人，老人十之九，女性不足百之一。所講似非易理，而爲尋常閒話，予於易爲外行，聽後毫無所得，悵然而歸。

六十三年　十月廿二日　星期二　甲寅年九月初八日

印尼僑領現任僑委梁錫佑七十晉一雙慶，徵文於予，決錄詩「天保」句，由菊代書以賀之。

六十三年　十月廿三日　星期三　甲寅年舊重陽節

今爲舊曆重陽節而不見節景，惟鎭公所照例送來敬老禮物，壽麵、壽桃、壽糕、及壽狀，官樣文章而已。

六十三年　十月廿五日　星期五　甲寅年九月十一日

晚赴德潤家之宴，（中山北路二段二十巷三號）客多熟人，半爲衢，半爲江，僅有阮毅成爲杭人最後至。予與阮久相知，今始交談數語。彼允寄鄉賢余紹宋詩於予。席閒談及巨騙毛某，王君言，一子一女，均爲太保太妹，不以父母爲父母，處境十分困窘。此人憑其舌燦蓮花，受其騙者不知幾何，今之困窘，眞報應之不爽也。

六十三年　十月廿八日　星期一　甲寅年九月十四日

閱誼甥甘肅天水毛君強前日交予之六十自述，摘要如次。

一、民國三年舊八月十八日生，乳名德厚，學名耀宗，自名健行，弟德潤。

二、家天水縣三陽鎭，祖介眉，秀才。父鼎言，號峙三。

三、外祖父王秉鈞，富甲閭里，舅思愼，官名汝翼。曾任國民政府參事，與同官江山姜超嶽道義相尙，結爲誼兄弟。

四、外舅鄧德模，歷任陝甘縣長。配李，知書。三女淑珍，卽內助清瑩也。

六十三年 十月三十日 星期三 甲寅年九月十六日

王道電告，族人則張於昨晚病逝於萬華養老院，情形甚慘。聞其在美之博士兒子，置之不理。烏乎，世之有子而望子成龍者，可以鑒矣。

六十三年 十月卅一日 星期四 甲寅年九月十七日

今爲總統八秩晉八華誕，聞所聞，見所見，莫非祝壽活動。予偕菊初至君強家，而浙同鄉會，而萬里之家，而歷史博物館，餐息於雅家。午後，過實踐堂、國軍文物館、文藝中心、省立博物館，凡有書畫展者，皆周覽一番，盡興而歸。

晨至浙同鄉會時，不期而與理事長胡維藩值，於是同堂拜壽，同攝影，亦巧遇也。

夜觀三電視臺合作之祝壽晚會，有聾啞生跳舞一節，熟練整齊，與音樂節拍完全吻合。教者之教法，亦神奇矣哉。

六十三年 十一月一日 星期五 甲寅年九月十八日

因粵友吳文巢之邀晚宴，飯後偕菊乘府車入城，息足於雅家。四時，同赴吳宴之曾定一至，閒聊良久，共車赴宴。宴地在南京東路琵琶湖大飯店。席中皆主人之粵省同鄉，藍蓴洲舊識，饒少梅、張炎元初交。張黃埔二期，戴雨農舊屬。因並踞上座，得多談，爽朗人也。

六十三年 十一月六日 星期三 甲寅年九月廿三日

中副有「感情的銀行」短文，其用意與予前箴老友「多留去思」之義，異曲同工，吻合無閒。是知人同此心，心同此理，雖異地異代，其揆一也。

六十三年　十一月八日　星期五　甲寅年九月廿五日

今爲嚴副總統七十之誕，其所示於人者，尙平易近人。而有所謂一流人物，其所獻壽序，竟將嚴氏比於伊周申甫，可謂無恥之尤。阿諛遺臭，有甚於此者乎。

六十三年　十一月十日　星期日　甲寅年九月廿七日

姜獻祥將赴約旦，鄉友四十人，於今晚公宴之於聯合報，張三席，予建議乘此良緣，籌集聯誼基金。瞬息閒得十二萬七千元，徐振昌二萬，毛振翔姜次烈各一萬，餘則八千五千三千一千有差。鄉友之熱情可感。

六十三年　十一月廿一日　星期四　甲寅年十月初八日

今爲建黨八十年紀念，臺北縣黨部因予爲高齡黨員，派新莊民衆服務社主任韓忠義蒞舍慰問，並送禮金二百元。入黨半世紀，今乃知黨齡之可貴。

六十三年　十一月廿七日　星期三　甲寅年十月十四日

次外孫鄭佳圓於本日午後四時五十分，乘新加坡航機飛美就父所。送行親友大小二十餘人。成對者鹿揚波、鄭純禮、王道、祝大成、姜陽波，及內姪媳秀英內姪孫嘉定母子。單身者陳奮、王緒達、毛君強、徐行倫、姜有倉、及圓孫同學等。在機場新識周祖銘其人，雨農舊屬，任安全工作。此次圓孫去國，予連日時有黯然之感。昨夜眠未安。

六十三年　十一月廿九日　星期五　甲寅年十月十六日

天明卽起，趕往機場歡送姜獻祥赴約旦。七時到機場，八時半起飛。鄉友送者徐振昌、姜紹誠夫婦、文錦及其軍方同事友好男女二三十人。

過雅家，知圓孫去國，有留書三封，其母、其姊、其公婆各一，字字懇切動人。此子思想成熟，作事有定見，將來成就不可限。

六十三年　十二月三日　星期二　甲寅年十月二十日

終日陰。一日之閒成二短文。一贈劉振強，賀其三民書局新建大樓之落成也。一贈何仲簫，賀其夫人王靜波嫂七十之壽也。前文百餘字，後文四倍之，事雖尋常，措詞卻不易，成而自覺不惡，實得力於靈感耳。

六十三年　十二月九日　星期一　甲寅年十月廿六日

讀黨史會出版之革命先烈先賢事蹟第一集，共錄五十三人。關於戴雨農者，卽予十餘年前所撰之傳文也。一字未改，惜有失校者五字。黃埔之埔，誤爲坡。洪爐之洪，誤烘。膾炙之炙，誤灸。尊爲神人之爲，誤如。不偶之偶，誤遇。尋常之誤，無關宏恉，其有似是而非者，則毫釐千里，最爲可惱。如本文洪之誤烘，偶之誤遇，令人啼笑皆非矣。

六十三年　十二月十一日　星期三　甲寅年十月廿八日

中午率陽波、大立父子、及雅，餐於中心餐廳。西菜一湯，一牛肉，一咖啡，合飲啤酒一瓶，共費五百元。大立不日將入空軍機械士官學校，今之邀餐，所以示鼓勵也。

六十三年 十二月十五日 星期日 甲寅年十一月初二日

晚宴於中心餐廳，予與何仲簫爲東道。與宴者均爲當年侍三處八組同仁及眷屬，吳中英、吳敬基、徐柏襄、林全豹、宗之洪、陳奮、黃翰章、楊銳、章錦楣、諸葛諧、陳國鈞、張之單，各偕眷俱，賓主男女大小共廿三人，費二千餘元。

六十三年 十二月十七日 星期二 甲寅年十一月初四日

晨接基隆姜宗成電話，老友王澤湘八十壽宴，在基隆市新生大飯店舉行。予於午後三時搭火車到過港王宅少坐，與壽翁同赴宴所。共張十二席，十九市府同仁，情況熱鬧，足徵壽翁在當地德望之素孚。予坐首席，新識李興武，地政科長，政校畢業。菜肴不惡，聞每席包括一切僅千五百元，較臺北便宜四五成云。

六十三年 十二月廿四日 星期二 甲寅年十一月十一日

同時收到賀年片十分，居然有老友吳椿寄自美洲者，屈指香港一別二十五年矣。

六十三年 十二月廿八日 星期六 甲寅十一月望

二十五年前在穗相識之中西名醫張公讓其人，今在孔孟學會相見。彼言當時係由中山大學王扶生教授介紹，但予已毫無印象。又言在港曾購讀「我生一抹」，並追述當年予在穗主持政府南遷時，請其充任總統府特約醫師事。予乃依稀憶及，屈指二十七年矣。因其見立夫有事，與約改日再見。住富錦街一〇八號。

六十三年　十二月三十日　星期一　甲寅年十一月廿七日

午後三時，參加嘉新學術獎頒獎禮，濟濟一堂，儘多名士。楊亮功主席。受獎者共八人。陳天錫第一，方豪第二，獎金四萬元。予與成惕軒、周邦道、李飛鵬、李學燈聯席。受獎人中，第一人年事最高，惕軒就席次成一聯賀之。聯曰「儘多鴻寶供搜采，始信龍頭屬老成。」信手拈來，貼切自然，畢竟是才人之筆。

中華民國六十四年江山異生日記（家居台北縣新莊鎮中港路五守新村）

六十四年　元旦　星期三　甲寅年十一月十九日

回首自民國三十七年十二月十日離京後，客中度歲，忽忽二十七度矣。三十八年在穗，正逢兵慌馬亂之秋，明年在港，則不勝身世飄零之感。渡海以來，仰賴天助，上下一心，共效興復。猥以庸愚，幸叨餘蔭，以養以息，倏爾垂老。今値令辰，不敢妄冀，祇願桑榆歲月，及覩河山重光，骨肉再聚，則此生大幸矣。

臺北電話號碼，自本日零時始，由六位數增爲七位。本寓原碼九七九六六六，現改爲九七一九六六六。

六十四年　元月九日　星期四　甲寅年十一月廿七日

細讀一昨伯稼老者寄示所撰「吳母高夫人壽序」，溯當年鄉里遺風，及家族故實，文字生動，親切感人，是一篇情文相生之作。奈此老對予謬愛過甚，堅囑必爲之删削而後已，予乃就其未臻精鍊者點竄數十字寄去。自惟淺學，而儼然郢人，終覺靦顏也。

隱匿印尼摩綠泰島原始森林中三十二年之日敗兵，臺東山胞李光輝，於昨日自雅加達乘華航機回國後，報刊各種報導文字，連篇累牘，極一時之盛。竊想吾人易地而處，隔絕人世，如許之久，饑則猶可取給於野食，寒則將何以爲衣，病則將何以爲治。且朝朝暮暮，無可與談，言語機能，將何以維持。而今居然生還故土，重溫舊夢，亦人間之奇蹟也哉。

六十四年　元月十日　星期五　甲寅年十一月廿八日

伯稼老者九日來書，照錄如次：

異生先生座右：昨日用限時專送函，附拙撰吳母高夫人壽序，請求斧削，計邀鑒及。頃讀函示「壽義烏何夫人」文，敍與何君仲簫十同四異，頗似神來之筆，亦爲壽言之創格。杜詩云，「文章本天成，妙手偶得之」，大作風趣，卻似杜老之言。因之對昨呈拙作，亦發生幾分自信，特非經郢正，終不敢定稿耳。覆候儷福。弟陳天錫頓。

六十四年　元月十一日　星期六　甲寅年十一月廿九日

雅家午膳吃麵。膳後走訪梅兄，爲予談宿創復發之經過，今則非挾支架不能站，不能步。按其宿創，係前在公車上，因受急煞車之震盪而跌碎坐骨者，已年餘矣。觀人之受苦，於己身之保養，可不加強戒愼歟。

六十四年　元月十二日　星期日　甲寅年十二月朔

晚赴九一高齡長者陳伯稼先生之宴，席設新生南一段一六二巷四之五號，蓋一闔棻之私宅餐館也，客有大法官李學燈，次長徐有守、周邦道，名士李飛鵬、曾霽虹，專家鍾某、林某等。而主人強予坐首席，眞有榮寵之感。

本村新建水塔，今日開始放水，聞造價百餘萬云。

六十四年　元月十八日　星期六　甲寅年十二月初七日

爲鄉會事，訪毛趙璧於聯合報，邂逅同鄉毛天申，承告已置有房產數處，而晨間送牛奶工作仍照舊。是誠刻苦自甘，不慕虛榮之人也。

接高雄省立旗美高中教員李士昌來信，對予之著作，推尊之極。謂擬建議教部，列爲大中學生之課本云云。文字因緣，匪夷所思。

六十四年　元月廿五日　星期六　甲寅年十二月十四日

參觀旅美名國畫家郭大維畫展，以遒勁之筆，表人物生動之形態，別具風格，確乎得白石之眞傳者。

六十四年　元月廿八日　星期二　甲寅年十二月十七日

菊以決心與毅力，一再重寫壽仲簫夫人鏡屏，居然得稱意之作。但連日晚餐，皆延至九時以後。古人所謂廢寢忘食，差近似之。

六十四年　二月二日　星期日　甲寅年十二月廿二日

接上月出版之浙江月刊第六十九號，王牧之所撰「浙籍在臺作家小傳」一文中，所列作家五人，居然有予名在。自揣無學，而以作家名，殊有聲聞過情之感。其所列五人，陳立夫、王展如、姜超嶽、杜蘅之、琦君（本名潘希眞是）。關於記予之小傳，照錄如次：

姜超嶽　浙江江山人，民前十三年生，曾任總統府首席參事多年，現已退休。姜先生別署江山異生，乃性情中人也。其爲文清新明暢，不同流俗，而處世狷介自守，尤爲同道所欽敬。近年出版著作，有「我生一抹」、「實用書簡」、「應用書簡」等書，對修身、治學、做事，均具啓廸作用。

六十四年　二月六日　星期四　甲寅年十二月廿四日

家中積存數年之中央日報，盡以贈與本村工友。電視周刊，則以分贈丁、王、張、傅、蔡、有童年兒女之各家。

六十四年　二月七日　星期五　甲寅年十二月廿七日

便過黃翰章，談及親故往來事，謂吾生平行誼，過於狷介，有時令人傷心。事後細細思量，此眞知心之諍言也。

浙同鄉會永久會員證二〇四號，今日寄到。紅色燙金，大有名貴色彩。二千元入會費之收據，出面人理事長郭驥，經手人周金生。

六十四年　二月十三日　星期四　乙卯年一月初三日

午後三時，接僑美紹青越洋電話，適其妻子女均在，於是各講一二句，無非問好互報平安而已。萬里骨肉，能藉電話一通聲氣，亦快慰事也。

六十四年　二月廿五日　星期二　乙卯年一月望

日麗風和，因熊婆之邀，偕菊午餐於希爾頓飯店。毛振翔神父同餐，餐後共赴內湖訪熊宅。

六十四年　二月廿八日　星期五　乙卯年一月十八日

老友梁鼎銘逝世十六周年紀念畫展，定於明日揭幕，予題「精神永在」四字中堂致敬。

六十四年　三月二日　星期日　乙卯年一月二十日

午赴信義路心園之宴，東道至好劉宗烈教授。客皆知名，成惕軒、華仲麐、賀其燊、伏嘉謨、章斗航、胡鈍俞、高越天等。

六十四年　三月三日　星期一　乙卯年一月廿一日

國史館同仁，以館長黃季公之生日，爲同仁之慶生會。予與高越天，以客卿身分參加。十一時舉行，有同仁表演歌唱、說笑話等節目，歷一時餘畢，隨卽敍餐，每人領得紀念品一分，毛巾、香皂、茶杯等。是一場和樂而富人情味之祝壽也。

六十四年　三月八日　星期六　乙卯年一月廿六日

徐松青於今午大宴鄉友於板橋酒廠，張五席，約六十人。予坐首席，同席者毛振翔、姜紹謨、毛彥文、何芝園、徐之圭、徐達、徐之佳、王蒲臣、毛同文。

六十四年　三月十四日　星期五　乙卯年二月初二日

接吳中英十二日自新竹來書，長近千言，至情洋溢，感人甚深。謂「子孫相傳，可以無田宅資券之遺，而不可無此文此書，……」所謂文，卽予之贈言，書、卽菊所書王字屏也。

六十四年　三月廿三日　星期日　乙卯年二月十一日

假使天不陰雨，原擬往木柵，不謂竟有神交李士昌之代表沈蓓女士至，攜贈銀耳二盒，佛說有緣。李、沈同事高雄旗山高中。沈湘籍，實踐家專畢業，另有同行女士李却利者，中興大學法律系畢業。

六十四年　三月廿四日　星期一　乙卯年二月十六日

報載毛子水喜訊，新近與其二十餘年前之學生張菊英成婚，予往其寓所道賀，門扃，留片而退。毛今年八十二。

六十四年　三月廿五日　星期二　乙卯年二月十三日

接王牧之書，對「我生一抹」一書，大加讚賞。謂「可以肯定，不僅能風行於一時，更能流傳於久遠」。

六十四年　三月卅一日　星期一　乙卯年二月十九日

吳中英來信，謂予之贈言文，與菊所寫之字，是雙絕云云。

六十四年　四月四日　星期五　乙卯年二月廿三日

過三民書局，與劉經理談及滄海叢刊分類事，因而談及何謂文學。予曰，予非文學家，學術性之定義，不敢妄說。如就常識領域立論，似可分二大類。一為關於純理論者，如文學之起源、演變、種類、流派、體製、文法等是。二為關於供人欣賞、誦讀思考者，凡其說理、記事、抒情，幻想，能令人讀之起共鳴而百讀不厭之作品，皆可曰文學。易言之，卽有生命有靈魂之文也。如古文中李密之陳情表，韓愈之祭十二郞文，歐陽修之瀧岡阡表等文，是一顯例。至辭采結構之引人入勝，其餘事耳。劉經理甚以吾說爲是，然而此乃常識之見也。

六十四年　四月六日　星期日　乙卯年二月廿五日

今晨驚悉，總統　蔣公於昨夜十一時雷雨中仙逝。溯念　總統自　國父逝世後，一身負黨國之重垂五十年。每當局勢處於風雨飄颻之秋，輒以天縱之大智大仁大勇，砥柱其閒，復奠黨國於磐石之安。而今大憝未滅，河山待復，而中道崩殂，瞻望來玆，殷憂曷已。

六十四年　四月八日　星期二　乙卯年二月廿七日

予執筆改習左腕以來，原已取右而代之。彷彿去年秋多閒事，偶感微顫，乃輔以右手。不謂無意中遽爾成習，近且非輔，幾不能成書。成而字態日拙，生動日泯，頓念長此以往，豈不與筆墨絕緣。爰決心自卽日始，仍用單手揮毫，不恢復不止。毅力尚在，豪氣未衰，區區生活細節之改進，有何難耶。

六十四年　四月九日　星期三　乙卯年二月廿八日

故　總統遺靈，於今午自石牌榮民總醫院，奉移國父紀念館，典禮至爲隆重，予在看電視實況，不禁淚落如雨。連日陰雨，而移靈之頃，霽色微開，天若有意呵護者。

六十四年　四月十一日　星期五　乙卯年三月晦

晴朗。民眾赴國父紀念館瞻仰　總統遺容者，愈來愈盛，有列隊候至五六小時者，甚矣哉，至誠之感人也。

六十四年　四月十三日　星期日　乙卯年三月初二日

晴朗。四時半即起，天尚未明。六時半，乘府車往國父紀念館瞻仰故總統　蔣公遺容，大車九輛，載本村眷屬同時啓行，及抵其地，環紀念館四周馬路，塞滿人羣車羣，欲下車不得，予乃乘原車西行，過雅家休息。旋往廸化街購物，而仍回歸雅家。

六十四年　四月十四日　星期一　乙卯年三月初三日

晴朗。總統府員工眷屬及退休人員今晚補行謁靈　，七時自本村出發，抵國父紀念館已近八時，環館四周，仍爲謁靈人羣。等候良久，下車排成單行魚貫而入，出亦如之。靈置臺上，謁者同時三路穿連進出，距靈近者三四丈，遠者五六丈，所瞻仰，所謁者，不過遙望而已。民眾謁靈，截至午夜止，欲謁而不得者，不知幾何。回至本村已九時矣。

六十四年　四月十五日　星期二　乙卯年三月初四日

晴朗。電視新聞報告，五天來民眾之謁靈者，二百四十餘萬人。古今中外元首之喪，而有如此盛況者，恐無先例，我　總統在天之靈，亦可稍慰矣。

六十四年　四月十六日　星期三　乙卯三月初五日

故總統　蔣公遺靈奉厝於桃園大溪之慈湖。所聞所見，無不感人肺腑，哭者、祭者、迎者之種種空前場面，如非親歷，決不信天壤閒有此動天地泣鬼神之事也。

六十四年　四月廿二日　星期二　乙卯年三月十一日

陳伯稼天錫先生逝於本月八日，定二十七日安葬陽明山公墓。予與先生深交有年，屢欲誄之，意緒紛乘而無從著筆。以告文友曾定一兄，請其捉刀，遂書一聯輓曰，

文字結因緣，每著篇章先賜讀。

交歡同骨肉，偶逢冷暖亦關情。

六十四年　四月廿四日　星期四　乙卯年三月十三日

接三民書局索稿電話，謂新出之滄海叢刊，急待有我之作品云云。予感其至誠，決就積稿編次成書，定名曰「累廬聲氣集」。先撰序文，長三百言。先敍書之所由作及名之所由來，然後述其內容大略，而以點出書之屬性作結。

六十四年　四月廿五日　星期五　乙卯年三月十四日

終日整理近六年書簡稿，決分為左列七類。

一、論事——談論某事正道或得失者屬之。

二、敬賀——致敬或賀喜慶者屬之。

三、慰勉——慰其處境或勗其當為者屬之。

四、述況——自述所為或報近況者屬之。

五、祈懇——有所懇商或邀約者屬之。

六、道謝——身受其德惠而申感念者屬之。

七、瑣務——凡不屬上舉各類之瑣事屬之。

六十四年　四月廿八日　星期一　乙卯年三月十七日

十屆中委臨全會今在中山樓開會，決議保留黨章所載總裁一章，藉申哀敬。又公推蔣經國爲中央委員會主席。

六十四年　五月三日　星期六　乙卯年三月廿二日

今爲「五三慘案」四十七周年紀念日，中副載有「五三慘案未公開的文獻」一文，內容係故羅家倫先生之當年日記稿。所述總司令在慘案發生後之行止及時日，與予所憶者，大有出入。是時予爲機要秘書，隨總司令進駐濟南之舊督署，喘息甫定，慘案卽作。予於當日旁午，奉科長陳立夫命，率譯電員吳國權，携密本二巨篋，先往南郊二十里之黨家莊，因大軍塞途，繞道山村，晚分始抵達。稍後總司令陳科長及隨從參謀機要人員亦到，卽駐津浦鐵路列車上辦公。先後十餘日，總司令均駐車上，並未他往，祇命列車忽南忽北耳。羅日記載總司令於慘案後若干日，仍在濟南總部如何如何云云，絕無其事。

六十四年　五月六日　星期二　乙卯年三月廿五日

後院所留本村僅有之夾竹桃，近日內開花之盛，爲歷年所未見。滿樹大枝細枝，無枝無花，無花不盛，燦爛極矣。此花自木柵試院眷舍移植於此，將屆十年，何以今年獨盛，莫非凡有生之物，皆有時運之濟與否耶。

六十四年　五月十日　星期六　甲寅年三月晦

臺視新節目「國劇介紹」，李麗華主持，三時半第一次播出，立夫致詞，談及忠孝節義四字之含義，謂忠以對國，孝以對家，節以對己，義以對人，簡括明切盡之矣。所謂一語抵人千百，惟此庶幾當之。

六十四年　五月十一日　星期日　乙卯年四月朔

雨中訪老友熊公哲兄於木柵化南新村，值其患瀉新愈，談及文字，謂予筆剛健，不同尋常，惜讀書太少，眞知己之言也。旋竊思若論研究學術，確乎讀書太少。若謂文章，泰半賴於天賦。商周以前，僅有龜甲簡札之記錄，固無所謂經史子集之著述也。其爲詩、書、易之文，何以視爲經典而不可及耶。故予以爲有情有理卽有文，至情至理卽至文，文章天成，信不誣也。彼又出示近作代孔孟學會撰「總統　蔣公誄辭」，古奧如秦漢以前之作，一般士子，恐無法領會，似與時代脫節遠矣。

六十四年　五月二十日　星期二　乙卯年四月初十日

晚漫步中港路，過土地廟，門前電炬高懸，光耀照人。有賣藝者，高聲宣稱，將在此表演符咒切香蕉術，予佇而觀之，果然不謬。其法，臨時購香蕉一把約五六枝，陳列地上，就觀眾中請一童子出，授以香蕉一，令其雙手執之，置於胸前。演者燃香三枝，距童子三尺，相向立。既定，以香書空畫符唸咒語，最後數一、二、三、四……，令童子聞數至某數時，則拋香蕉於背後，此時拾取視之，則蕉身切痕朗然，析之，片片如厚錢矣。民間特技，往往假符咒以行，符咒符咒，亦神奇矣哉。

六十四年　五月廿八日　星期三　乙卯年四月十八日

翰章電話，謂接其女自加拿大來信，科倫多某圖書館藏有「我生一抹」，立即借出攜家閱讀云。按本書問世以來，不數年間，即傳至港、菲、美、日、泰、越、及星馬等地，各方友好傳聞，以美方爲最多。而今竟又見於加拿大。戔戔小品，居然無遠弗屆，亦可喜事也。

六十四年　六月八日　星期日　乙卯年四月廿九日

吾甥紹青有事於美，其臺北仁愛路居處，將翻造七層大樓，於是其家於今日遷居齊東街五十三巷二號。甥家大小與予二老外，幫忙者，有紹青好友鹿揚波先生、鹿夫人、鹿郎大用，及其同學某，又華孫建國同學某，再加陽波、有倉共十餘人，窮一日之力，大致粗定。搬移家具，另雇專人。最費事者爲清除新居前後花木雜草及棚架上積年未修之野籐爛枝。而鹿先生一人獨勞，攀高舉重，無不盡力。左之右之，不翅少壯。如此熱忱，今所罕覯，可敬可佩。

六十四年　六月十一日　星期三　乙卯年五月初二日

中副「祝福恩師」一文，被祝者爲前臺南師專校長童家駒先生，其人格之偉大，求之於今，不可多得，冥想我如為當權者，必重用之，並大加表彰之。而此文實為壽文中之最最上乘者。作者黃孝棪先生。

六十四年　六月十七日　星期二　乙卯年五月初八日

應毛振翔神父之約，於晨九時乘公路直達車，往基隆參加聖心高工職校第二屆畢業典禮。振翔以董事長身分主持，臨時邀予充頒獎人，並致詞。事出突爾，勢不可却。乃乘頒獎之頃，急思短詞以應之。大意初表身分，次祝福，最後介紹振翔之「孤軍苦鬥記。」勉諸生以董事長為則。五分鐘卽畢詞退。代校長許崇正神父招待午餐。一時回臺北。攝影專家文化學院碩士姜雪峯同行，攝影多幀。

六十四年　六月二十日　星期五　乙卯年五月十一日

居處之名「四為窩」，萌念於上年一月杪。記窩之作，則草創於本月初。旣具稿矣，改而又改，歷半月，終嫌未妥。昨夜夢中，猶縈縈於懷。今晨依枕未起，靈感疊至，疊起改之，三起而三改，此一「四為窩記」之文，於是乎定稿矣。靈感不至，強為無功。昔人所謂文章天成，殆卽指靈感之說歟。又記之首段，曾言及曾湘鄉八本堂事，見曾氏日記問學類，庚申四月記。「讀書以訓詁為本，詩文以聲調為本，事親以得歡心為本，養生以少惱怒為本。立身以不妄語為本，居家以不晏起為本，居官以不要錢為本。行軍以不擾民為本。」記文錄次。

四為窩記

予遷臺北新莊五守新村之十年，民國紀元第二甲寅也。一日，夢回沈思，忽萌念，昔曾湘鄉感於立身之道，有不可須臾離者，欲名其堂曰「八本堂」，曷師其遺意，名所居曰四爲窩。窩者，示安樂於此，亦陋室之謂。凡所陳設，粗備圖書外，惟供起居，別無鋪張，一若禽畜棲止之巢欄然。四爲者，乃區區人生見解，近二十餘年來藉以自得自樂之源泉也。舉世滔滔，莫非求富，富無定準，亦無止境，老子云，「知足之足常足」，是知足則爲富矣，一爲也。凡事致貶吾身者曰辱，環顧所識，辱者纍纍，達官貴人亦多不免，無辱則爲貴矣，二爲也。人必自立自強，始能自尊自高，世之罔知自振，而惟求人惠我以爲常者最可鄙，不求則爲高矣，三爲也。希世珍玩，俗之所寶，皆可以財力致。眞摯友誼，原自至心與道義，既不可強致，又不以富貴貧賤而異其情，得之卽爲寶矣，四爲也。之四爲者，曰富、曰貴、曰高、曰寶，微素如予，幸而悉備焉，人生百年，尙復何求。自得自樂，端在乎斯，故以名吾居。作四爲窩記。

六十四年　六月廿七日　星期五　乙卯年五月十八日

爲代表中央機關領月俸退休人員請願改善給與事，於十時往政院請願。代表六人，吳若萍、周景隆、焦如橋、戴傳薪、梁國藩、及予。梁未到。抵院時，經層層盤問，如入戒嚴禁區，令人與官氣逼人之感。在語聲噪雜之會客室，坐候移時，始由一黃佑者出見，談炊許辭出。予一言未發，此事之不得結果，可以預料。

六十四年　七月一日　星期二　乙卯年五月廿二日

晴熱。今日起，國內郵資加一倍，平信二元，明片一元，限時五元，掛號八元。

六十四年　七月十日　星期四　乙卯年六月初二日

公孟八日航簡今日到，謂予書「墨濃如漆，如錐畫沙，別有佳趣。」又謂「童子寫翁書，老人書嫩字，前賢稱爲兩絕。」云云。殆亦情人眼裏出西施之意耶。

夜作復供職約旦之姜獻祥書。讚其賢勞中詳告當地民情風光，及其國際環境，有如親上一堂世界地理課也。

確息，中日航空將恢復。側聞主動還在對方。蠢爾倭人，既有今日，何必當初。

六十四年　七月十九日　星期六　乙卯年六月十一日

老友羅時實患舌根癌復發，午前往三軍總醫院探視，因不能言語，舉筆寫「健康是福苦不堪言」八字相示。少坐卽出，返觀自身，眞幸福極矣。

自三軍總醫院出，便過萬里，見面卽呼予曰大文豪。此君眼高於頂，生平少所許可，對予獨另眼相看，亦算有緣。

六十四年　七月廿五日　星期五　乙卯年六月十七日

本年下半年七月至十二月之退休月俸，連配給二大口之代金，共新臺幣二萬八千四百八十元，今自新莊郵局領來。

王澤湘老友日前來信查詢室人之生朝事，予去書詰其既非傖夫俗子，何以懷此一念。且於異生之異，何以迄猶夢然莫喻。今接其復札，典雅可喜，亟錄於此。

異生邁往不屑，脫然物累。澤湘自陷魔道，遽昧遠懷。實感忝在交末之末，嘗叨眞情之眞，而欲自附蒹葭之親而已。未能免俗，罪甚罪甚，諒之諒之。鴻文下逮，原有佛頭著矢之愳，不勝劉邕嗜痂之殷。小作移易，以副率性之敎焉爾。弟湘六四、七、二四。

六十四年　八月十八日　星期一　乙卯年七月廿二日

讀四十餘年前錢基博著「現代中國文學史」，忽憶及抗戰時一事，約在民國三十年夏秋閒，予撰先三伯岳「楊文煜公墓志銘」，成，寄公之長孫爾渠內姪，時肄業疏散湘境之某國立師範大學。錢先生以國學大師講學於此。囑渠姪持稿求敎於大師，大師閱後，於某段添揷短句補足語氣外，復在稿後題「簡鍊眞切難得難得」八字云。予自來行文，祇求眞切，所謂簡鍊，未嘗刻意爲之。如年來讀予文者，率多以簡鍊見許，然則簡鍊之筆，豈非得自天賦，是耶非耶。

六十四年　八月廿三日　星期六　乙卯年七月十七日

晨接鄉友毛神父振翔電話，其介弟振炎，於凌晨因中風去世。振炎從事公賣事業二十餘年，素著廉幹聲，自去歲由嘉義調長臺北分局後，困心衡慮於興革，近正頭頭是道，將展新猷，而中道齎志以歿，曷勝惋惜。擬俟其開弔日以「天奪長才」四字輓之。

老友曹翼遠兄函至，所撰「累廬聲氣集序」，是當代奇文。文調作法，獨成一格，於予生平志行，鄭重以才人之筆出之，得此友，得此文，死無恨矣。

六十四年　八月卅一日　星期日　乙卯年七月廿五日

建設雜志刊出予之「四爲窩記」「果廬聲氣集自序」二文，編者爲之標一綜題，曰「四爲窩主近作」，妙極。

六十四年　九月五日　星期五　乙卯年七月晦

今午領到合庫首次月費，此爲夢想所不及事。雖非厚惠，而盛意萬鍾，所以滋潤人生者無量。親故對予之盛情如此，誰謂古道不見於今耶。念之念之。

六十四年　九月十日　星期三　乙卯年八月初五日

接姜獻祥自約且來簡，對同鄉會事，有志重新倡導組織。是善舉也，企予望之。

六十四年　九月廿二日　星期一　乙卯年八月十七日

載有「四爲窩記」之暢流，寄出三分，振昌、毅英、爲孝，菊代書封套，其字蹟綽有名書家氣派，是乃朝斯夕斯之收穫也。

六十四年　九月廿五日　星期四　乙卯年八月二十日

三十年前之今日，亦爲中秋後之五日。卽先室楊夫人下世日也。家中特具香箔清果，供祭遺象，聊作紀念。

六十四年　九月廿九日　星期一　乙卯年八月廿四日

昨日孔誕逢例假，今日補假。孔孟學會十五次會員大會，上午開會於中山堂光復廳。因理事長陳立夫出國，由熊公哲代爲主持。予與黃翰章、尙達仁、邱裕錦聯座。會後，偕往參觀三民書局之新厦，並介識經理劉君振強。

此次孔孟學會，聞熊公哲兄暗中爲予競選理事，其情可感，然予並無意於此也。

六十四年　十月九日　星期四　乙卯年九月初五日

在國史館見有「中華民國六十三年圖書總目錄」一書，係行政院新聞局編印，創舉也，亦巨帙也。予之「實用」「應用」兩書簡，被編入語文類下八五〇特種文學。見四九六頁所列書目，「水滸」「三國」「紅樓夢」「西遊記」「儒林外史」之後，卽緊接予之書簡，而「我生一抹」不與焉，不知何故。

六十四年　十月十九日　星期日　乙卯年九月望

今爲予母難日，雅卒月、華、好三孫陪予二老登第一酒店頂樓進午餐，看表演。自助餐每客一〇二元。表演以呑劍最精采，劍長尺四五寸，自口插入，直下胸膈。先一劍，漸加至四劍，最後復通以電，喉閒隱隱耀火光，令人咋舌。

六十四年　十月廿七日　星期一　乙卯年九月廿三日

晴朗。讀張其昀「十通分類總纂序」，內有精義不少，節錄其尤者如次：

「古人所云廣義之禮，實卽今人所云一國之文化也」。

「禮者，在上者爲國家之典章制度，曰禮典。在下者爲民閒之善良風俗，曰禮俗。見之於法令，曰禮法。寓之於教育，曰禮教」。

「禮學有禮制與禮義之分，禮制乃政治之迹象，禮義則爲政治之原理」。

「文指敍事，獻指論事」。

「范文正公先憂後樂之精神，卽古人所謂戇」。

六十四年　十月三十日　星期四　乙卯九月廿六日

終日陰，室內華氏七十二度。入秋後，略感寒意自今始。

向晚，忽想及以前日記中有關老友蔣堅忍之記述，應有所補正。正運思閒，而堅忍電話至，囑於九時觀華視播放中臺公司建廠之實況，因彼本人乃該公司之董事長也。性情至交，亦能心心相應，不可思議。

六十四年　十一月二日　星期日　乙卯九月廿九日

晨過三民書局，識其新進職員薛奮生，出身大專，河南人。黃雪霞，高中女生，嘉義人。均爲誠樸青年。劉君振強爲予拍彩照多張，並交予在八月二十七日所拍其本人與予及柯君合照一張。三人駢坐經理室內，神態自然，是日爲該局大廈新張之第四日也。

午後，雨中參觀省博物館梁中銘、又銘昆仲巨幅油畫展。蓋以紀念總統蔣公誕辰者。畢竟名家之作，表見人物，栩栩如生。後又往國父紀念館，觀總統勛績展覽，見總統第一任就職攝影，予亦赫然在影中也。立予左前方者朱家驊，右前方者沈怡。

六十四年　十一月九日　星期日　乙卯年十月初七日

晚觀淡江廿五周年晚會於實踐大樓。張建邦次女室宜，飾演坐宮之鐵鏡公主，扮相美而艷，唱做亦甚老練，難得。憶其幼年，曾演拾玉鐲，演唱均極出色，眞天才也。次烈告予，近年在士林美國學校讀書，年費十萬云。

六十四年　十一月十二日　星期三乙卯十月十日

新公園倉海亭內丘逢甲銅象揭幕，丘氏宗親於九時半舉行典禮，與會者可數百人。予於事前接邀請函參加，因丘姓祖先亦出於姜，予乃代表姜氏宗親者也。會畢，踐昨日鄭純禮之約，登六福大樓之九福餐館飲茶。菊、雅同去。臨時約粵友曾定一俱。

六十四年　十二月四日　星期四　乙卯年十一月初二日

今於風靜日暖中應波姪邀，偕菊及有倉作雙溪社區之行。此爲近年由政府主辦，爲解決公教人員住宅而新闢之社區，位外雙溪故宮博物院東首，乃闢重巒疊嶂而成。分區七，建公寓百餘棟，市公車二十九、十七兩路直達於此。吾等乘十七路行，車過博物院前廣坪後，循彎曲坡道而上。波居屬三區，在四十六棟，仰望四、五、六、七、等區，如在天際。是養生勝地，獨不便於人事之往還耳。

六十四年　十二月九日　星期二　乙卯年十一月初七日

讀隨園全集尺牘七十，覆似村。末尾有味懷一聯，可作處世格言。聯曰，「定須如我難求友，到處饒人好着棋」。予意如將「著棋」二字，改爲「結緣」豈不更好。因著棋一事，非人人所好，亦非人人所能也。

六十四年 十二月十八日 星期四 乙卯年十一月十六日

早見僚友葉甫蕣，卒然對予曰，「今爲十九周年紀念」。予不解何云。彼笑曰，「十九年前之今日，府中公室平頂脫落，非因公之見顧，而幸免於難乎。」予乃恍然。此事生死之閒，繫於一髮。詳情載「我生一抹」「一五〇機遇」。縈洄當年，恍同隔世。吾人一生歷程，千變萬化，吉凶禍福，似冥冥中別有主宰者，一切一切，盡人事而已。

中華民國六十五年江山異生日記（家居臺北縣新莊鎮中港路五守新村）

附言

本書所記林下生涯，其關於最近一年，卽民國六十五年者，迫於倉卒，不及編入。姑將此一年內，聲氣至好所惠德音之較平實者，及爲紀念長官故人而作之獻辭，並其他陳情抒感之筆，萃而輯焉，倘亦可視爲是年生涯之一斑乎。列其目如次。

毛子水先生　我看累廬聲氣集

成惕軒先生　喜聞林下生涯問世（逡代序）

曾定一先生　拜讀姜著後敬塵作者

王蒲臣先生　我有幾句心中的話

陳立夫先生　來書

喬家才先生　來書（有復見後目）

吳中英先生　來書（有復見後目）

游岳震先生　來書（有復見後目）

周　詳先生　來書

方　豪先生　來書（節鈔）

復喬家才先生
復沈　鵬先生
復老友吳中英
復游岳霞先生
復楊蕙心女士
復楊明堂先生

與老友毛萬里
與宗親姜春華
我所永永懷念果夫先生者
追記老友毛君人鳳二三事
豪舉記
拾遺記

附錄
余天民先生遺作詠半環記
張其昀先生手札
余天民先生遺作手札

我看「累廬聲氣集」

毛子水

異生的文字，從「我生一抹」出版以來，久爲世所重。文字的能爲世所重，自必有他的道理。就我所見，則樸誠率性，要爲異生文字的一大特色。質直是人生一種很高的德性，在文字裏，亦極爲可貴。我以前看「我生一抹」持這個意見，現在看「累廬聲氣集」，亦持這個意見。我對異生的做人，固亦有聲氣的相同。異生說，「我之一再出書，既無衒鬻之志，更無牟利之心。斤斤自期者，廣博同道之共鳴，對當前運會，稍效潛移默化之功」。我雖懶於執筆，但每有所作，亦和異生有同樣的心情。所以讀異生集中許多對青年朋友說的話，如「凡服公職，以勤愼忠誠爲至要，暇則進修，於自身學識力求充實。」「造福地方，卽積德於身。」

「效勞國家，卽所以報親恩。」

「無愧於人，無愧於己，無愧於天，浩然之氣，不期集而自集」。

「天壤閒惟眞與情爲最美，亦最可貴。」

上所云云，我覺得都是我所要向人便道，不怕口角流沫的。

近五十年來，我非特自己寫文字差不多全用白話，卽對青年學子亦以寫白話文章相勸勉。異生一向喜好文言文，但這集中異生一封回覆青年人的信裏，有這樣一段話，見一二二頁。

「將來通信文字，以達意爲上，勿拘拘於文言。引用典故，在其眞意未明前，萬勿濫用。文章貴能明白通暢，使人無一字一句不可解。」

這寥寥五十字，含有許多做文章的大道理。這可見異生自己雖安於舊貫，但爲人謀，則便能「無固」、「無我」，這種修爲，是值得特別稱道的。

毛子水六十五年八月十六日

拜讀姜著後敬塵作者

曾定一

江山異生懷天下興亡匹夫有責之志，宏與人爲善之心，率性而行，容與乎中道，閑如野鶴，矯若游龍，故人敬而愛之。尤爲予心折者，其生平寧人負我，毋我負人，橫遭誶辱，漫不措意，斯深得老氏「善者不辯，辯者不善」之眞諦者。予嘗受其身敎矣，思齊未能，於心滋愧！

比讀所著「累廬聲氣集」，佼佼錚錚，自成面目。集內與予有關者，褒貶雜陳，褒則恐其不彰，明揭名號，貶則酌情隱諱，蘊而不宣。如書簡篇論事類，因語涉逆耳，僅書姓而略名，慰勉類箴老友勿鬧閒氣札，更諱賤名「定」而爲「鼎」，卽其例也。霜露雷霆，同屬春意，值澆漓之世，而竟獲忠恕諍友，寧非予生之大幸歟。

惟念往哲以諱過爲恥，以遷善爲教，願作者推古人之心，於斯集重版時，悉直書名，勿再爲諱。寵錫棒喝，寡過庶幾，則其加惠於不才者，不將更無涯涘乎。中華民國六十五年五月十八日塵瀆，聊當再版息壤。（本文作者曾君，爲示其鄭重意，以精箋寫成立屏贈本書作者。）

嶺南大埔曾定一敬書於臺北木柵客寓

我有幾句心中的話

王蒲臣

「累廬聲氣集」初出時，我興致勃勃的買了一本來，可恨眼睛作祟，讀了前面七十九首論事的書簡，就被迫停止了。不過我還是要說說心中的話，以告讀者。

這些論事的書簡裏，對於爲人、處世、養生、時政，以及文字等，無所不談；但文字方面，幾佔半數，足證作者對文字的重視。最可貴的是，作者有他獨特的見解。他對朋友的作品，如有所見，眞是知無不言，言無不盡，率直陳詞，毫無隱諱。誠如他自己所說：「從不阿好，更不虛美。」一般說來，已屬難能可貴。卽或有所指正，受之者不以爲怪，反而衷心感激。至於他的爲人處世，有他的獨特作風，在現社會中，實屬少見。如能相習成風，則於社會風氣之改良，不無幫助。就寫作論，凡有重要作品，必定要求教可以信服的老友之後，方才定稿，非常虛心，並沒有「文章自己好」的庸俗觀念。

上面這些，是我所要說的心中話，一般青年，如果能好好研讀本書，心領神會，定可得益不少。

陳立夫先生來書

異生吾兄：病中拜讀大作「累廬聲氣集」後，擬以「以文會友以友輔仁」八字稱之。其中不但有兄歷年佳作如許，且有百餘老友之文在焉，其價值自與一人獨著不同，亦可稱之爲聲氣文集。集中老友均以讚兄之文與爲人爲中心，不亦輔仁乎。再者，拙著「人理學」修身一章，不以德爲脩身之唯一要務，而以德、智、體三者並重，此弟前昨之所以建議吾兄加意飲食者在此耳。專復，並請雙安。弟陳立夫六五、五、二一。

喬家才先生來書之一

異生先生：雖不識荆，而景慕之者久矣。每於江山朋友口中，得知先生乃才子而兼君子者。日昨毛萬里兄贈以尊著「累廬聲氣集」，知前此出版者已有「大陸陳迹」、「我生一抹」、

「果廬書簡」，此爲第四部巨著也。先生學問淵博，正直剛毅，浩然正氣，躍然紙上，讀其書如見其人矣。

家才追隨雨農先生十三年，雨農先生待我以國士，故不計危險死生以報之也。廿餘年前，於牢中撰述往事，送周念行先生一閱，周先生以爲可以公開發表，鼓勵有加，並命名「關山煙塵記」，刊行已十年，謹奉上一册，祈予教正。敬頌大安。喬家才謹上。六十五年四月十日。

喬家才先生來書之二

異生先生：手教及尊著「我生一抹」「實用書簡」今午收到，謝謝。

怱忙中拜讀「我生一抹」前數節，如疾病中得良藥，饑餓中獲美食，高興之情之狀，豈可以筆墨形容耶。蓋日來校雨農先生年譜，撰寫雨農先生傳記，對其早年生活，苦無資料，所知一鱗半爪，皆出於念行、紹謨、蒲臣諸位之口，有時信口言此，難免錯誤。今讀「我生一抹」二一節「升學」，二五節「結社」，三〇節「巧事」，三三節「好勝」，始知有如此珍貴之資料。奇怪萬里何以不早言之，使良玉久藏土中也。

書中之毛繼和，姜穎初、毛簡、姜達緒、王蒲臣，均舊友，讀斯書，念舊友，不勝感慨萬千。

人生如夢幻泡影，如露亦如電，轉瞬即逝。而對此短暫人生，無一字之記錄，任其逝去，豈不可惜。撰雨農先生傳，更有此感。雨農先生之偉大感人之深，非千言萬語可能盡，而其在抗戰八年中對國家貢獻， 蔣公而外，無出其右者。故欲撰寫其傳記，以盡後死者之責。

「我生一抹」描寫細膩，趣味盎然，百讀不厭，爲最佳之自傳。不特先生不虛此生，且可作爲雨農先生傳記之最好參考資料。其價値豈可以常情衡量哉。敬請大安。喬家才謹上。六五、五、一。

吳中英先生來書

巽公 夫人同賜鑒：尊著「累廬聲氣集」早蒙書局寄下，其中凡出公之手筆者，當卽一一拜誦，與會淋漓，愈讀而愈感作者之偉大。嘗自謂曰：「不讀本書，無以盡知巽公，不讀本書，無以眞知巽公」。滿擬俟全書讀畢，再具函申謝，並述所感，乃中因整理私擬國字新部首排列，一經措手，欲罷未能，致稽覆聞，今蒙賜示垂詢，惶愧何似。昨續將「德音篇」讀畢，謹提下列意見：

一、書中間有誤植字未及校正者，另箋書奉，請加覆按裁定後，交書局刊爲勘誤表，附入待售諸書中，再版時並予更正。

二、似此令人敬愛之著者，凡在讀者孰不欲一識廬山眞面目，再版時宜增入公之肖影多幀，至少應有少、中、老三期玉照各一幀。又夫人賢淑非凡，人所敬慕，至少應有玉照及儷影各一幀。此爲傳記書籍當然事，請勿有何謙抑避忌，弟敢代表萬千讀者作此請求。

三、書中談公之法書處，不一而足，且「字如其人」，尤令讀者嚮往。又「右筆患戰，改用左腕作書」不惟人所難能，且有驚人成就，而神奇之法書，究爲何狀，亦讀者渴求明瞭之事實。此宜選右、左腕法書、各一篇，附入書中，以饜眾望，右書或用「上林主席書」全文，或用中訓團自傳首頁。左書或用「左右過渡殘零錄前言」全文，或另選範書。

四、夫人之法書亦已膾炙人口，眾所共求，人世閒難得有此唱隨之樂事，奈何不令讀者共賞佳話，宜有法書一篇在列，或卽用所書蘭亭序一文。

五、原刊熊翰老八秩壽照一幀，說明文字請稍補充，擬請增「中爲熊老伉儷，左爲陳立夫先生，右爲著者」等字，使不相識者，亦能瞭然。

六、「我生一抹」，有併兩種書簡爲一册者，將來自必可合「聲氣集」等爲一鉅册，總名「我生一抹」，書簡則請更名「累廬書簡」「甲集」及「乙集」，「實用」、「應用」之名，究係「書商」見地，不足彰顯原書風格，折損頗多。

凡此拙見，乞公笑而正之爲幸。肅覆申謝，並請儷安。教弟中英拜上。丙子同叩。六五、六、九。

游岳震先生來書

巽公鄉前輩尊鑒：前於坊閒偶得尊著「我生一抹」「實用書簡」兩書，如獲至寶。繼聞有「累廬聲氣集」問世，不待坊閒書到，已獲先睹之快。自後口誦心惟，卽以此三書爲師矣。晚浙江麗水人，於卅八年來臺，四十八年成家，現服公職於南市，亦年過半百爲人父矣。讀公書，而知公道德文章，爲人處世，皆足爲世則，且於後生後進之教導，不憚煩厭，故敢冒昧馳候，藉申景企。專此奉陳，敬請著福。鄉晚游岳震敬叩。六五、七、二二。

周詳先生來書

異公鈞鑒：頃奉　教言，頓開茅塞，玩物喪志，敢不惕勉。上旬購得大著「累廬聲氣集」，漏夜拜讀，幾忘寢餐。滿紙金玉良言，聲如暮鼓晨鐘，振聵發聾，令人深省。斯集問世，是亦蒼生之幸，豈僅「聲應氣求」相互砥礪而已哉！例如其中略論「求」字，提示「不恥下問」之義，十足表現學者謙恭之美，虛懷若谷，古道照人。總之全篇體大思深，洞達人情，裨益後知，洵稱佳構。邇來出版新書雖多，但能類此實用者，殊不多見，而今紙貴洛陽，固其宜矣。玆復從「豪舉記」之鴻文中，獲悉我　公往日「重義輕財，……」之事蹟，益信惟有眞正性情中人，方有如此豪情異舉，高風亮節，曷勝欽馳！專肅佈臆，順禱儷安！晚周詳敬上。六十五年四月十七日。

方豪先生來書（節鈔）

異生兄有道：前承以新書卽將出版見告，屈指計之，當已問世。（中略）弟習史，雖文史一家，而弟素不善文。但史貴眞實，兄之爲人及尊著，第一特點卽爲眞誠。故尊著弟無一不讀，讀必終卷。前聞美國某大圖書館函索尊著，亦以其中多眞實材料。此內行也。

令友某君，謂拙著乃「考據之學失於零碎」，誠一針見血之言。但弟庸劣成性，喜作專題研究。各科皆有專題研究，國人獨對歷史之專題研究名之爲考據，弟不敢苟同。辛勤一生，只能到此，眞無可奈何之事也。幸專題研究之餘，尙能傳道、授徒，或可稍彌此憾。

讀尊著答友人胡君談公保事，（作者按見累廬聲氣集書簡篇論事類）自稱「厚叨天庇，數十年來，寒暑無犯，幾與醫藥絕緣」云云，弟勸兄萬勿以此自恃，天雖厚兄，但必先盡人事而後聽天命。（中略）托筆代面，不盡一一。弟豪頓。

以下作者復書及紀念長官故人獻詞並抒感之筆

復喬家才先生

家才先生：十數年前，吾家毅英，曾爲弟談及先生，知名自此始，心儀神交亦自此始。

昨接奉尊著「關山煙塵記」，並附手翰，讀膀頭「雖不識荆」一語，即仰見先生秉性之爽朗，迥異於人。文筆格調，亦與弟有異曲同工之感。及讀尊著殿篇，對人對事之實錄，守正不阿，自強不屈，更竊喜吾道不孤，節操性情，難兄難弟。生不同方，行而同道，豈非數緣也哉。惟厚荷謬讚，「乃才子而兼君子者」，萬不敢當。讀聖賢書，勉學君子，誓心則然，愧未至也。論才乎，自分椎魯，一無所長。祇因年來強顏操觚，暴我心聲，而致「君子恥之」之累，以視先生才華洋溢，實至名歸者，渺乎遠矣。

茲奉塵拙著「我生一抹」、「實用書簡」各一，區區身世與所以立身，粗備於此。新出之「累廬聲氣集」，則林下生涯之寫照耳。不吝教正，是所望於賢者。專復，順頌猷安。弟 姜超嶽上。六五、四、二八。

復沈鵬先生之一

萬老長者尊覽：比讀廿五日手敎，連篇累牘，竟長達五百餘言，且字蹟遒勁，行列朗然，以望百高齡，而有此能耐，難得難得，可喜可賀。近月來屢欲專誠走候，終以羈於事未果，殊歉歉也。拙著「累廬聲氣集」行銷之盛，確越意料。論文學無足道，所以引人興趣者，其在區區眞情實事乎。承示改進處，甚感厚意。但超所欲奉復長者者，已散見拙著書簡篇論事類諸文中，在六十二頁覆陳永村札，不審長者曾致意及之否。

奇僻怪字，已無生命，超素不喜用。偶有一二相通相同之字，因在古籍中所常見，行文時隨筆所之，往往無意中用之。然非奇僻怪字也。如愳、畣，爲懼、答之本體，普通字典無不有之。一屬心部，一屬人部。又如羼字，乃常用字，屬羊部，一翻卽得。

至言用典加注一事，超自量所作，淺近如白話，並無註解必要。不審長者以爲應加註者何在，乞便示。

超積年體察，以爲老年健康，是人生莫大幸福。試想失去健康，視息人世，尙有何意義。援此而言，長者今日，誠大幸福矣哉。專此，敬頌勛安。晚姜超嶽左筆啓。六五、五、二九、子夜。

復沈鵬先生之二

萬老長者道席：頃讀四日大示，有「論學行可爲我師」語，深感惶汗，長者誠撝謙爲懷，椎魯如超，猥何敢當。差堪無愧者，抱樸自甘，造次不渝耳。偶有過情聲聞，乃承親故長老之謬愛，藻獎逾分，非眞有實學懿行之足取也。

至超以「長者」稱人，極守分寸。超有長兄名時暘，年長十五而早世，因少時以兄爲師者可十年，故平生交遊中，凡其人其年與先兄相伯仲者，輒心焉兄之，而長者事之。如前考試院名故參事金體乾、陳天錫二先生，超與共事時，皆以長者事之者也。長者革命先進，志業昭昭，不亞於二先生。故當年同官府中，即以長者相尊，是超以事金陳者以事長者，分也，亦禮也。鄙意長者不但應居之不疑，且應以「小弟」「教弟」視超，則情理兩合矣。長者明達，其以區區爲然乎。所賜珍物，赧顏拜領，謝謝。專復，順頌雙安。小弟姜超嶽敬啓。六五、六、七。

復老友吳中英

中英兄雙好：一昨之晨，接讀九日限時手敎，謂對拙著「累廬聲氣集」愈讀而愈感作者之偉大，區區文詞，在兄心目中，竟值得如此重視耶。山野之人，率性而行，亦有足稱道者耶。自省吾身，不禁興榮寵之感矣。

關於卷首圖片之建議，如何選用，如何說明，至感盛意。惟弟生平，不慣自衒，此次所以不願多選，又不願多所說明者，原含深意，蓋微志在行道，而不在揚名耳。兄所云云，俟弟身後出諸他人手則可，今自爲之，總不免有點「那個」，兄以爲是否。一笑。

附示勘誤表，精細之至，亦得用之至。因近日正在編刊備用，謝謝費神。惟其中有不必改者，如「孝子不匱」爲成語，「斯干」是小雅篇名，「勿勿」即「忽忽」，「畢」代「筆」等，是其原文如此，以存眞爲妥。

承示近正從事新部首之著述，憑兄才思，定多創見，敬祝早日出書，而弟亦得先睹爲快也。再者，兄對拙著，旣有偏愛，甚望以多情之筆，就所示「愈讀而愈感作者之偉大」諸語，說出其所以然，撰成「書後」文見惠，備再版時編入德音，以永留紀念。事非亟亟，得閒則爲之何如。瑣瑣不盡。弟姜超嶽手復。六五、六、一二。

復游岳震先生

岳震鄉弟如晤：今以弟相稱何如。

讀上月廿六日來書，藉審佳況，丁兹世變，而能有今日，亦可謂幸運中人。閱所贈采影，夫人樸厚，兒女俊秀，想見室家之樂，歆羨歆羨。

君謂有志學我所爲，且喜且媿。喜則聲應氣求，多得一同道，媿則實無所長，祇對人對事，能盡其在我而已。拙作各書，一言一行，無一而非生平實錄，亦無一而非昭昭在人耳目者。出書以來，行銷不衰，殆卽在是。「一抹」中之「信念」，係我半生奮鬥結晶，盼細細體會之，於人生見解，不無可供借鏡也。

我書用字，均有所本，錯誤亦極少。遇有疑義，勿怕麻煩，多查辭書或字典，於文字可得進益。此次來書，有錯字三，俗字一，請加檢點何如。

承告令友戴君銘允，確爲我當年執教衢州時之學生，閱所附兩札，猶存念舊之情，且文筆亦不凡，良慰。乃兄銘禮，前在大陸曾任財部錢幣司長，我等時有過從，不知有消息否。

吳教授處，我曾去函說明擬往求教之因緣，迄未見復至，容俟定奪後當續告。專此，順頌府上大小安吉。姜超嶽六五、八、三、子夜。

復楊蕙心女士

蕙心女士妝次：頃接芳函，並複印十年前「晨光」目錄，及拙文各一葉，至感盛意。

人生結緣，匪夷所思，素昧生平之人，彼此名氏，並見於同一刊物，當時如秦越肥瘠之視，歷漫長歲月而始相知，思之若有定數焉者，亦可紀念事也。

拙作各書，不知貴女士看過幾種。自惟特色，不說廢話，眞實是尙而已。新出之「聲氣集」，倉卒成書，難免闕失，倘不吝敎，感激萬分。書中載有吳君中英函，滿紙至誠，讀之甚感人，是吾人相交以誠之徵，此中有古道存焉。

至言敝窩簡陋之實情，非身歷目覩不能信。遙想府上雖亦無電鍋與西式大床，而其家具陳設，決不致如寒窩之寒酸也。但特別聲明，窩下參考用書卻不少，一笑。姜超嶽。六五、八、六。

復楊明堂先生

明堂先生：謝謝贈書從無名英雄到有名英雄並惠敎。大著作法，異軍突起，於戴氏生平，有一網打盡之槪，想見致力良瘁。文字尤流暢可喜，佩佩。

書中敍其少時交遊，提及鄙名，深感榮幸。惟所舉事蹟，略有出入，爲昭信實，特塵拙著「我生一抹」一册，試爲參證之何如。淺人淺作，原無足稱，而事事求眞，屛絕虛誕，則堪自信而自誇耳。

承屬爲大著撰序，深慙庸朽，莫可爲賢者重，方命知罪。近以艱於執筆，不克暢所欲達。他日得緣，甚願多多領敎也。姜超嶽啓。六五，一一，二九。

與老友毛萬里

萬里兄：晨聞一番電談，欣感無已。聖訓昭昭，益友以直爲上，吾何幸，半生浮沈，偏多奇緣。今垂老矣，又得萬里，所以助我省惕者，不翅良師之時加箴勉也。

承示拙著「累廬聲氣集」來簡中，有家常瑣屑，不足一觀者，自其表視之，誠然誠然。實則積簡千百，獨取其輕，別有用意，非留佳蹟，卽志厚誼，蓋對所慕望者示不忘而已。

至言某後進對弟之信口雌黃云云，可怪之至。彼此素無來往，又無任何恩怨，何以如此，令人不解。但天日在上，絕不措意，因我自信，有眞正之人格在，此種讕言，無傷毫末。弟生平只怕病，怕鬼，怕見輕於德高望重之人物，餘無可怕者。況行年如許，尚値得與人計較無謂又無聊之是非耶。所望代爲致意，謂我果有劣跡汚點，請舉事實相示，當具饌請客，決不食言。專此不盡。弟姜超嶽手啓。六五、一二、八、燈下。

與宗親姜春華

春華兄：鄙人失禮甚矣，向蒙嘉惠，歷如許時日而無聞，知罪知罪。但亦有說，其初誤於電話之未通，繼則誤於俗冗之糾纏，而主因還在暮境之咄咄逼人，執筆日退，作字日艱，昔之頃刻可了者，今倍蓰之而難成。有時幾欲放聲一哭。此種境界，非身歷不能道，於親友書問往還，非急要事，祇得默爾而息。實情如此，伏乞曲諒爲幸。

至稱壽一層，鄙人所抱原則，始終不變。其在人者從眾，在己者，非回大陸，絕不通融。拙著名書，曾一再懇切言及，竊料早在洞察中，而竟復有所賜，實越意外。萬千盛情，永銘五內。璧還隆儀之處置，如宗親竹君所奉聞，當邀賢兄之樂允也。悤復，順頌雙安。姜超嶽手啓。六五、一二、八、燈下。

我之永永懷念果夫先生者

本文爲紀念黨國先賢陳果夫先生而作。先生逝於民國四十年八月，去今適二十五周年。傳記文學月刊主持人劉紹唐，特選先生爲該刊六十五年九月號之專題人物。於期前邀請陳立夫、余井塘、胡健中、仲肇湘、蕭贊育、吳鑄人、程滄波等十八九人，集會座談關於果夫先生之行誼志業。予爲被請人之一，本文卽就座談之紀錄改撰而成。曾先後載於傳記文學建設浙江等刊物，玆逐錄於此。 六五、一二、一五、江山異生識。

不才厠身革命行列，四十餘載，見聞所及，凡曾居高位之人物，其左右屬僚，在事過境遷之後，對當年長官，始終懷敬仰或感德之忱而不聞微詞者，惟果夫先生有之。

先生生平，所以貢獻於黨國與領袖者，昭昭在人耳目，無待贅述。論其爲人，以不才所知，同輩老友中，瞭解先生最深切者，莫仲兄肇湘若。年前中副載其悼念陳夫人文中，曾有「果夫先生一生，革命以外無事業，事業以外無生活，」之語，對於果夫先生之爲人，可謂盡之矣。

至不才個人之於先生，受其身敎而永永懷念者，不勝縷述。玆值先生逝世二十五周年紀念，則舉其最焉。

一曰無言之教。抗戰時，侍從室第三處，爲最高統帥之人事幕僚機構，先生始終主其事。勝利將臨，在某次會報席上，予與亡友羅時實兄，時爲主任秘書，因公務齟齬，互相爭論，情緒激動異常。先生爲主席，默坐靜觀，不發一語，經老成僚友勸解始已。事後吾二人自覺失態，如此任性使氣，大非事上率下之道，共詣先生面請處分，以儆來玆。先生環視吾二人，莞爾而笑，始終默然，吾二人均感無地自容，藉詞而退，時先生年才五十有四耳。其無言也，感人之深，勝於言者萬萬。拙著「我生一抹」曾記其詳情，標目曰「無言」。敬述對先生無言之言，深銘於心，且以能聽無言之言自慰。羅兄生前，曾一再讀之。此一事也。

二曰信人不疑。先生當事之頃，甞聞皮相浮議矣。或謂先生篤於防人，凡所汲引，必先見而後決。又或謂胸襟不豁，嚴守門扃，苟非其人，難登堂室。實則有大謬不然者。予當年事先生所主管之單位，工作人員三十餘，高階同上校級三四人，中階同中少校級六七人，餘爲低階之同尉級。自創始迄改組，歷時七載，其中先後由予遴選呈薦者，幾居泰半。每薦一人，無論階之高低，呈上輒報可，進則引見，從無留中複查，或其他意外周折。竊自幸逢此賢長官，信人不疑，而有予取予求之樂，歷年黨政界之重要幹部，不乏箇中人物。此一事也。

三曰臨別金言。抗戰告終，予奉命遷調樞府爲秘書。臨行前夕，先生召見於其私室，杜門對談，賜告新近處理有關人事內幕外，教予以配合之道。謂人事要義，在於用人，用人訣竅，在於配合。人無全才，性有偏正，御眾赴事，貴能剛柔相濟，躁靜並列，是卽所謂配合之道也。如中醫之處方，庖丁之調味，欲顯其功能，舍此莫由。末謂吾之此說，得自追隨委座多年之體驗，特以相告。君有前程，君其勉之。回首蹭蹬，媿負金言。此一事也。

四曰恩情稠疊。太平洋之戰既作，勝利曙光在望。時予父年已八十有六，鰥居在籍，東望鄉關，不勝陟岵之思。因得良伴，乞假歸省。將行，忽奉頒川資二千金。予念省親之私，受之不安，持以白先生，先生曰，令尊高年，姑爲老伯壽，不作川資論可也。予乃謝而退。其後還都之次年，某日，先生之長隨周君，忽攜食用珍物若干事蒞舍。中有百子圖古墨一團，裝以精盒，附先生名刺，上書「祝異生兄五十之壽」云云，予爲之愕然。因自身生日，祇憶十歲二十歲時，父母曾循俗供神祭祖，以爲紀念。嗣後三十、四十，以迄垂老，皆等閒度過，從無任何舉措，凡我親故，無不習聞。而先生以區區從屬之誼，既已分道，竟復留意及之，如此恩情，其何能忘。此又一事也。

右所舉者，其一、當年同仁，莫不傳爲美談。其二，凡同仁之身歷者，類能道之。其三、其四，事關私誼，乃先生最可感人之潛德。然皆限於備員統帥幕時所受之身教而言。實則不才投身革命以來，與先生有二度因緣。民國二十二年，國民政府成立政務官懲戒委員會時，先生以府委兼任懲戒委員，不才以府參事兼會中秘書。懲戒委員七人，先生外有葉楚傖、張靜江、黃復生、張繼、楊樹莊、經亨頤，皆以府委兼，葉爲常委，每周開常會一次，先生每會必到，不輕發言，言必有中。未幾，先生以主蘇政而離任。此初度因緣也。其後抗戰在渝，事先生於統帥幕，從事人事工作。耳提面命，受教至多。此再度因緣也。綜計生平以屬吏之身，親炙先生左右者，可八九載。朝夕體驗，對先生之爲人，得四大印象焉。

一、外表冷漠，而內心異常熾烈者。

二、對部屬身教重於言教者。

三、一切作爲，莫非爲黨國、爲領袖、爲事業、而不爲私者。

四、持身處世，能逆來順受者。

竊嘗默數黨國中居高位人物，無論今昔，其行誼之感人而足爲世則，如果夫先生者有幾。嗚呼！哲人往矣，吾將安仰。

六五、七、一六，於臺北新莊。

記老友陸軍上將毛君人鳳二三事

吾江山老友中獻身革命而膺選中委，又從事軍職而身後蒙總統追贈陸軍上將者，惟毛君人鳳一人。君逝於民國四十五年十月十四日，至今二十周年矣！期之將臨也，其夫人向新嫂，以予與君交久而誼摯，不能無言，因追記舊事於此。

民國初年，吾江山唯一縣立高等小學曰文溪，俗稱書院，蓋設於文溪書院舊址也。民國二年，予十六歲，於春閒考入文溪，論同學行輩，人鳳爲先進。其本名善餘，畢業榜上，忽改單名鳳，風聞非其本人意，乃出自某師長之所爲，示器重屬望之殷，但知者甚希。故後之服務社會，以至投身嶺南爲潮州軍校學生，皆以善餘知名。其名人鳳，以予所知，似在襄佐雨農效忠領袖時始也。事關其身世故實，特表而出之。

當年文溪同學百數十人。少者猶在童年，大者逾冠，或已婚。人鳳與予齊歲，適在少大閒。予對當時同輩印象較深者六七人，人鳳其一也。因寢同室，食同堂，見其動靜語默，雍容老成，從無疾言厲色，或叫囂狂呼，自媿弗如。竊想其所以，度得自大學開宗明義之定、靜、功夫。猶憶民八「五四」風潮興，通國學生愛國運動，風起雲湧。時，人鳳問業杭州省立一中將卒業，予則執教衢州省立八師，五月某日，忽傳省城學生會代表至，初不知何許人，及師生大會禮堂，登臺代表則善餘也。報告時，不疾不徐，其雍容神態，一如文溪同窗時，而老成尤過之。俗諺云：「三歲定終身」，言少時何若，長則如之，人鳳其明證耳。夫雍容老成，乃定、靜、功夫之表徵。惟其能靜能定，乃能臨眾不亂，處變不驚。然則其後隨侍領袖於危難之秋，犯難任重於萬方多事之會，有由來矣。

民國三十有八年一月，我　總統蔣公宣告引退時，予方以樞府秘書名義，於遷都事，負重任於廣州。李氏當國，人事日非，匪燄日熾，怵目驚心，乃於無可奈何中，退居海隅以待時。迨我總統復行視事，臺灣入境綦嚴，予以無直系親屬之申請，屢欲渡海而不得。此閒知好，有言於人鳳者，慨然允爲特保焉。此予來臺之因緣也。其後傳聞，當時或詰人鳳，某與姜同爲老友，何以一拒一允。人鳳應之曰，姜之爲人，其骨鐺鐺有聲，若而人者，不保何待。云云。對予相知之深，情誼之厚如此，沒齒不忘也。

予來臺之明年，某次與人鳳閒話家常，偶談及人生取樂之道。予謂異鄉作客，眾朋歡敍，亦樂事之一。往在大陸，歲時得閒則一爲，開誠暢懷，對酒傾談，名言讜論，不求而至，所以裨益身心者無限，聯誼其餘事耳。奈世逢亂離，溫飽不遑，徒呼負負。不謂未幾何時，而人鳳廣邀知好會飲於某所矣。時在四十年多開之某夕，鄉親遊好到者五六十人，嘉賓旨酒，笑聲滿堂，患難天外，得此嘉會，歡樂無藝，微聞斥私囊爲之，所費不貲云。予深知人鳳持身清廉，自奉至薄。時際大難之後，公私艱苦，而作此重情尙義之舉，於以見其賢者用心，爲所應爲，好善如不及。雖明知犧牲，而亦樂爲也。嗚呼，此其所以生則志業昭昭，歿則令譽不衰耶。

予於人鳳之爲人，固素所心儀，而其幽默風趣，尤令予欣賞欽佩不置。有時等閒事耳，一出其口，便成妙趣，形之楮墨亦然。偶爾回味，輒爲顏開。予不慣虛美，今且錄其二十年前在美療養時，覆予之一簡。計全文二百二十七字，中插作者加註外，半字未動。一以證吾說，一以作本文之結尾。其簡曰：

異生吾兄賜鑒：八月三日手教，昨經奉悉，曷勝欣慰。弟健康不爭氣，給番大夫拿去肋骨一根，肺兩葉，可痛之至。並不許我今後吃酒。將來在歡敍席上，只能說：「超嶽，你乾杯，我隨便了」。照番邦算法，我們今年才五十八歲，如明年回去，我們可合做九，後年則合做百二十歲。先向你磕頭，禮也，你也該還禮，我並不吃虧。弟身在番邦，又在養病，戲、喋、拉貨、睏之外，（按江山土話玩、喫、大便、睡覺，四事。）別無所事。你的大婆婆曾來過二封信，邀我去西雅圖，太遠了，如何去得。你的老朋友，見面機會可能不多，如得見，當遵囑辦。弟照醫生之囑，本不應握筆寫信，爲節省精神時間，故潦草不成話。乞恕我。並祝儷安。弟善餘手啓。八月十日。（按是年爲民國四十五年）

豪舉記

——四十餘年前鄉里燒香故事——

予出身寒微，刻苦自勵，固識者所共知也。迺自惟生平，應世接物，尚能以不吝自矜。當年銀圓銅幣通行時，民間日用進出，率以制錢計，每圓兌錢二三千文，銅幣當十文。生活物價，及尋常酬酢所需，恆在幾文幾十百文間，千數殊希，滿圓或數圓以上尤希。若進而以十百圓計，則茲事大矣。如是者，自清末予粗曉世務，以迄民國二十四年幣制改革前後，大江南北，莫不同然。

我國民政府以民國十六年奠都南京，十八年訓政肇始。時予祿秩所入，勉供溫飽，而斥資於善舉，輒不後人。如北伐軍次、饋濟危難成羣之鄉親，歸省故里、捐助鄉校之重整，爲償宿願，購置號稱「萬有」「集成」之巨籍。甚至旅途對於侍役之給與，但求量力能勝，用得其當，一擲數十百圓而不惜，恆爲朋輩所樂道。此在拙著「我生一抹」中，歷歷可徵。其未筆之於書，而轟傳鄉里者，厥爲民國二十年，聘至交姜穎初王父喪之一舉。

穎初原名方才，出身武昌師大，篤學楨榦人也。世居邑西南毗連江西玉山之嘉湖鄉，距予故居禮賢十餘里。吾二人同庚，少同窗，稱莫逆，于役都門，過從綦密。二十年春閒某日，忽聞其奔喪回里，急寄與五十金，所以襄大禮也。事屬等閒，初未置意。越年，以京居閒散，於歲杪有故鄉之行，結伴遊鄰邑玉山勝蹟曰西巖、雲巖者。嘗便道訪穎初之居。不謂踪跡所之，輒見鄉人老幼，集結道旁，如觀盛會。且有婦豎對予遙相指點，竊竊私語，「彼其戴呢帽者是」。予莫明所以，詢諸伴行學友蔡齡暨義妹剛鳳，乃悉原委焉。

蓋鄉里弔奠，自來多致香燭紙箔之屬，俗稱「燒香」。閒有賻儀，數十百文爲常例，千計則罕覯。向予所賻穎初五十金，可置良田一二畝，或供數口人家終年之食糧。習俗「燒香」，而豐厚如此，聞者驚爲空前，一時轟傳遐邇，資爲談助，不知予爲何如人。今既蒞是鄉，故爭欲一睹廬山面目云。時年初逾三十也。

其實當時所爲，祇以申摯情，無意驚俗。然持今視昔，不可謂非豪舉。因幣值相去，奚止百十倍，昔之等閒視之者，試以時值比擬，豈不令人咋舌。且看濟濟公教羣中，錙銖必較者無論矣，其自命慷慨之徒，所揮霍者，往往注於自身享樂之所需，幾見尋常應世施措，有動輒論千論萬，如予當年之所爲者乎。深愧庸俗，未能游心物外，習見今之衣冠人物，利之所在，輒斤斤以爭，而於公益義舉，則視錢如命，避之若恐不速。彼此相形，終不免興自矜之感，因追記於此，聊舒感慨已爾。

六五、九、一五、於臺北新莊。

拾遺記

——五十餘年前之試作——

曩予輯「大陸陳迹」，承當代賢豪賜予題跋，字字珠璣，誠足傳家。顧其中所蒐翰墨，皆爲備員樞府以後事，獨不得當年執教時之片楮隻字爲憾。耿耿於懷，非一日矣。今歲四月，偶於中央圖書館「期刊室」中，獲睹五十餘年前載有予文之「教育雜誌」焉，計前後三篇，論文二，研究報告一，約共萬數百言。夢寐以求而不得者，一朝得之，喜慰可知。遂商借影印以歸，而追記當年故事於此。

民國十年，予年二十有四，執教於浙衢省立八師之附小，月薪才二十餘金耳。是年秋，以受校中名師之鼓勵，嘗就教學所得，發之於文章，長近五千言，理論實際，兼而有之。既成，秉惴惴之情，試投於其時國內唯一通行之「教育雜誌」。是乃當時教界聞人名家之園地，月出一期，每出，從事教育者咸爭讀之。予此次自量初試，何敢妄冀。故署筆名「超我」而隱姓，恐遭退稿，遺人之譏也。不謂未逾數旬，居然刊之於八月，編號曰第十三卷第八號。封面要目作者，赫然有予名在。同列名者，劉伯明、倪文宙、太玄、楊賢江、胡哲敷、王家鰲、何仲英等，予名居楊賢江後。時全校同事四五十輩，人才濟濟，咸視爲殊榮，蓋前於此者，尚未之有也。又不日而面値三十圓書劵之稿酬亦至，折售於當地書社，所得幾等月薪。初試而獲售，殊越意外。一時興奮，莫可言喻。其後再試、三試、因漸具信心，署名冠姓曰「姜超我」，果又被選，而同刊於同年十二月號。要目作者，有祝其樂、无我、太玄、王家鰲、高元、劉儒等，予名列王家鰲後。猥以不才，區區寫作，而得厠名於當時教界聞人名家之列，窮源竟委，端賴名師鼓勵之力。古人云，「莫爲之前，雖美不彰」，良有以也。

名師者誰，乃四明耆宿，前黃埔軍校秘書，國民政府監察委員，我總統蔣公少時之業師毛公思誠也。公字勉廬，於「五四運動」後，任教八師，時已垂老，以彼此長幼之距，同事數載，鮮有交接。民國十年，暑後開學，校中謀發一刊，由公主其事，廣徵師生所教所學之心得以應。予獻論文二，中有一題「論吃飯教育」。蓋其時教界聞人黃炎培氏盛倡職業教育，不遺餘力，一時幾成風氣。予爲之申論，職業教育之實質，卽吃飯教育。教育目的，旣祇圖吃飯，則一切學科，惟求其實用而已足，其高於實用者將如何。故以之救窮則可，爲國家百年大計，而惟斤斤於吃飯教育，則期期以爲不可。公見予作，大加激賞，立約晤談。謂予見地不凡，文筆犀利，曷不投稿名刊如「教育雜誌」者，以爲本校光。言多鼓勵，心甚德之。退而遵其言，終而如所料。知己之感，不能自已，遂師事之。公亦以爲可教，相與論道論文者有年。其後予之奉召入黃埔，飫沐革命之薰陶，而北伐，而備位中樞，歷半生歲月，得效犬馬之勞於國家，莫非由此因緣而來。公於抗戰當年逝於籍，予以駑朽，食公之賜，乃有今日。大德厚誼，未獲報於萬一，走筆至此，不禁憮然。

六五、四、二五、新莊。

附錄

本附錄一詩二札，原為拙編「大陸陳迹」附錄中之重要資料，去年編著累廬聲氣集德音篇時，因疏忽遺漏，特補錄於此。

詠姜子半環記

三十韻　臨湘余天民遺作

江山異生假壽辰攜眷環遊臺島，惜橫貫路斷，僅遊半程，歸作半環記。余戲謂：山靈半掩雲關，畏子之詞鋒也，雖半遊，思已過半矣。於全程乎何有。蓋欲不可縱，樂不可極，君子必於是求闕焉，留有餘不盡之思以還造化，非惟戒滿，亦所以惜福也。彼夫熙來攘往，逐逐野馬之塵，而鬼神視若無物者，皆碌碌不足指數之流也。若是者，縱畢遊，其所得幾何哉。姜子既超然負萬夫之禀，又自號異生，其不以眾人自待明矣，而徜徉半環間所得之富如此。吾意斯遊也，豈止奪席靈運，摩壘柳州而已，將必怡然曠然神遊山水之外，如中庸所稱「君子無入而不自得焉」者，又奚為是介介而情見乎詞為。爰賦此以當獻曝云。

選勝兼搜奇，山靈愁緒結，慮君筆生花，英華盡發洩。丸泥幽谷封，崩石修途塞，阻君不得前，迺行玆詭譎。君僅遊半環，負負呼不絕，妙寫半環記，神鬼皆震懾。半面已難當，全防詎敢撤，風月君過貪，造物忌饕餮。凡事莫求全，端應佩玉玦，古來全福少，得半堪怡悅。否則盈而蕩，雲路虞挫跌，臺島騁遊觀，培塿類禹穴。倘陟須彌峯，五嶽如丘垤，更作星際遊，大地亦穀核。小大靡有常，此理吾能說，乘除消息通，盈虛往來挈。適可卽當休，知止儀不忒，上智懼自滿，哲人思求闕。自滿損常招，求闕益始獲，保泰與持盈，先民恆取則。神宜象外超，理從環中得，君如半環持，事半功倍烈。在半思過半，智珠愈朗徹，且喜佳偶偕，瑤姬伴松雪。同心領幽趣，軟語霏玉屑，畫眉山黛翠，採蘋山澗潔。半環各在眼，合成團圝月，花好而月圓，逸興遄飛越。快哉不言壽，大壽誰頡頏，劉樊已雙仙，祝嘏寧非拙。

奉上 異生兄素梅嫂 儷正。鳳鳴弟余天民貢艸。五七、四、一六於臺北寄庵。

右詩原應編入拙著杲廬聲氣集「德音篇」內，當時搜集全稿，此稿遍尋不得，祇有忍痛割愛。亡友佳作，無端闕然，耿耿於懷。近以整理積牘，得之於雜稿中，喜而編入本書附錄。所以補前此割愛之愆，亦以志亡友生前謬愛之德也。亡友出身北大，博學篤行，極爲當年蔡校長所賞識。往在大陸，曾先後任蔡校長曁王雲老之西席。來臺後，林彬氏長司法時，簡爲民事司司長，旋任考試院法規委員，予與相交自此始。過從所知，其操守之狷介，爲今世所罕覯。其生活之刻苦，非恆人所能堪。而自勵、自得、自樂，甘之如飴。蓋顏回之流亞也。於民國五十八年十月杪以病終。

六五、一二、八、新莊。

張其昀先生手札

民國五十一年

超嶽先生大鑒：手書誦悉。大作（戴雨農先生傳）誠當代雄文之一，光燄逼人，極爲難得。戴公得此篇，亦足稍慰於地下。已交「中國一周」發表。如需添印，希逕與該刊史紫忱先生商洽。學素爲同級老友，愴懷故人，不禁泫然。他日有緣，願與足下謀一良覿。此頌著安。弟張其昀敬啓。一月六日。

（附言）中國一周爲準畫報，希補寄戴公與先生照片，或有關圖片，逕寄史紫忱先生。

余天民先生手札

民國五十一年

異生先生：拜讀大作戴雨農傳，忠義英勇，奕奕如生，逝者得此不朽矣。江山爲靈秀蘊藏之區，偶值世變，輒風發泉湧，出爲天下任投艱遺大之責，如戴氏其一也。未來之豪傑，殆尤不可指數。讀此文者，其有以興起而作之氣也固矣。尊作往往有奇氣出人意表，其氣可及，其奇不可及。無其魁奇雄傑，而欲逞其氣，幾何不蹈秦王舉鼎之覆轍耶。率書誌佩，並候著綏。弟余天民拜手。元月十六日。

右二札，乃評論拙撰戴傳之代表作。去年編著「累廬聲氣集」時，所以必欲蒐錄之者，意良在是。六五、一二、八、新莊。

滄海叢刊已刊行書目（一）

書名	作者	類別
還鄉夢的幻滅	賴景瑚	文學
葫蘆・再見	鄭明娳	文學
大地之歌	大地詩社	文學
青春	葉蟬貞	文學
比較文學的墾拓在臺灣	古添洪 陳慧樺	文學
從比較神話到文學	古添洪 陳慧樺	文學
牧場的情思	張媛媛	文學
萍踪憶語	賴景瑚	文學
陶淵明評論	李辰冬	中國文學
文學新論	李辰冬	中國文學
離騷九歌九章淺釋	繆天華	中國文學
累廬聲氣集	姜超嶽	中國文學
苕華詞與人間詞話述評	王宗樂	中國文學
杜甫作品繫年	李辰冬	中國文學
元曲六大家	應裕康 王忠林	中國文學
林下生涯	姜超嶽	中國文學
詩經研讀指導	裴普賢	中國文學
孔學漫談	余家菊	中國哲學
中庸誠的哲學	吳怡	中國哲學
哲學演講錄	吳怡	中國哲學
墨家的哲學方法	鐘友聯	中國哲學

滄海叢刊已刊行書目（二）

書名	作者	類別
中國學術思想史論叢(一)(二)	錢穆	國學
中國歷史精神	錢穆	史學
浮士德研究	李辰冬譯	西洋文學
蘇忍尼辛選集	劉安雲譯	西洋文學
希臘哲學趣談	鄔昆如	西洋哲學
中世哲學趣談	鄔昆如	西洋哲學
近代哲學趣談	鄔昆如	西洋哲學
現代哲學趣談	鄔昆如	西洋哲學
音樂人生	黃友棣	音樂
音樂與我	趙琴	音樂
爐邊閒話	李抱忱	音樂
琴臺碎語	黃友棣	音樂
不疑不懼	王洪鈞	教育
文化與教育	錢穆	教育
印度文化十八篇	糜文開	社會
清代科舉	劉兆璸	社會
世界局勢與中國文化	錢穆	社會
中國文字學	潘重規	語言
戲劇發展歷史概說	趙如琳	戲劇
佛學研究	周中一	佛學
現代工藝概論	張長傑	雕刻